文学報新批评

文丛·第二卷·第2辑

歧路与正途

《文学报》编

上海書店出版社
SHANGHAI BOOKSTORE PUBLISHING HOUSE

愿文学报
越办越好。
巴金

希望广大文学爱好者
都读文学报

冰心

出 版 说 明

《文学报·新批评》专刊创刊于2011年6月2日。按照常规，在创刊号卷首应该有个《发刊词》，申明办刊宗旨和内容定位，一是便于作者赐稿，二是便于读者阅读识别。但本刊在首期推出时，却没有《发刊词》，似乎有点不合传统戏剧程式，开场锣鼓未敲，人物便甩着水袖登场了。这并非编辑部大意疏忽，其实，有关可以写在《发刊词》的内容，在它诞生前发布的《征稿启事》中已经反复申明了，那就是现已广为人知的“三提倡、三反对”：“倡导真实、真诚和自由、锐利的诚意批评，反对谩骂式的人身攻击；倡导靶标精准、精到的及物批评，反对不及物的泛泛而论；倡导轻松、幽默、透彻的个性批评，反对故作高深、艰涩难懂的学院体。”后来，编辑部又将之概括为六个字：“真诚、善意、锐利”。

在《文学报·新批评》亮相前，已有很多权威媒体，对当下的文艺批评生态存在的痼疾，给予了严厉的批评。但如何改善“沉沦”的批评生态，却很少有人践行之。因此，《新批评》之所以甫一出现，就引起文学界、知识界的普遍关注，大概就因其将“呼吁”付诸行动，不仅高举批评的旗帜，连续不断地发出批评之声，而且隔周每期用八个版的容量集中刊登批评文字，内容涉及文学名家新作的文本分析以及文化现象、戏剧、影视等，颇有点“逆水行舟”味道。常有人问：《新批评》“新”在何处？或许，这也是其“新”之一吧。

古人云:“誉满天下,谤亦随之。”说《新批评》“誉满天下”,实在有点“王婆卖瓜”了,但“谤亦随之”却是一个客观存在。应该说,这个“谤”包含着复杂的内容,既有善意的“误读”,也有不适应带来的恶意攻击,当然也有《新批评》成长过程中种种不足引发的“争议”。不管是赞誉,还是善意批评抑或攻击,《新批评》皆以宽容、包容的气度,从各种不同的意见中吸收营养,然后整整衣冠,继续出门上路。因为,我们清楚自己从哪里来,又该向何处去。只要不做“亏心事”,是用不着害怕半夜“鬼敲门”的。

《新批评》出版三年多来,编辑部同仁于去年岁首推出了第一卷丛书,完整呈现每一期的内容。之所以如此选择,是为了可以原貌展示《新批评》前行的脚印,正的斜的,美的丑的,都纤毫毕现,不加掩饰;再就是,便于有兴趣研究当代文艺批评史的人,查阅所有的文章。延续这个思路,今年我们推出了文丛第二卷。

《新批评》丛书将一卷一卷连续推出,祈请广大读者垂注并赐教。

《文学报·新批评》编辑部
于乙未岁首

歧路与正途

目　录

新批评 第三十一期

2012年9月13日

目　录

新批评 第三十二期

2012 年 9 月 27 日

新批评 第三十三期

2012 年 10 月 18 日

目　录

新批评 第三十四期

2012年11月01日

目　录

新批评 第三十五期

2012年11月15日

目　录

批评家的“中产阶级化”与学术底线

——读李美皆两篇近作有感

黄桂元

■ 率真而细腻的情景描述，犀利而主观的越界议论，循循善诱、娓娓道来的行文调韵，浑然而形成了李美皆言说中特有的一种道德激情、话语气场、批评语境和可读性。

■ 以2008年为界，李美皆简直判若两人：2008年以前，她的批评风华正茂，满纸都是激情、才情和个性，而2008年以来，她的批评却迅速老成，满纸充盈的，换了世故和圆滑，由生机勃勃的个性批评而变为平庸乏味的时文品赏，李美皆的华丽转身何以如此突兀？

李美皆一度对作家苏童的童年经历饶有兴味。在《从苏童看中国作家的中产阶级化》一文中，她究根寻源，顺藤摸瓜，发现“苏童有一个令人心疼的童年”。她描述了发生在苏童童年时代的两件事，甚至没有省略掉其中的相关细节，那种绘声绘色的知情者般的口吻，很像是曾经亲临其境。这种“传记式”文学批评是李美皆的长项。在她的笔下，苏童“不堪回首”的童年复活了，原来苏童一直以来都很“忧郁”，“沮丧”，“晦涩”，于是“他必须通过写作，使内心变得干爽明亮，否则那些阴霾和青苔将会一辈子生长在他的心里”，而“写作对于苏童，真的不知道有多合适”。谢天谢地，通过写作，“现世的幸福苏童已经达到了”。接下来的问题是，“物质生活上升到一定程度，就要警惕幸福的满足，就要抵抗幸福脸孔下面的平庸”，李美皆断定这就是苏童写作“所以陷入停滞”的原因。

率真而细腻的情景描述，犀利而主观的越界议论，循循善诱、娓娓道来的行文调韵，撒豆成兵，又彼此呼应，浑然而形成了李美皆言说中特有的一种道德激情、话语气场、批评语境和可读性。所谓作家的“中产阶级化”的说法，即使未必是李美皆首创，却是经她的强调和放大而引起批评界关注的。初生牛犊不怕虎，李美皆童言无忌，唯我独尊，自说自话，看似云淡风轻，如诉家常，却能四两拨千斤，刀刀见骨。这种在学院派批评家看来似乎缺乏学理内涵的感性言说，其实最具杀伤力。那时候的她，并不属于刚刚出道，虽还算年轻却不属于“70后”，恰逢其时的斜刺杀来，巾帼不让须眉，确实让人眼前一亮，跻身于最活跃的前沿批评家群体，自然也是顺理成章。

只是李美皆忽略了一个事实，当年她对苏童那些有如解剖麻雀般的分析，同样适用于日后的自己。而低调的苏童一直沉默不语，却以非同寻常的气度与包容和持续而稳健的上佳写作状态，回应了批评家未必准确的逆耳质疑。比照李美皆对苏童写作的指路迷津，可以发现，这位新锐批评家也并非生来就是一只光洁美丽的“白天鹅”，写作对于她，同样属于“真的不知道有多合适”的那种人，一旦“达到了现世的幸福”，同样需要警惕，需要抵抗。也就可以理解了，李美皆何以自言，“对于思维精英和道德精英我都不感兴趣”。这很可能是所谓“中产阶级化”的一种意识常态。稳定的丰厚收入，舒适的生活质量，使得一部分人成了社会发展经济奇迹的受惠者和既得利益者，他们避虚务实，注重效益，事不关己高高挂起，容易看轻那种

“天下兴亡,匹夫有责”的思想启蒙角色,其正义感和道德激情之淡薄,有时甚至不如生存窘迫的许多寻常百姓,即使关心国计民生,他们也主要是以自己的切身利益为参照点。意味深长的是,在这一点上,李美皆未必就比她曾经批评过的苏童,拥有更多值得骄傲的资本。七八年后的今天,李美皆如果重温自己的文章,不知该做何想?

最近读到朱斌先生《批评家的成熟与衰老》一文(《粤海风》2012 年第一期),颇有触动。作者谈及,“翻看几位批评家近两年的文章,我的心情越来越复杂。一方面,他们迅速地成熟了。成熟的主要是他们入世的事业。……另一方面,我又悲哀地发现:这种迅速的成熟,也导致了他们迅速的衰老。衰老的主要是他们个性化的批评,翻来覆去炒自己的隔夜陈饭不说,往往还丧失了批评‘好处说好,坏处说坏’的基本品格,越来越毫无原则地写颂词,唱赞歌,给人乱戴高帽子,因而迅速加入到了‘团结’、‘友爱’与‘互助互利’的小圈子活动之中”。接下来朱斌提到李美皆,“在此,我想特别谈谈李美皆。这位五六年前在《文学自由谈》上迅速蹿红的批评家,如今也宿命般地迅速衰老了。以 2008 年为界,李美皆简直判若两人:2008 年以前,她的批评风华正茂,满纸都是激情、才情和个性,而 2008 年以来,她的批评却迅速老成,满纸充盈的,换了世故和圆滑,因而随处可见溢美之词……”朱斌的看法,一些文友其实早有共识。大家百思不解的是,由生机勃勃的个性批评而变为平庸乏味的时文品赏,李美皆的华丽转身何以如此突兀?一度,我却不愿确认,那不应该是真实的李美皆,那些深刻的阅读记忆也不可能这么轻易地成为风华往事,随风散尽。大家稍安勿躁,假以时日,李美皆的批评风范一定不会让诸位失望。

我对批评家李美皆的信任并非没有事实依据。“五六年前”,李美皆锐气十足,风头正劲。2004 年第 6 期《文学自由谈》,以突出位置和显著篇幅,破例同时刊载了李美皆的《从苏童看中国作家的中产阶级化》和《余秋雨事件分析》,由此作者一发不可收拾,相继发表了《李银河时代的王小波》、《由陈思和教授看学术界》、《我们有没有理由不喜欢王小波?》、《王朔为什么不继续“看上去很美”?》、《萨特与波伏瓦:自由情侣的神话》、《从舒婷看诗歌的荣与耻》等文章,篇幅皆不少于七八千字,气势如虹,弹无虚发,所论对象几乎都是热门或偶像级文学人物,一时在圈内外传阅纷纷,气象可观。

于是李美皆的名字被许多人记住了。她揶揄余秋雨,“从当初一着臭棋开始,余秋雨便越来越被动,心态也每况愈下,他打官司无非就是想扳回来,结果输得更惨,心理倾斜也更加严重,终于越陷越深而不能自拔”;她哀叹苏童,“其实苏童丧失的不仅是悲悯,更是面对苦难和发现苦难的那种勇气。这个苦难包括内在的和外在的。苏童的贵族气,地道看来应该是中产阶级气味。中产阶级最大的特征便是从精神到物质的自足性”;她讥讽王小波,“野猪并不代表文明的更高层次。所以,这只特立独行的猪的反抗的最终结果如果只是变为一只野猪的话,实在没有什么自豪的”。她嘲笑王朔,“王朔的创作得益于调侃,但后来‘调侃’失去限度,变成了无节制的贫嘴和打诨插科,王朔自己也承认‘把我自己都写恶心了’”……可谓如入无人之境。那些文章的观点,我不一定都赞同,却愿意分享作者说真话的快乐。那两年,周围朋友中不止一位自称其“粉丝”,说每次拿到新一期《文学自由谈》,先看看有没有李美皆的文章,必欲一睹为快。继之,一向令人“高不可攀”的人民文学出版社主动出手,联系刊物主编和作者,张罗着为之出书,在当今图书市场年代,为新冒出的年轻评论家出专集,此举实为罕见。那一幕幕鲜活情景犹在眼前,恍若隔世。

出版了文学评论集《容易被搅浑的是我们的心》的李美皆,一路走来,彩旗飘飘,红尘滚滚,春风得意时也会直白相告,“我为什么喜欢胡兰成呢?就是因为他有真性情,有真性情才能避免‘无趣’,王小波所反对的就是‘无趣’”,不免令人讶异。如果不是自己道破天机,谁能想得出,那位曾让冷傲的张爱玲不再矜持而“低到尘埃里”的江南猎艳老手胡兰成,居然可以被几乎是“目空一切”的李美皆惺惺相惜,两者之间的“真性情”,果然会有什么共同之处吗?

贝多芬说:“获得名声的艺术家常受名声之苦,使得他们的处女作往往成为最高峰。”世俗的名声固然受用,也可尽兴消费,却并非全无代价。李美皆的代价很快就出现了,那是一种悄然无声的变化,几乎没有轨迹和过渡,直通通就完成了“陌生化”的转型,其神速可用立竿见影形容。朱斌称之“迅速老成”,文内“随处可见溢美之词”,并非空穴来风。20世纪80年代中期,吴亮曾提出“批评即选择”,已故前辈批评家周介人颇有同感,特意致信呼应:“我相信,一个从不需要选择,任何作品拿来都能洋洋洒洒地加以评论的批评家,决不是严肃的、有眼光的批评家。”十几年后,《齐人物论》的作者庄周仍对此余兴不减,大加推崇:“我们愿意相信,他(吴亮)的评论不曾受人邀请,与请柬、机票、景点、纪念品等被别的评论家视为必备的要素无关。”时过境迁,重温这样的声音,不禁让人感慨。这使我想起,功成名就的李美皆后来在另一个场合再次谈到中产阶级,已经缺少了批评冲动,言语之间多的似乎是理解:“中国刚摆脱贫困没多久,以前穷怕了,又加上中庸的观念很顽固,这就使甫入中产阶层的人很容易小富即安,精神上眯过去了。人饱食之后特别容易犯困,这是常识。”既然是常识,既然仅仅是“饱食之后”的“犯困”,也就属于正常,不足为怪。这时候的李美皆,一定会为曾把苏童当做“中产阶级化”靶标的行为而觉得可笑。

“人往高处走,水往低处流”,这个道理谁都理解。李美皆也确实今非昔比,读博,获奖,调京,批评行情一路上扬,成了中青年批评群体中的翘楚和各种研讨会的常客。功成名就的李美皆当然不会停笔,据说正在研读当代文坛历史,意欲向学术的纵深地带拓展,而有关当下文学的评论文字也时有兼顾,《责任和道义的火焰》、《担当时代有大音》、《以军人的诚挚与热爱》、《与世上的美好一同想起你》、《树立与人生一侧的诗歌》、《沿着想象的路径,去看一个人》、《满目青翠　遍野芳菲》、《马晓丽:激情与内敛》、《地老天荒的情怀》、《装在玉净瓶中的文字》、《风露与高寒》等等不一而足，看上去宏大且斑斓，光滑又圆润，却似乎失去了一些什么，与她自谓的“我最大的优点和最大的缺点就是简单、率性、感性”云云，更是隔山隔水，判若两人。个中底细，自然不是局外人能说清楚的。

《文学自由谈》2012年第4期，久违的李美皆携《那些不能湮没的小历史》一文再次亮相，为读者带来的却不是惊喜，而是疑窦丛生的陌生。所谓“小历史”，作者特指“当代文坛历史”，它是由重大的文坛事件和一些代表性人物命运构成的。李美皆对文坛人物之间的历史关系和命运走向的兴趣越发浓厚，看起来真的做一番学问了。按照韦勒克、沃伦在《文学理论》中的分析归类，这种半文献、传记式研究，大体属于“文学的外部研究”，好处在于，通过展示大量历史文献和过往作家的传记资料，而扩大了受关注层面，其可读性也大于一般的文学批评。李美皆敏于此，长于此，且精于此，应该能有绝不流俗的作为。意外的是，情形恰恰相反。甚而至于，这并不是一篇合乎起码的学术规范的文章。此文共分七个小题，分别、直接引用的相关文献资料林林总总，其中有周正章《话说日丹诺夫情结——周扬与胡乔木的1983裂变》、冯雪峰《锦鸡与麻雀》、陈涌《关于雪峰文艺思想的几件事》、石湾《红火与悲凉：萧也牧和他的同事们》、彭小莲《他们的岁月》、徐庆全《周扬与冯雪峰》和王增如、李向东《丁玲陈企霞冤案始末》等等，干脆就是一堆零敲碎打的资料汇编。处处是摘抄、挪用、照搬，围绕已不新鲜的他人研究成果（许多内容在网上可以查到）予以剪辑、粘贴、复制，再加几句蜻蜓点水似的感慨或结语，串连成篇，拼接成文，按页码计算此文约7 800字，摘引和转述达5 500余字，其比例超过全文的70%，如果把那些令人眼花缭乱的大段摘抄和转述去掉，还能剩下什么呢？只是可惜了刊物提供的11个页码。如果说这时候作者还有写作乐趣可言，那一定与原创无关吧？

几乎同时，《文学报》“新批评”专刊第26期第19版，发表了李美皆的《关于从维熙的“混沌”》，竟与《那些不能湮没的小历史》有异曲同工之妙

（而相邻的第18版，正是“柯棣祖”那篇用详细数据质疑谭旭东学术专著引用过多而有抄袭之嫌的文章，难免让人产生微妙联想），这意味着，这样的非原创性拼接文章之于李美皆还不是单篇、个案，而是一类。《关于从维熙的“混沌”》一文占了几乎两个整版，按版面计算约10 000字，其直接摘抄、挪用和转述的文字有6 600余字，所占比例超过全文的66%。不看署名，难以置信这样的“文章”出自李美皆的手笔。李美皆像是有备而来，声称“我尽量使用从维熙的原文，并尽量不做评论”，并说到做到，相当坦然。这种无所顾忌的“拿来主义”太过刺眼和“另类”，作者却并不觉得有何不妥，还为之寻找出合理性，“前几年一直在不遗余力地进行自我表达，这两年研读当代文坛历史的过程中才发现，许多东西前辈们已经表达了，而且比自己的表达更具生活和历史的实感。那么，我应该做的，就是找到它们——用别人的表达来进行自我表达，同时，使自己仿佛成为当代文坛历史的在场者。我这样做了”。

这种似是而非的说辞，预示着李美皆进入了一种误区。道理很简单，引用的原著即使精彩绝伦，也不能成为代替批评家独立学术言说的理由，除非你专门搞的就是批注式、评点式研究。振振有词的李美皆果然“这样做了”，但我不认为这是一种对学问、对读者、对报刊版面负责任的态度。此文直接截取从维熙《走向混沌》原著约4 800字，另有直接抄用彭小莲《他们的岁月》原著1 000余字，仅两本书相加就达5 800余字，这些内容出现在我的眼前，我不由自主地敲出了一个久已不用的惊叹号，后来还是平静地删掉了。事已至此，只有面对。我小有唏嘘的是，即使电脑录入，如此大量的直接抄录，也要敲上好一阵，一想或许未必，剪辑、粘贴的功能对于电脑写作者，还不是举手之劳？不管怎样，这个“写作”过程，作者即使付出辛劳，体力大于脑力，是不会错的。

两篇文章，如出一辙，表明作者并非无所用心。如果面对的是特定人文学科和研究视角，仁者见仁，智者见智，我无力置评，但李美皆这种抄引加批注、评点式的“写作”路数，显然已经超出了这个范畴，不是一般意义上的“成熟”、“衰老”、“转型”或江郎才尽，而是在挑战学术规范的底线，原因何在？或许就像她当年的一篇文章中所说的那样：“容易被搅浑的并不是水，而是我们的心。”其实我印象最深的，还是李美皆说过这样一句话：“既然批评就是说出自己想要说的话，如果有一天感觉无话可说了，我将一个字也不再写，绝不勉强。”遗憾的是，作者近几年的批评轨迹却难以自证。重提这句话，是提醒我们自重，并共勉。有所为，有所不为，爱惜自己的羽毛，这是一位负责任的批评家应有的品格和操守。

被撕碎的故事和诉求
——谈骆以军《西夏旅馆》叙事套路

郑周明

■ 作者试图用无限包容的意象来把握现实困境的灵魂，但这个目的让文字承担内容过量，结果文字让故事本身封闭和不可信起来，密集而广泛的描写在章节跳跃中表现出慌乱无序的诉求，即使慌乱无序是对现实的一种“戏仿”，那么《西夏旅馆》这场无方向的“逃离”也够粗糙的。

“文字华丽，结构繁复，意象奇诡，寄托深远，为新世纪华文小说仅见。”这段评语的赞美如此之高，放在任何一部中文小说身上，都显得有些过誉带来的局促不安，但它的确属于一部小说，它就是在两岸三地备受热议的台湾作家骆以军的《西夏旅馆》。集中在这部小说身上的除了赞誉，还有更多的评价是“难读”、“读不懂”，归拢起来就是“陌生化”的阅读感受。那么，这种感受究竟来自哪里？难道比那些广泛采用方言书写的内地小说还要“难读”？

《西夏旅馆》讲述了一个什么样的故事？不，它没有故事，应该说，它不是以故事为之支撑的。它拥有庞杂无边的情节，编制出两个空间：遥远的，海市蜃楼一般传奇的西夏王国；近在眼前，生产梦境的旅馆房间。这两个空间的情节各自以自由松散的进度跳跃穿插，互相没有对话，没有影响，毫无征兆地在两个主视角下讲述一些小故事，这些小故事的形式多种多样，正史、野史、新闻、回忆、感悟等等，给读者一种陷入迷宫中互相嵌套无法逃脱的阅读感受，更进一步的语感则是，絮叨绵长的句子带来的某种空洞无物的对象。

我将从三个方面论述自己的阅读体验，谈谈《西夏旅馆》叙事套路引发的写作阅读双重难题。

虚构与现实

《西夏旅馆》是一部紧紧围绕着“虚构与现实”叙事技巧的小说。虚构与现实，对于写作而言已经是一个古老而经典的话题。华语小说的核心经验都是来自于虚构与现实的交锋和融合。从经史传统到民间传奇故事，从本土现实到世界想象，从现实主义到反现实主义，虚构与现实这两者贯穿所有写作的根基深处，孕育出千姿百态的小说形式。也正因此，不妨看看《西夏旅馆》如何处理虚构与现实的。阅读此书的第一感受是，这部小说不像华语文学，不像台湾文学，但它分明是中文写就的，分明就是华语小说中的一员，并且还获得了华语小说的大奖。说它不像华语文学，是因为华语文学给人带来的最大感受是文字的魅力和语感带来的熟悉。无论是明清六大白话文小说，还是近现代以沈从文和鲁迅为代表的小说创作风格，抑或是当代小说的叙事方式，都尚在阅读经验以内，这个经验如此宽松和广泛，以至于可以这样理解，从源头产生的无数支流，都是一脉相承的文本，逃脱不掉小说成为小说,华语文学成为华语文学自身的因素。即便像近年来在作品中植入高密度方言的贾平凹、莫言、阎连科等作家,虽然也有读者和评论家说难读,但终究还是看懂了那些故事,看出了语言背后的地方文化。说它不像台湾文学,更是因为台湾文学因其现代性内容与历史情感提供了富有张力的故事和语言魅力,从陈映真、白先勇、黄春明到龙应台、朱家姐妹等等,所提供的故事和语言又何曾让两岸三地读者感受陌生过?创作出的虚构与现实又何曾失去意义?

而《西夏旅馆》提供的文本则彻底打破了虚构与现实的内在逻辑。西夏王国的故事像任何一部架空的历史小说一样,无非是关于野史怪谈、暴力战争、阴谋宫闱类似的情节,只是作者在这些方面的口味偏重了些,内容的"暴力"让读者产生一种和作者相近的感受,即这部分历史情节的虚构读上去如此"真实",让作者不遗余力地考证它,佐证它的存在必要。随意从文中摘取一段:"没有一辆一辆的马车或骡车来载运;城里的砖道或铺石路或任何空地,皆没有大量挖坑的痕迹;也没有堆柴火烧那些身体的浓烟和焦肉香味;一些阴郁邪妄的画面潜进人们的脑海……这些失去了头部的身体竟像一大批马贼巢穴里的可疑珠宝,集体发出它们各个部位、各种姿势,诱人且封存着巨大狂欢能量的光辉。有没有人趁乱把这些身体们偷运进皇宫里的密室,在那进行着大家无从想象,却朦胧被那极限狂欢所发出之强光瞎蔽了双眼的可怖淫乱场面?"

这仅是《西夏旅馆》中内容"暴力"属于轻度的,更多对西夏王朝的描写集中在对死亡意象的编制上,如何制造死亡以及如何亵渎尸体的情节大量出现,从对它们最初虚构的感受逐渐过渡到真实的层面上,直到相信这是历史上真实发生的情节,但最终,又困惑于作者如此制造临场感又是为了表达什么?是历史本身值得书写还是它仍然是被现实照亮的历史,还是作者一意孤行地驰骋在西夏王国里,如八卦杂志一般,以晃动的镜头感,摄取一段段怪诞的场景。这样一个西夏王国,李元昊"创立西夏文字,用他的符号重新描述世界，建连云塔，以五十匹战马向宋请赐《大藏经》……整个西夏王朝像海市蜃楼从幻影中矗立而起，那全是他嵬名元昊一人的意志”。在作者笔下，西夏经历了繁华和梦幻，又落回到一个少数部落的实际当中，从照亮宏大版图的战马火光又回归到一蓬燃烧几个人的篝火当中。它的确像一则寓言，但在语言和结构的双重阻碍下，变得支离破碎，难以组合。

在另一个空间里，由语言制造的困境则显得更为严重。小说的另一个主人公，在旅馆逼仄且封闭的房间里陷入自我回忆的泥沙里，絮絮叨叨从一个对象中抽出一根丝，跳到另一个对象身上，写到哪算哪，如“他专心地调控其中一个旋转式开关，像多年前揉弄他那因忧郁症而变得冷感枯槁的妻子乳房。他总在恐惧着，下一个瞬间，这样温柔细腻的试探动作会带来天崩地裂的结果。穿着性感细肩带丝绸睡衣的，曲线毕露的身体，上面挂着一颗披头散发的，眼睛鼻子嘴巴全颠倒移位的头颅”。紧接着，主人公从头颅想到“儿时庙会市集摊车上，那些插在竹签上，用麻糬一般的黏湿白面团在摊贩手中捏扁揉圆的白脸小人”。而后又想起关于胴体的比喻：“他记得女人的身体像浮潜时遭遇的鱼群在他周身穿绕回游……有一幕是，女人帮着他，两人一起费劲地剥下那紧束在她胯骨和臀突间的塑身裤，但那件裤子像章鱼吸盘一样怎么样都脱不下来……”

这样的描述散乱在文本之中，让读者无法确定这些虚构与真实带来的目的是什么，虚构像真实，真实又如此无聊，两者在一起，更无法形成棋局那样的张力和对峙，却只是在颜色上分得清清楚楚。虚构与现实在作者努力下全部远离现实环境，退到极端私有的叙述风格下，呈现出虚构本有的虚无气质。

戏剧结构和意义消失

在《西夏旅馆》章节分明的标题之间，是分属于两个空间的故事群，它们有各自的叙述对象，而这几十万字的叙述背后，或许是一条绵延不绝的寻找之旅，但可惜的是，它的无序和空白，让尽头的意义都显得有些不自信。

之所以读者能够清楚分辨两个空间故事的同时又被两者的跳跃所困扰，是在于作者让这部小说的结构模仿了戏剧形式。这很容易理解，戏剧作为视觉艺术，在幕与幕之间有着巨大的跳跃性，而它留出的空白情节不会让观众感到陌生，上一幕还是在讲述一个家族突遭不测的故事，下一幕突然转进年轻人相遇的情节。观众明白这些情节会在某个交点发生关联，因此，一幕幕就像一个个小故事一样独立成章，各有诉求。这种雏形在话本小说和章回体小说中都有仿造，但视觉表演拥有的情节过渡和整一性，是让它独享这种形式的天然优势，小说对此的模仿不当就容易产生隔膜感，《西夏旅馆》的章节如“洗梦者”、“杀妻者”、“父亲”、“城破之日”等等，章节之间的空白是如此令人莫名，跨章节的联系是如此缺乏呼应，以至于几十个章节的厚厚一部小说，不妨看作是一部综合性的故事集。

昆德拉曾推崇未来小说创作的伟大形式之一是综合的百科全书式小说。这部小说也有着相似的形式，包含历史笔记、新闻短讯、散文以及松散小说情节的各种内容，组合成四十万字的小说，可见是多么综合。但正如任何综合可以是集大成者，也可以是四不像，就像华语文学的资源何其丰富，胜过百科知识，但那些传奇故事、现实规则、神话原型、专业术语等等可以产生《红楼梦》、《西游记》、《水浒传》这样有普遍阅读经验的作品，也可以出现《西夏旅馆》这样如此“个人化”的叙述文本——有意思的是，它还获得了“红楼梦华语长篇小说奖”。

不仅是结构上看不到必要的诉求，故事本身也无法寻找到必要的意义，大量沉重绵密的描述被植入其中，看不到它们出现的逻辑和消失的原因。就像主人公在旅馆房间里，他被困在这样一个具有意象性的旅馆，隔离外界环境，无法让自己对外界施加影响，就像一个被抛弃的人，在里面独自想象记忆里的“线头”。“男孩想到一个画面：在一个黑幽幽的封闭房间里，孤寂地置放着一颗皮肤包裹住颅骨的长毛象象头。灰棕色的额头肉褶上布了一层像冻原苔藓的毛发……美丽弧弯的巨大象牙则像跳着印度舞的少女曲拗手指翻向天空的两条白皙手臂。那房间里的空气非常寒冷，像是大型冷冻柜里那种可以让嗅觉失灵的零下低温。”类似这种段落的出现，毫无征兆与由来，只是主人公想到了，然后便结束消失——可以看到，小说本身是如何达到四十万字之多的。

的确，作者有着非凡的想象力和对怪诞意象的编制能力，这是中青年一代作者相比较上一代独有的优势和生活经验。虽然，这种意象的发挥也绝非当代才有，20 世纪 20、30 年代上海的“新感觉派”作家们有着更好的意象编制和组建能力，而且后者绝不会让意象成为书写本身，象征目的能够被读者所正常接受和理解。如果描写主人公的无聊感是以同样形式的语言来展现的话，以无意义语言来展现无意义内容，那么这种方式无疑是最拙的，也是对读者阅读的最大挑衅。

大世界和小世界

一部获奖的作品岂能无意义。通过阐释，我们仍然可以寻找到这部小说所想要呈现的内容。西夏王国的繁荣壮大和作为族群的最终消失，还有旅馆作为暂居的场所和无数人的情感逃往，两个空间恰恰象征了中国“父体”与“子体”的关系，也能够看出中国大陆对台湾的影响是如何深刻引发了几代人的焦虑。

从情节来看，两个空间有着相似的主题：封闭（西夏国的内部情节和旅馆的封闭房间）；性欲（狂欢和猎奇在两个空间都有展开）；暴力（谋杀和复仇是主人公都有的倾向）；怪诞（死亡的方式和伦理的扭曲与现实相通）；窥探（李元昊与三任妻子的床事和现代的八卦杂志一样的视角）。这些主题需要在整体阅读后仔细提炼才能发现，不仅是内容对象，也是小说在折射现实环境。作者曾说大陆文学与台湾文学不一样，经历的文学发展不同。但我们也看到，无论是现代主义还是魔幻写实，后现代形式等等，华语文学都在先后经历，华人社会经历的“现代性”生活也是相通的，这恰恰是两岸三地的读者唯一能够从这部小说中可以理解到的内容——小说内容的“暴力”并没有比现实生活中的“暴力”更夸张怪诞。

但这部小说的特殊之处还是在于“子体”对“父体”的伤痛记忆，西夏国终究是虚构的意象，无论再如何热闹丰富，也成了历史，它对于主人公来说是一场梦幻，从未具体参与过。西夏国像一个大世界，旅馆则是一个小世界，后者可以想象前者，但再也无法回到历史中，切实体验到传说和记忆中的细节。就像小说中引用的描述：“使者有如一部活着的哈扎尔人百科全书存在于世……彻夜伫立着，全身一动不动。他凝视着博斯普鲁斯海峡沿岸宛如烟霞的银白色树顶，彻夜不眠。”

对作者如此，对台湾第一代外省人、当代台湾文学也是如此。

但表现从“乡愁”、对分离的承认、对家园的过度想象、代际的记忆交流，以及到对主体性的感伤困惑，并不是作者需要采用如此形式和内容的理由，它们更适合用来参与真正的短篇集当中。骆以军说这背后是他这一代人的经验匮乏和时间困境，那么他也是在怀疑同辈以及未来的台湾文学创作。作者试图用无限包容的意象来把握现实困境的灵魂，但这个目的让文字承担内容过量，结果文字让故事本身封闭和不可信起来，密集而广泛的描写在章节跳跃中表现出慌乱无序的诉求，即使慌乱无序是对现实的一种“戏仿”，那么《西夏旅馆》这场无方向的“逃离”也够粗糙的。

歧路与正途

——答《日本鲁迅研究的歧路》及其他

李冬木

■ 实证虽并非研究方法的唯一，对于探索身处激变时期的留学生“周树人”来说，却是一种行之有效的方法。这也是许多学者坚持“实证”的理由所在。

■ “借鉴”和“模仿”皆人类成长过程中的必须，所谓“拿来主义”也是与这学习的过程相生相伴的一种主义，莫非《歧路》“首先预设了一个前提”，以为因为是“鲁迅”就可以不经过“模仿”而“达到创造”吗？

近顷因友人介绍而读到《文学报·新批评》2012年6月7日第23版刊载的《日本鲁迅研究的歧路》（以下简称《歧路》）一文，兹愿借同报版面回应。

《歧路》认为我的论文《明治时代“食人”言说与鲁迅的〈狂人日记〉》（《文学评论》2012年第1期、《新华文摘》2011年第10期）就鲁迅小说中“吃人”意象来源所做考证，“显然忽视了《狂人日记》写作的首要触发因素，即鲁迅本人所陈述'偶阅《通鉴》，乃悟中国人尚是食人民族，因成此篇'"。

——对此，我的回答是这一批评完全不成立。因为我的这篇论文的主要目的就是要探讨鲁迅的"偶阅"是怎样的历史机制促成的，他"偶阅"到的究竟是"《通鉴》"中哪一种"食人"记载乃至究竟出自哪一种"《通鉴》"，为此我在论文中详细梳理了整个明治时代"食人"言说的沿革史及其与鲁迅的具体衔接点，即芳贺矢一在《国民性十论》（该书中译本近期将由商务印书馆出版）中对《资治通鉴》等中国历史文献中所记载的"食人"事例的引用（请注意：是"引用"，而不是《歧路》所说的"相关论述"），我认为恰恰是如此厚重的历史积淀构成了鲁迅生成"吃人"意象的知识背景，鲁迅的创造性精神运作也正是在这一前提下展开的。然而，令人遗憾的是，不论我的论旨还是在鲁迅研究领域中首次导入的作为知识延伸的历史背景和事实关联，均被《歧路》屏蔽在了视野之外，因此其所做出的"忽视"这一指控也就刚好更适合该文本身。《歧路》"忽视"了我的基本观点及其相关证据，作出了歪曲的批评。

其次，《歧路》还紧接着提到了我的"另一篇文章"，即《鲁迅怎样"看"到的"阿金"？——兼谈鲁迅与〈支那人气质〉关系的一项考察》（《鲁迅研究月刊》，2007年第7期），断言道："事实上，没有证据能够证明如《阿金》与《支那人气质》……之间，存在哪怕是丝毫的关系。"

——关于《支那人气质》一书，我自1996年以来一直在做各种版本、相关背景以及与鲁迅文本关系的比较研究，已有近十几万字的论文发表，仅在国内发表和转载的也不下四万字，我以为对此还是有一点发言权（虽然没有及时结集出版是自己的不是），认为《阿金》与《支那人气质》具有关联性也自有根据，对此不赞成无妨，但请出示您的证据。否则，"事实上，没有证据能够证明……"的这一"结论"，也就会因缺乏"事实上"的"事实"而立不住。

再者，说到“日本鲁迅研究”则更是承受不起。虽自1983年以来就跟随导师读日本研究文献，三十年来也翻译过几本书和若干篇论文，却并不知道“日本鲁迅研究”为何物，当然也更没想到要把自己划归其中。然而这回却不可思议地被置身于一道莫名其妙的风景中：自己误入“歧途”不说，回头一看，身后还跟着一队“日本鲁迅研究”同在这“歧途”上行进。若是夸奖，则我奉还这殊荣，如同上面奉还“忽视”；若是批评，则我拒绝承担带领或伴同“日本鲁迅研究”步入“歧途”的责任。“日本鲁迅研究”的大招牌还是留给《歧途》自己扛着好了，此事与本人无关。

最后还要再谈一点，为什么要“实证”？答曰：“回到历史现场。”这也是个比喻的说法，意谓依据经过调查获悉的线索和资料，尽可能还原出某一历史过程或截面、节点，以确定出研究对象所处的位置以及与这一历史过程的关联。鲁迅回国以后直到逝世为止的史实基本清楚，故就研究方法而言，实证研究虽贡献同样巨大却并不“显眼”，研究的关注似乎大多体现在“论”上。鲁迅留学时期的清末民初这一段却不大一样，中日两国的历史进程和思想皆处在激烈动荡和剧烈变化的时期，各种要素的相互作用十分复杂，而“周树人”成长为“鲁迅”也正是在这一关键的历史时期完成的。“怎么就写出了《狂人日记》？为何就成为‘鲁迅’了呢？”——要回答这一点，不论发动多么“巨大的想象力”，单靠“论”是“论”不清楚的，而必须首先扎扎实实做调查，厘清史实上的关联。由于这个缘故，与鲁迅这一阶段相关的研究成果，也就以探索鲁迅阅读层面的“实证研究”最受到重视。鲁迅读了哪些文献？吸收了哪些营养？又通过怎样的方式作用到中国的现实中来？这些不仅事关“鲁迅”的生成机制，亦关乎中国近代思想生成的某些关键细节和过程。因此，实证虽并非研究方法的唯一，对于探索身处激变时期的留学生“周树人”来说，却是一种行之有效的方法。这也是许多学者坚持“实证”的理由所在。

当然，哪怕只是由于要在巨量文献中“钩沉”一项，采用这种方法的学者也就最不容易“出成果”。即使探索一个近代词汇或概念的生成演变，“一词十年”也几乎是这个领域的常识。就拿上了《歧路》名单的“北冈正子”来说，自1972年10月发表第一篇《〈摩罗诗力说〉材源考笔记》(《野草》第9号)以来，已经整整经过了40年，积累也早已是厚厚的一大册，却仍不肯出版，自认为“不够成熟”，且还在不断修订完善，以求文献史实上的精确。但这的确又是一项费力不讨好的活儿，自然为那些不肯下原始文献工夫的精明的论者所不屑，被指斥走在“不可取”的“歧路”上也实在是没有法子的事。

不过，徘徊“歧路”也并非总无所获，这里再奉献一点出来。例如《歧路》引了鲁迅的话：“恰如吃用牛羊，弃去蹄毛，留其精粹，以滋养及发达新的生体，决不因此就会‘类乎’牛羊的。”倘若不回到历史，也就不会知道这一充满气魄的想法也离不开时代的滋养。明治时代的日本什么都“拿来”，连“人种”也不吝，福泽谕吉就支持自己的弟子高桥义雄作《日本人种改良论》(明治十七〔1884〕年)，特为该书作序，瞧书中第四章怎么说——“若有难者曰与西洋人结婚会导致西洋化，则亦可以吃牛肉而致身体牛化答之”，此等“拿来主义”，正是那个时代提供给留学生“周树人”们的营养所在，而他们也就毫不含糊地将这“拿来主义”也一并“拿来”，并不像现在这样神经质，一提“借鉴”和“模仿”就担心冲散了“巨大的想象力”。说到底还是时代的心胸和气度的问题。“借鉴”和“模仿”皆人类成长过程中的必须，所谓“拿来主义”也是与这学习的过程相生相伴的一种主义，莫非《歧路》“首先预设了一个前提”，以为因为是“鲁迅”就可以不经过“模仿”(学习和借鉴)而“达到创造”吗？

(本文作者系旅日学者)

文字三帖

孙香我

吾乡文字

德国汉学家顾彬研究中国当代文学，却又不大看得起中国当代文学，接受记者采访时甚至有过“是垃圾”的愤激之言。他的看不起有许多理由，其中一条是中国作家写得太快了。听说中国内地单长篇小说一年要出多少万部，听说许多中国作家一天能写五六千字，他就大摇其头：“在德国一个真正的作家不会一天写六千个字。”他举了两个例子，一是托马斯·曼一天只写一页，一是彼得·施耐德一年才写一百页，更少。顾彬自己也是作家：“这也是我对自己的要求，如果写散文或者小说，我一天只写一页就差不多了。”到底是外国佬，哪能知道中国国情便是追求“多快好省”的，不怪他。

我们扬州虽说小小一个地方，单单这几年，据说长篇小说就出了好几十部，可喜可贺。一个女孩才初中生，已出了一部长篇小说了，作协赶紧批准其入会以示褒奖，使其成为全市年龄最小的作家。一位卖服装的老板在网上写了一部小说也是长篇的，据老板自己说几十万字一挥而就，不料一炮打响，真是喜出望外，马上趁热打铁老板要写三部曲，听说如今已写到第三部了。更有一女写家尤其不得了，才二十来岁就已经出了三十部长篇小说，长篇小说啊，三十部啊，二十来岁啊，光听听就要叫人五体投地的罢。“出名要趁早”，当然就要写得快，顾彬那外国老头光会说现成话，像你那样一天写一页，哪年哪月才出得了名，谁等得及啊。

大概是朋友寄来文章请教，汤显祖回信说："读大作，琤琤，鲜发可喜，加以珑琢，魁卷无疑。苏有妪卖水磨扇者，磨一月，直可两，半月者八百钱。工力贵贱可知。吾乡文字，近不能与天下争价者，一两日水磨耳。"对方肯定是好朋友，汤显祖不能不一吐逆耳之言，辞真意切，金针度人。

字矜贵

闲来翻书，不求甚解，一目十行。真不是对人家的文字失敬，无用如我，一书在手，不为学习，只图消遣，一目十行何妨，不求甚解合该。有时一目亦十行不了，会被一句话或几个字绊住，停在某一行上过不去。今天翻黄裳的书，翻到《张溪若与邓叔存》一文，里面引邓叔存说张溪若的话："文字矜贵的溪若。"读到这一句，陡然一惊，目光盯在"文字矜贵"这四个字上半天移不开。如受棒喝，心下豁然。

时下有一班才子才女，仗着有才，便什么都写，什么应时应节他写什么，报纸杂志要什么他写什么，且一出手篇篇都是美文，下笔如有神。才真是要佩服他有才的，要不怎么是才子才女呢。《世说新语·文学》注引《文章传》曰："机善属文，司空张华见其文章，篇篇称善，犹讥其作文太冶，谓曰：'人之作文，患于不才，至子为文，乃患太多也。'"说的是陆机，如今才子才女的那个才要我看怕也是"乃患太多也"。每每看到所谓美文竟至下作，要说看不起，我不说谎，是真有点看不起的，但更多的还是可惜，替才子才女可惜：卿本佳人。

做人有为有不为，作文有写有不写，这便是矜贵罢。想想真是这样的，作文做人，真不能滥，一滥便贱，一贱便不值钱矣。我闲来亦是喜欢写写小文章的，一念及此，能不战战兢兢。文字矜贵，矜贵的是文字背后的那个人呢。

文字这东西

有位出版了一部长篇小说的网络作家,写文章称自己的小说为“五十二万字巨著”,意思大概总是要告诉我们,他写的小说够长够分量。凭良心讲,写一部这么长的小说真不是容易的事,别的不说,单单在电脑上把五十二万字一个一个敲出来,就要花多少工夫啊。但如果说小说写得长就有分量就是巨著,我要说句扫兴的话,怕也不是那么一回事。看了这位作家“五十二万字巨著”的自诩,我不说谎,私下里曾戏谑过,我说文字不是比长短的,文字这东西不是男人那东西,越长越厉害,越长越了得,你要比长短到澡堂子里去比,比你长的多的是,哪里轮得到你。我这话虽然放肆了一点,但总归是话糙理不糙罢:文字的好坏高下岂是以长短论之的。

翻过《古文观止》的没有人不知道王安石的《读孟尝君传》罢:“世皆称孟尝君能得士,士以故归之,而卒赖其力以脱于虎豹之秦。嗟乎,孟尝君特鸡鸣狗盗之雄耳,岂足以言得士。不然,擅齐之强,得一士焉,宜可以南面而制秦,尚何取鸡鸣狗盗之力哉。鸡鸣狗盗之出其门,此士之所以不至也。”通篇不足九十字,却是千古之文,能比长短吗?再说一篇现代人的文字,刘半农的《记韩世昌》:“韩世昌,伶人也。尝从武进赵子敬习昆曲。子敬老病死京师,世昌出五六千金为料理后事。此在梅兰芳等当如九牛之拔一毛,于世昌则为难能。世昌演剧,尝见赏于新闻记者邵飘萍。及飘萍为张宗昌所害,故旧莫敢往收尸,独世昌毅然往。呜呼,世昌伶人也,人徒知世昌之为伶人也。”此等文字,吾辈直是不能赞一辞,有人称此文“短短百十来个字,立一伶人于史也”,此等分量,你掂掂。

如今个个写长篇小说,连散文也有长篇散文一说了,以为一长篇,就够分量,就是真正的作家了,要我看,自欺欺人怕都算不上,只是自欺,欺人欺得了谁呢?你想想如今读者的眼光多厉害啊,烂书不知见过了多少,吃百堑也能长一智了。文字的好坏高下真的与长短没关系,鲁迅也写小说,一生未有长篇,就那几篇短篇小说,论文字,论思想,中国文坛至今望尘莫及。其实我们读者也不是不喜欢读长篇小说长篇散文的,“懒婆娘的裹脚又臭又长”,讨厌之处不在于它长而在于它臭,若不臭,长何妨。如今哪位作家若果真能像王朔说的“一不小心弄出一部《红楼梦》来”,别说“五十二万字”,后面再加个零,我们读者也保证不嫌长,你去“弄”。

文学批评,能否少走极端?

周慧虹

文学批评是一面镜子,它可以照出文学作品的原貌,令作者及读者更清晰地领略作品之美,同时也深入发现作品存在的种种缺憾。对于文学及其作者、读者而言,优秀的文学批评能够创造出“1+1>2”效应。

现在的问题是,文学批评似乎并非一面平整光洁的镜子,倒更像是哈哈镜——文学作品(包括其作者)要么被照得低矮肥胖,要么照得高大细长。反正是不太得体,让人看了不舒服。

稍微对文学批评有所关注的人不难发现,当前普遍存在的问题是很多文学批评不痛不痒,点不到要害;更有些文学批评,“批评”不足“赞美”有余,受经济利益、人情世故等因素影响,一部平庸之作也能被文学批评家们给捧上了天。正基于此,近年来文学批评颇遭诟病,以致损及其行业形象,引起业内有责任感人士及广大读者不满。如此言不及义乃至矮化了文学批评家人格的业态现实,确需尽快改改了。

为了改善文学批评生态,将文学批评拉回其应处的轨道,相关方面的努力也在自觉或不自觉地进行。其中风头正劲的当属《文学报》,它自去年创刊《新批评》专刊伊始,便标榜走“真诚、善意、锐利”路线,在其征稿启事中明确提出反对不痛不痒的泛泛而论,从而刊发了大量有分量、令人耳目一新的批评文章,像其爆料的鲁迅文学奖得主谭旭东涉嫌“抄袭门”等一些文章在社会上引起强烈反响。这同时也为《文学报·新批评》赢得了如潮好评。

《文学报·新批评》确实为文学批评界刮入了一缕清爽之风,不过,有些话笔者还是想说说。就在最近一期的《新批评》上,笔者读到了唐小林先生写的《贾平凹的"硬伤"》，应该说，该文有理有据，读罢使人对一些文史知识有了进一步了解，受益匪浅。然而，该文语调总让人读着隐隐感到不怎么舒服，著名作家贾平凹经其一番奚落，竟然如此不堪。在谈到贾平凹误将沈从文夫人张兆和写成了张采和时，该文写道"贾平凹先生连沈从文先生的夫人究竟叫什么名字都没有搞清楚，就居然敢在文章中大谈沈从文的婚恋……这样的勇气，在当代中国作家中，至少可以说得上是极为罕见的壮举。"我觉得，是人都有健忘的时候，我们有时见到久未谋面的同学朋友，或是一面之交的人，常遇想不起其名字的情形；作家也是人，况且作家读得多、想得多，难免知识混淆，将"张兆和"误写为"张采和"并非不可理喻之事，帮其指出错误也就完了，唐小林先生犯不着上纲上线叹为"极为罕见的壮举"，如此正话反说，我隐约看到的是一个面露鄙夷、洋洋自得的小家子气身影。

类似这样读着令人不舒服的语句还有很多，例如，"如果贾平凹先生在撰写此文时只要稍稍查一下资料（笔者按：此句"如果""只要"去掉一个即可，唐先生文句也不怎么精炼哦），核对一下基本事实，而不是那么浮皮潦草，仅仅靠想当然和捕风捉影，恃才傲物地写文章，就绝不会出现如此张冠李戴、无中生有的错误。"不知唐小林与贾平凹先生是何关系，是否对贾平凹平素一言一行知根知底，要不然，他怎么就知道贾平凹笔下之误不是因了一时疏忽，而是"恃才傲物"所致？再如，谈及贾平凹在一段文字中将自己称为"寡人"时，唐小林先生不厌其烦地解释一番何谓"寡人"，末了不忘质问，"贾平凹先生怎么能够君临天下地自己称自己为'寡人'呢？"这倒令我想起了我的一位同学，他与人谈话总喜欢"朕"长"朕"短，别人也没怎么当真，在我这位同学"朕"不过是他的口头禅，而在贾平凹这里，我宁愿相信"寡人"是一种调侃说法，没曾想，唐小林先生严肃至极，调侃到了他这里，就不忘板起面孔耳提面命一番了。再看看，"难道李白的名气比李贺大，贾平凹先生就可以将李贺的诗歌任意署成李白的名字？""对此，我不知道贾平凹先生有何感想，但愿韩先生的话，不会被贾平凹先生当成了耳边风”……完全一副有话不好好说，得理不饶人，站在自我道德高地上蛮横挥舞大棒的阵势。

人非草木，孰能无情？同样内容，说得巧妙，人就爱听，也容易接受你的建议；否则，话中充满了火药味，把被批评对象当作了敌人，就算你说得再有理，对方照样恨不能伺候你一顿老拳。文学批评是给人提建议让人进步的，而不是揭人老底逞己之能图一时之快的。所以，文学批评除了要坚持真理，我看还得讲求将心比心。没人不希望听到别人对自己提出有价值的建议，但没人希望听到过于刺耳的话语、看到太过鄙薄的神情。而恰恰，我们伟大的母语，为我们提供了那么多可供选择的词汇与表达方式，如何以平和心态把控好它，考验着一个人的才情，也潜移默化地展现着一个人的道德修养。

需要指出的是，由于文学批评文章刊载出来后，受之者众，它也就更容易产生一种辐射、濡染效应，影响着更多人的内心感受，影响到文学批评的秩序建设，好的激励更多人、更多事向好，劣的污染更多人、更多事向劣，对之，执笔为文者不能不审慎待之，切莫只图标新立异出风头而人为制造文坛的对立、混乱局面。

从历史上来看，很多时候，我们很多人在很多事情的处理上容易走极端，非左即右、非黑即白。这或许可看作是一个人的个性，但它未必值得推崇。文学批评是否也应该对照它有所反思？当今文学批评中一团和气嘻嘻哈哈现象多了，吃人嘴软拿人手短现象多了，神吹海侃指鹿为马现象多了，固然需要正本清源重新举起客观批评的大旗，可是否“矫枉”务必“过正”，一定要声色俱厉地不揪住被批评人一大把“小辫”不罢休，不把被批评人镇得喘不过气来不罢休？我看这样未必就好。有理没理，咱先得把心态放平和了，把语调放平缓了再说，常言道“有理不在声高”嘛，只要说到了点子上，照样不失其犀利，不令人不信服。现实当中，对人讽刺挖苦说轻了是道德欠缺，说重了有违法之嫌，文学批评文章白纸黑字永久地留在那里，就算不考虑子孙后代将来恐怕要看到自己的尖刻相，只是为着自己的话能被人听进去，促进别人不仅能从中受益写出更好作品，而且能心胸畅亮接过批评的接力棒善意地帮助其他更多人，文学批评者也需强化自身修为，把自己的心胸锻炼宽广了，把眼界锻炼开阔了，把脑子锻炼得更智慧了，然后再落笔为文写出更胜一筹令人尊敬的批评文字。

《文学报》主编曾写过一篇《〈新批评〉欢迎"向我开炮"》的文章，近期该报摘刊此文，"意在《新批评》创刊一周年之际，重申编辑部办刊理念以及对待批评的态度，这'态度'既包含《新批评》对他人作品的批评，也包含他人对《新批评》自身的批评。"我这篇文字，算不得"开炮"，只是想，今后，唐小林先生为文时能少些咄咄逼人剑拔弩张、多些态度平和交流商榷；《文学报·新批评》在选稿时能更多倾向于诚恳、客观、深刻的稿件，那么我想，这样的作者才不失其大家风范，这样的专业报刊才既不失其"锐利"，同时更能兼顾"真诚、善意"，能为团结凝聚人心、促进我国文学事业发展做出不可磨灭的贡献。而这，也正是我对所有文学批评者、文学批评媒介的期许。

有感于唐小林获奖

郭平德

6月7日《文学报》“关注”板块刊登了获得首届《文学报·新批评》优秀评论奖作者唐小林的获奖感言。笔者读后，深感欣慰。一位普通的文学爱好者和打工仔，居然能获得全国有影响的文学评论奖，在当下物欲横流境况下，对于论资排辈、以人画圈的文坛确实是件新鲜事。这至少说明文学报已经跳出了令国人深恶痛绝的这个怪圈，在引导人们走出文学批评的僵化死亡峡谷，向着大众文学的绿草原迈进。这正如唐小林所说的：“在长期的阅读中，我越来越感觉到中国的文坛可能出了问题。比如，某些作家稀松平常的作品，居然被众多文学批评家捧上天……”这不光要赞扬唐小林敏锐的发现眼光，更可贵的精神是他敢于拿起笔去将自己的怀疑戳穿。这当然首先要感谢《文学报》创刊的《新批评》，如果没有这块新平台供他发表真知灼见，也不会有《天花是如何乱坠》的优秀新评论诞生。其实很多文学爱好者都发现了中国文坛出了问题。不仅文学批评出了问题，文学评奖何尝公平？只不过是国人已司空见惯，只好随波逐流，麻木不仁而已。文坛炒作与歌坛炒作异曲同工。十分难听的歌曲，反倒独有“粉丝”捧场，一般人就跟着瞎起哄。这些怪现象在中国见惯不怪。许多名人都是被舆论界炒作出来的，听说一位“日理万机”的县委书记一年出7本诗集，被评为国家“一级作家”。只要有权有钱，就有人帮他炒作，要风得风，要雨得雨。

感谢《文学报》创刊《新批评》。这个名字好，读者读了耳目一新，就知道有别于其他报刊的“文学批评”。一年来发表了许多很有公众影响力的文学批评，提升了自身的价值和影响力。但要警惕，当心那些投机钻营者很快又摇身一变，成为《新批评》的座上宾，把大众的弃儿打扮成“新娘”。

毛主席《在延安文艺座谈会上的讲话》指出：我们的文艺是为人民大众服务的，不是为文艺圈里的人评功摆好的。互相批评，当然也不是什么“文人相轻”，互相拆台。批评不是赞扬，本来就是指出问题，促进文艺发展与进步。文学批评，自然也是要促进文学的繁荣与进步。这就要求文学批评要说真话，而不是假话、空话和大话。

我坚信《新批评》会办得愈来愈好，受到人民大众的喜爱。新批评就新在与平庸“时尚”的“旧批评”不同。是唐小林喜欢的，也是笔者和千千万万的读者所喜欢的。

扶东倒西的改良叙事

——读马勇《1911 年中国大革命》

王晴飞

2011 年是辛亥革命 100 周年，学术界也推出了不少相关的研究论著，马勇先生的《1911 年中国大革命》（以下简称马著）便是其中的一种。此书引人注意之处，其一是语言通俗，细节丰富，与传统历史教科书不同，马著向大众展示了大量细节，使得书中所呈现出来的辛亥革命拼图更加丰满。其二，也是更值得注意的，是其鲜明的“改良叙事”。

所谓“改良叙事”，自然是相对于“革命叙事”而言。过去传统的近现代史研究，往往过度强调革命，忽略改良，强调断裂，忽略延续，强调斗争，忽略妥协。马著则恰恰相反，褒改良而贬革命。

这一倾向也是其来有自，并非自今日始。自 20 世纪 90 年代以来，学界已经开始反思激进主义，反思革命甚至“告别革命”，措意于对近现代中国革命以外的道路可能性的关注与发掘，注意到改良派思想中的合理性。从学术内在理路的发展而言，这是由于传统的革命范式已日益显现出其局限性，对于近现代历史中“革命视野”以外的部分造成了遮蔽，阐释力减弱。从外在的因素来说，一是受到海外历史研究的影响，一是和我们当下的社会现实相关——改革开放以后，国家、社会的心态和意识形态导向由“革命党”向“执政党”变化。

作为社会变革和进入现代化的两种方式，革命与改良在不同的国家分别有过实践。按照我们以前传统的革命史叙述，革命比改良的优越性在于其彻底性，改良的妥协性被视为资产阶级软弱性的表现。但是如果从整个社会震荡的程度和社会为此付出代价的大小来看，显然改良更易于为大多数人所接受。它往往是在尊重传统的基础上，自上而下，由当政者主动做出变革，社会不同阶层、不同力量群体之间通过协商达到妥协，是一种双赢甚至“多赢”。这固然是很好的事情，不过我们在具体研究中国的近现代史时，也必须要解决这样一个问题：即中国最终为何选择了革命，改良本身或改良派所依托的力量本身有什么弊端和缺陷，如果不能对这些问题作出令人信服的答案，而只是将改良的失败徒然地归因于革命的捣乱，凭借历史的后见之明忽视历史语境中各种力量之间的互动，将历史视为可以任意加减的固定物，则我们在祛除了“革命叙事”的一偏之见时往往又会落入“改良叙事”的门户之中，扶得东来又倒西，城头变幻大王旗，很难对革命与改良这两种历史遗产做出真正有意义的清理与反思。

马勇先生书中对于这一问题的解释是难以令人信服的，他主要集中在两个方面阐释，一是清廷好心办了坏事，一是革命党的破坏。从前者而言，这与其说是解释，毋宁说是辩护，而且辩护的重心也在于“好心”而非“坏事”（“坏事”的部分则留给革命党的破坏和国内外的客观形势），从而使得严肃的历史研究流于各人道德高下、动机纯良与否的竞赛，所以对于慈禧以及后来清廷新贵甚至包括更后来的袁世凯等人善良动机的强调、推测几乎贯穿全书，随处可见。譬如在谈到晚清变革时说："如果不发生其他意外，相信清政府开启的新政也能够缓慢地向政治变革转变，君主专制也能够逐步追随世界潮流向君主立宪的政治体制和平演变平稳过渡，因为中国实在没有其他的道路可走。"（马著，第20页）在叙述中，马勇总是过高估计最高统治者的政治智慧和胸襟，如说在出洋五大臣的影响下，"慈禧太后、光绪帝的思想也有很大改变，确实意识到了中国的未来大概只能走上世界一体化的道路，即便是为了皇权永固，万世一系，也必须有所改革有所进步，不可继续抱残守缺，食古不化，坐井观天，夜郎自大，尊己卑人，坚守君主专制体制；（中略）所以他们的结论只有一个，那就是，在目前'霸国主义时代'，中国要想生存，要想发展，要想富国强兵，除了与世界同步，采用立宪政体外，别无他途他术。"（马著，第39页）这其实是作者在代两宫立言，将自己的想法加诸两宫，说得太轻巧，也太过拔高。其实，晚清的局势之所以一再恶化，终以暴力革命终结，根本还在于清廷不肯真正立宪分权，属于被动变革，死死抱住作为祖上鲜血酬劳的权力，总是在遇到危机迫于压力时做些改革的姿态，而一旦危机缓解，便又故态复萌，步步都落在舆论之后，一再贻误时机，也使得仅存的一点统治合法性消失殆尽。

这样过度的善意的揣测，与事实多有冲突不合，所以马著中多有自相矛盾之处。譬如他一方面拔高慈禧等人的觉悟，认为最高统治者一定是要为国家着想的，所以其诚意是不值得怀疑的，（马著，第45页）另一面又说"清廷原本就对立宪政治心存疑虑，之所以派大员出国考察东西洋各国宪政，其实是因为东三省问题而起，并不是清廷统治的内部需要，所以在反对呼声日高时，清廷最高层总是表现为退缩，赞成者和反对者以清廷为支点发生跷跷板的效应。清廷的犹豫徘徊使赞成立宪的人深感失望，考察政治大臣镇国公载泽也愤怒异常"。（马著，第41页）其实是认同了清廷的改革并非主动，而是迫于各实力派大员和民众舆论的压力而作出的不得已的选择。而从清廷的一系列措施上来看,也的确丝毫体现不出诚意和智慧。如最早的立宪改革有“五不议”,即“军机处不议,内务府不议,八旗事不议,翰林院事不议,太监事不议”。(马著,第 47 页)有此“五不议”,则何事可议呢？军机处仍是议政最高权力机构,所谓改革只不过是多了几个新贵,换了几块牌子,甚至趁机削减了汉族大员,诚意何在？马勇认为新增的资政院和审计院是一大进步,但实际上这两个机构不过是摆设而已,顶多是顾问性质,对于皇权毫无制约作用。马勇竭力于这次“改革”中发现意义,为清廷辩护,反而暴露了他对于现代民主政治的隔膜。他将军机处下设的“宪政编查馆”等同于立宪国家责任内阁的法制局,便是一例。军机处设立于雍正时期,本是皇帝为侵夺内阁权力,加强集权所设。明清的内阁本是皇帝侵夺相权所设,并非现代意义上的“内阁”,也只是皇帝的一个秘书班子,其本身便是皇权扩张的产物,只不过运行日久,渐成制度,皇帝操控起来略有不便,于是设置军机处,重新集拢大权,不惟算不得现代意义上的内阁,在分权的功能上,也远不能与传统中国官僚体制中的宰相衙门相比,虽然是最高决策机关,但有实权而无名分,其人员的进退完全取决于皇帝个人裁决,丝毫起不到制衡皇权的作用。尤为过分而也是最终使得清政府丧失最后的合法性的是,1911 年清廷出台的第一任责任内阁,完全变成了“皇族内阁”,13 名阁员中,有 7 名皇族成员,2 名满人,只有 4 名汉人,这一彻底丧失了底线的举措,使得士绅阶层对清廷完全丧失了信心和期待。

而即便是对于这样的倒行逆施之举,马勇也能做出冠冕堂皇的辩护:“反对者忽略了《钦定宪法大纲》中的特例或例外原则。这个《钦定宪法大纲》在规范皇帝权力时有一项特殊规定,即大权统于朝廷,皇帝拥有颁布法律、召集解散议会、设官制禄、黜陟百司等权力,以为君主立宪体制中的黜陟百司就是皇上有权任用一切官员。从这个意义上说,第一届责任内阁怎样组成,由谁来组成,其实权力还在朝廷,还在皇上。这也是皇帝不容剥夺的特权。所以说,第一届责任内阁弄成了皇族内阁,弄成了一个太子党,虽然不尽理想，但并没有超越宪法规定，并不违宪。”（马著，第143页）这几乎是狡辩了，要知道，立宪的根本在于限制皇权，在于让更多的民众（或至少是士绅阶层）有参与政治的权利，倘若一切权力仍在皇帝一人手中，则这种立宪本身就是虚假的，这个《钦定宪法大纲》本身也就是违背宪政精神的。马勇甚至一再为那些已经享受常人远远不能享受到的特权的皇族成员们的“参政权”操心，说什么“既然一般汉人都有政治上提升的可能，那么皇室成员为什么不能享有同等的国民待遇，从事政治呢”？（马著，第144页）“立宪国家的政治改革，是泯灭一切民族身份，所有民族一律平等，所有出身都不再区分贵贱。汉族人可以出任内阁总理大臣，满洲人乃至满洲贵族也同样可以出任内阁总理大臣。立宪政治人无分贵贱，是对所有人而言，那为什么要限制皇族成员出任政府要职呢？”（马著，第148页）甚至还天真地认为，之所以有大量皇族成员进入内阁，是因为当时的政治精英只有这么多，除了他们，摄政王实在无其他人才可用。这就更是倒果为因，几乎适合为一切任人唯亲的独裁政权辩护。其实，正是因为他们是皇族成员，他们才会“成为”政治精英，而另外的那些汉人们，完全得不到这种参政从而“成为”政治精英的机会。对于东西各立宪国限制皇族成员担任政府要职的规定，马勇的解释是这样做容易影响皇族的威信和体面，这也是不懂现代政治的表现。立宪国家限制皇族成员介入实际政治，其根本还在于防止权力的集中和滥用，这只要是立足于国家和民众的立场本不难看到，而马勇则总是从皇族的立场出发，设身处地为皇族利益着想，所以看不到这一点。更为荒谬的是，马勇甚至认为皇族成员进入内阁有助于改革的深化，因为“自上而下的政治改革必将遇到无数的压力和困难，必将遇到来自皇族的反对和抵制，（略）当皇族成员出面反对时，谁最有力量出面反击或劝阻呢？当然是皇族自身”。（马著，第149页）这简直是拿自己的左手去阻止右手作恶，是让运动员兼职的裁判来维持赛场公正，是要使皇族成员揪着自己的头发使自己离开地球了。

在马勇的眼里，现代革命党与传统社会中占山为王的梁山好汉之流本无区别。他在书中发出这样的感慨："其实，每一个造反者都有被动的原因和不得已的苦衷，而每一个造反者其实也都等待着招安。"（马著，第127页）中国的现代革命，固然有浓厚的农民起义的底色，也不乏"要做官，杀人放火受招安"的思想在，但将无数仁人志士（这其中包括大量衣食无忧甚至出身官绅之家的读书人）投身的革命直接等同于梁山好汉，认为他们的目的就是升官发财，这未免太武断，太轻浮了。

一切好事，都是当权者（慈禧、摄政王、袁世凯）所为，他们总是"好心"，而革命者总是"恶意"。"好心"办了坏事，也总是坏人（革命党）的捣乱。甚至连皇族内阁的出现，都是因为满清贵族听信了孙中山等人关于满汉之分的宣传，从而对汉人产生了防范之心。（马著，第144页）殊不知，防范汉人，本是以少数民族入主中原的清政权一直以来丝毫不敢掉以轻心之事。马勇笔下的"改良"往往使人难以与现代民主宪政相联系，而更像是为集权主义辩护，常使人想起"天王圣明，臣罪当诛"之语。

由于这种顽固的改良立场，马勇对革命缺乏了解之同情，对"改良"或看似"改良"者给予了过多的温情和敬意，从而将严肃的史学研究，变为毫无意义的门户、道德之争。更由于过分偏爱"改良"，视革命为捣乱与破坏，视革命者为道德恶劣之徒，认为倘若没有革命者的破坏，改良早已成功，而不至于陷入日后的混乱。他甚至假设如果当时李鸿章接见了孙中山，则中国的历史都将改写。（马著，第7页）这其实都是过度发挥其历史的后见之明，以美好愿望代替历史事实，将鲜活复杂的历史变为任其打扮的小姑娘，视历史人物为傀儡，可以任我设计，随意增减。真正的历史是各种力量的互动，牵一发而动全身，我们不能从中剔除掉自己不喜欢的成分，而静候一个自己中意的强人来挽救大局。

胡适之先生曾有一个观点，认为陈独秀如果不是1919年被汤尔和等人设计挤走，而是继续在北大教书，就不会脱离自由主义思想，就不会组党,则中国就不会有此后政治与思想的分野。我对胡适先生历来尊崇,但对他这种以个人设计代替历史现实的思维却不敢苟同,以为过于幼稚了。

纯美爱情是如何“制造”的

——谈小说《那些年，我们一起追的女孩》的影视改编

曾于里

台湾作家九把刀首次执导的电影《那些年，我们一起追的女孩》(下文简称《那些年》)取得出乎意料的成功。这部小投资电影在台湾票房突破4亿新台币，更是创下香港华语片票房纪录。此外该片在亚洲其他国家和地区上映，也都取得相当突出的票房成绩。电影版《那些年》的走红也带动小说版《那些年》的再次热销。事实上，小说版《那些年》早在2007年便于大陆出版，虽然销量不错，但是引起的反响远不及今日的电影版，甚至不及九把刀之前出版的其他小说。笔者在2007年第一时间便阅读了小说，觉得相当有意思，但后来听闻九把刀准备将它搬上银幕却有了些微担心，一方面，小说表达的情感有些复杂，改编存在难度；另一方面，小说的主题与情感也

不够商业，贸然改编极易"擦枪走火"。但事实证明，九把刀的才华不可限量，他的改编聪明、细微且细腻——乃至于许多既看了小说也看了电影的人都无察觉，既保留了小说里那些好看的元素，又使得电影的整体情感脉络悄然发生改变，从"不商业"到"很商业"。笔者企图将这些细微改动一一揭示，读者可在二者对比的张力中发现商业逻辑是如何巧妙而不露痕迹地渗入电影中的。

小说《那些年》：少年的成长史

作为台湾新生代畅销作家，九把刀的叙述才华毋庸置疑。他的故事很俗套，比如爱情小说，其实并未脱离琼瑶一路而来的模式，比如《那些年》之前九把刀在大陆出版的《等一个人咖啡》。但九把刀的语言简单、准确，叙述语调轻快、亲切，对一些细节和微小情愫的把握能力相当惊人，写得很熨帖、入情入理；并且他的小说常常由一些有意思的对话构成主体，阅读上能给读者相当畅快的体验。小说版《那些年》同时具备了以上的优点。当然，《那些年》好看还有一个至关重要的原因，它契合了一个热门的主题——"青春"。

何为"青春"？很多时候，青春近乎一种姿态，一种蓦然回首却追悔不及的姿态，它美好、温婉，同时令人感伤。而青春期的爱情，无疑是这个回首姿态中一个最美丽而苍凉的手势。

小说中柯景腾喜欢上的第一个女孩并不是沈佳仪，而是李小华，他说"毫无疑问，我喜欢李小华。非常非常的喜欢"。当时国三，柯景腾的座位从沈佳仪后面调到李小华后面，李小华不断催促他学习，就像以前沈佳仪催促他一样，柯景腾学习成绩稳步上升。渐渐地，他发现自己喜欢上李小华。于是，他每天放学都跟在李小华的车后跑。而有一次，李小华问柯景腾喜欢沈佳仪吗，他立即辩解：

“吼，她根本就是欧巴桑好不好，上次她还送我证严法师的静思语语录，要我静下心来念书，天，证严法师耶！念南无阿弥陀佛那个！”我强调，夸张地笑了出来。

可是李小华后来还是和柯景腾分手了，或者说他们根本没在一起过。但是十多年之后，回忆起往事，李小华依旧是柯景腾人生中浓墨重彩的一笔。柯景腾动情地写道：

第一次与你一起回家的人，你一辈子都不可能忘记。

十三年后，我闭上眼睛，还是可以看见……

偌大的中华路上，黄昏下，我腼腆地跟李小华牵着脚踏车，天南地北聊天踏步的画面。或微风，或下雨，或晴天，或阴天。

失恋之后，柯景腾低沉了那么一段时间，可是渐渐地、渐渐地，他发现自己喜欢上了沈佳仪。两个人两小无猜般的友情（爱情）是小说的华彩篇章，有不少情节相当打动人。只是联考时，沈佳仪发挥失常，只考进国立台北教育学院，和柯景腾分隔两地。两个人的爱情保持了一段时间，可是有一次柯景腾举办格斗比赛，把自己伤得很重，沈佳仪严厉斥责柯景腾，引发两人矛盾，导致最终的分手。

看完电影再回过头看小说的读者也许会一直津津乐道于柯景腾与沈佳仪那令人叹息的爱情故事，事实上，小说《那些年》主题并不是爱情，而是成长，一个男孩经历过那些女孩而成长的故事。那些女孩，于柯景腾的意义并不是爱情，他爱上的其实不是她（无论这个她是谁），他爱上的是爱上她的那个自己。

柯景腾首先喜欢上李小华，但是他不知道自己喜欢李小华什么，但毫无疑问，柯景腾喜欢上喜欢李小华的那种感觉，喜欢上喜欢李小华的那个自己——他热血，敢拼，充满男子汉气概。

而柯景腾喜欢上沈佳仪的步骤与喜欢上李小华是一模一样的，她们都催促着他做作业，而他也为了心爱的女孩不断努力，成绩进步得连他自己都“害怕”，获得从未有过的成就感，用柯景腾自己的话说，那是一种闪闪发光的感觉。当地震夜晚，沈佳仪向柯景腾表白说自己喜欢他时，柯景腾如此回应：

> “我也很喜欢，当年喜欢着你的我。”我只能握紧话筒，慢慢说：“那时候的我，简直无时无刻都在发光呢。”

是的，这句话道出了小说中“爱情”的核心，柯景腾爱上的只是那个在爱情中闪闪发光的自己。小说还有一些片段对这点已经有所提及：

> “我喜欢沈佳仪，也喜欢我自己，所以当然也喜欢喜欢着沈佳仪时候的我自己。”我捞起猪肉片大口嚼着，说道：“喜欢对的人的时候，我身上可是会发光的耶，谁不喜欢因为喜欢的人发光的感觉？”

但无论如何，柯景腾喜欢上那个闪闪发光的自己胜过于喜欢沈佳仪。正是因为如此，当沈佳仪和柯景腾分手之后，虽然柯景腾和沈佳仪都迅速地又谈了一段恋爱，但是沈佳仪一个月便分手了（因为她仍忘不了柯景腾），而柯景腾这段新的恋情依旧持续了八年。在地震夜，沈佳仪向柯景腾表白说，她一直等待着柯景腾与他的女友分手，可是等啊等啊，柯景腾还是没有。而柯景腾的回应是，我一旦喜欢上一个人便横冲直撞。也许连柯景腾自己也没有意识到，他从始至终都未爱上某一个女孩，他以为他喜欢她，但事实上他喜欢的只是那种为一个人发光的感觉。也许，沈佳仪对他是特别的，但也仅仅是特别而已。——只是亲爱的，那不是爱情。

因此,说到底,小说《那些年》与其说是一部爱情小说,毋宁说是一部成长小说,他带着主人公柯景腾个人的成长印记,是他个人的成长史(九把刀事后也说“小说”里一切都是真实的)——是那些美好的女孩伴着他成长,引领他成长,她们是他青春中最闪亮的部分,同时也印证了青春中那个闪闪发亮的自己。

电影《那些年》:痴情少年的纯爱故事

到了电影《那些年》,导演九把刀对小说进行了删改。电影保留了小说中的很多青春气息,那些热血的,搞笑的,有趣的;但沈佳仪和柯景腾那条线作了极大的改动。电影不断往纯情而唯美的爱情方面靠拢。

首先是,对沈佳宜(电影将“沈佳仪”改为“沈佳宜”)形象上的改造。电影增添的一个关键性情节是,班费被偷,教导主任要求搜身,作为班长的沈佳宜勇敢地予以拒绝,最后他们几个人被教导主任罚站在走廊上,哭得梨花带雨。这个时候沈佳宜不再只是一个功课好气质好的三好学生,也不再只是一个平日里喜欢碎碎念、喜欢扮成熟的可爱小女生,她一下子变得果敢,有原则,讲义气,重感情,忽然就那样鲜活灵巧,有血有肉起来了。从沈佳仪到沈佳宜,从女孩变为女神,更加符合观众对“初恋情人”的完美想象。

毫无疑问,电影中美化最多的是男主人公柯景腾的纯情。

首先是李小华那条线被剔除了。即便李小华是柯景腾真心爱上的女孩,是柯景腾从未忘怀的人,在小说中她甚至与沈佳宜有同样的地位(柯景腾收藏很多她与沈佳宜的信件),但为了确保纯情内核,李小华便消失得无影无踪。

电影中,这种纯情更表现在柯景腾在与沈佳宜分手之后,没有再谈一段长达8年的恋爱,电影着意于表现柯景腾对沈佳宜从始至终的念念不忘,从那一件点满蓝色墨水的衬衫，到苹果意象的几次反复出现。

如果说电影行进到这里还稍嫌平淡的话，那么，在最后十分钟，这浓烈而深沉的爱意得到了一个始料未及的大爆发。婚礼现场柯景腾等人闹着说要吻新娘，而新郎说想怎样吻新娘，必须先怎样吻他。正当所有人都感到诧异时，柯景腾第一个扑了上去。他深深地吻着新郎。镜头闪回，是他和沈佳宜那些点点滴滴的片段，柯景腾感觉自己怀中深深拥着的，是他所深爱的女孩。

电影最后的这十分钟打动了无数人，柯景腾对沈佳宜的感情得到了一个升华：她，是他生命中最重要的女孩，他爱她，从始至终。这样一来，小说到电影，叙述主题便成功实现了转化，爱情是毋庸置疑的至上主题，不再是一个男孩通过几个女孩来确证自己的存在，而是一个男孩对一个女孩，真真正正、勇敢执着且至死不渝的深沉爱恋。

改编与走红背后

《那些年》从小说到电影，并不仅仅是主题的变化。如果单纯从艺术性角度来看，小说是远高于电影的，它在“成长小说”这个大母题下，真切而生动地描摹了少年在青春期情感混沌迷蒙的状态，它散发的一些情绪难免让人联想到王朔的《动物凶猛》。王朔的小说带有更多那个时代和社会的隐喻，九把刀的小说简单得多，却也更符合新时代青春期少年的情感状态，但两部小说在对青春和爱情事后追认时表现出的哀婉惆怅、剪不断理还乱的复杂情绪以及自我辩解都相当动人。可是《那些年》从小说到电影，便蜕化成一个简单的纯爱故事，九把刀删繁就简，真实而矛盾的情感都不见了，而是奔着“我爱你你爱我”的主题绞尽脑汁增添一些新的“感人”桥段，一味地通俗、煽情、好看。因此，我必须不合时宜地提醒《那些年》的狂热粉丝们，电影《那些年》的爱情之所以唯美，在于它是经过包装、掺杂虚构，在小说《那些年》的对照下（小说才是事实的真相），这纯美的爱情反倒因它的不真实而显得不够真诚。

那么,九把刀如此改编的内在动机是什么?首先应该是九把刀对自己导演能力的准确认知,初次掌镜是不可能像姜文那样把《动物凶猛》导成《阳光灿烂的日子》;但更多的是出于商业方面的考虑。可以说,现今是一个物质时代,纯美的爱情越来越稀薄,也越来越可贵。现代人在对待爱情时同样追求两情相悦,只是他们不免考虑更多现实物质条件,车子房子票子是必须斤斤计较的"三大件",爱情并非无坚不摧,甚至很多时候它不堪一击。然而,人心的日益现实化并不意味着现代人丧失了对纯美爱情的渴望,恰恰相反,在爱情越是稀薄的年代,对纯美爱情的集体想象会更加集中和猛烈,这已成为一种时代征候,人们必须在想象中获得精神的代偿和满足。九把刀毕竟是身经百战的商业写手,电影《那些年》准确地把住了我们这个时代的脉络,准确地把住了观众的情感诉求,它为观众提供了一个"虽九死其犹未悔"的纯美爱情故事。它的内里与我们所熟知的那种言情小说还是有一定相似性的,但是因为青春因素的渗透,在一定程度上,它便褪去了言情小说的刻意和做作,一切都显得纯真美好。这样一来,电影不仅因为纯爱而打动观众,同时,它还为观众提供了一个怀旧的氛围,勾起了他们对热血青春的回忆。因此,即便电影《那些年》那些感人的桥段都绽露出"制作"的痕迹,但观众都嗅不到,也不愿嗅到,他们自溺在电影那股文艺而哀婉的气息里并流下动情的泪水,在虚幻中,他们终于又当了一回柯景腾或沈佳宜——要知道,这种感觉已经离他们好远好远。

事实上,《那些年》的走红并不是个别现象,这种有关青春的纯爱的电影正成为2012年影坛的一个热点。电影《那些年》走红之时,韩国的一部讲述初恋的《建筑学概论》也在中国观众中广泛流传。此外,内地上映的《第一次》也有不少话题,而赵薇改编自辛夷坞小说的《致我们终将逝去的青春》未映先红。人们一方面在爱情中斤斤计较,一方面又不断想象着纯情得近乎矫情的爱情故事,这是不是一个讽刺呢?

怀旧的风险

王 琛

影院版《邋遢大王奇遇记》是继《葫芦兄弟》、《黑猫警长》、《大闹天宫》3D版之后，上海美术制片厂向动画电影市场打出的又一张怀旧牌。葫芦娃、黑猫警长、孙悟空、邋遢大王，这些动画形象确实陪伴着我度过了美好的童年。我也确实在面对这些耳熟能详的名字时，内心会涌起一丝欣悦，为曾经欣赏这些动画时的美好。然而，这并不意味着在电影制作上打怀旧牌总是有效的。因为怀旧是有风险的。

喜欢怀旧的人，其实是执著于记忆中的那份略显模糊的感受。到真有机会重温时，又往往纠结于能否获得和过往一致的感受。虽然这么说，我还是回顾了两遍《邋遢大王奇遇记》。两遍，是出于对影院版的删减处理感到惋惜，于是在去影院前，先看了一遍电视版。

看完之后，我都有点怀疑自己看过这部动画。自己对这部动画，留有的深刻印象，一直以来是近似噩梦的场景：邋遢大王拼命想逃出老鼠洞但死活都逃不出去，以至于被逼地喊出自己再也不邋遢了。而现在看电视版，感觉在邋遢大王设法逃跑的情节中，他其实是一直处于优势的。或许是自己长大了，才有这种感觉。如果小孩子看，则会觉得邋遢大王直到婚礼放鞭炮前，一直处于劣势。

看过电视版之后，再观赏影院版，怀旧的意味就更趋淡薄，反倒多出一份鉴赏的趣味，想知道被导演删减的那些部分中，哪些是我舍不得的。结论如下：

1. 短尾巴小白鼠带着邋遢大王找出口时，有一段过水沟的戏，在邋遢大王过树枝做的独木桥时，故意使坏把树枝独木桥给踢掉了。

2. 老鼠大王向邋遢大王介绍自己手下的特种鼠，于是画面中出现了如下一番情景：背上发箭的绿毛鼠向人类投掷标枪，嘴长锯齿的黄毛鼠锯毁人类的坦克，尾似弹簧的红毛鼠像导弹般摧毁人类的飞机。

3. 老鼠大王抱着地球，幻想自己成为地球球长，向群星发号施令。

1. 中的情节相当于是个铺垫，让人对之后的剧情好有个准备，即短尾巴小白鼠假冒长尾巴小白鼠把邋遢大王骗到鼠王的王宫里。删掉 1. 中的情节，感觉节奏就紧了。2. 中的情节，难得的是在介绍特种鼠中带出的那份恣意的夸张。3. 中老鼠大王的幻想画面，让人想起《大独裁者》中卓别林扮演的希特勒和《小王子》中要统治所有星星的国王，不失为一种有趣的借鉴。

影院版《邋遢大王奇遇记》则是在电视版 135 分钟的基础上，运用只删不增的改编方式压缩成 85 分钟的电影。我觉得这样的处理不是很成功。因为《邋遢大王奇遇记》有些地方是非常需要进行补拍的。最突出的，是对长尾巴小白鼠摔下悬崖的处理。按照常理，这样的动画，是不该出现正面形象的死亡的。而且据本片的导演阐述来看，电视版原计划是要拍个续集的，在那里长尾巴小白鼠就活过来了。或许明年，上海美术制片厂就会推出第二部《邋遢大王奇遇记》，来弥补电视版的缺憾。

现在可以说影院版和电视版《邋遢大王奇遇记》没有真正的区别。就这部动画来说，虽然是 1987 年出品的，感觉仍然要比现在的国产动画好多了。

我觉得，其中最值得借鉴的，就是在动画角色的形象设计上。一部动画能否吸引人，除了精彩的故事外，优秀的角色设定也是非常重要的。日本动画的出彩，很大程度上就归功于动画角色的形象塑造上。谁见了机器猫、小悟空，不觉得可爱呢？而邋遢大王，留着一头乱发，说起话来挤眉弄眼，两肩不时在短衫的宽领中左倾右斜，活脱脱带着副痞气。算是国产动画中难得的坏孩子形象，也难得地充满生气。不只邋遢大王如此，里面的老鼠，虽然是反面角色，也活蹦乱跳得可爱。

不过，《邋遢大王奇遇记》也透露出国产动画一直以来的弊病。

一部动画，无论它的风格是漫画式的还是写实的，细节上的连贯与流畅，都是非常重要的。国产动画往往不够重视这点。《邋遢大王奇遇记》也难幸免。尤其是一开始公园里的那段。作为背景的花草和云彩一动不动，仿佛邋遢大王和老鼠是在剧场里的布景前进行活动。这样，纵使人物活蹦乱跳，也让人感觉充满呆气。日本动画则不一样，尤其是宫崎骏的，虽然是纯手工绘制的作品，连云彩的浮动也要表现出来，可见其用心的程度。

对细节的忽视，往往导致情节设计上的疏忽。就这部动画来说，也有若干情节上的不匹配。比如公园遇鼠那段，一开始明明画面里呈现的是邋遢大王收起了红气球，跳到地面上时，手里拽着的也是红气球。没有任何他收蓝气球的画面。然而，在第一次逃跑时，他拽住的气球反倒是蓝色的。日本动画就不太会犯这样的错误。

这可能跟中国动画将受众年龄设定在低龄儿童有关，觉得拍给小孩子看的，马马虎虎对付就可以了。然而，日本动画就不这样，且不说它的那些内容深度仅适合成人观看的动画，比如《未麻的部屋》。就是在制作上设定给低幼儿童看的，即使线条像简笔画一样，对细节的追求还是一丝不苟，比如《我的邻居山田君》，人物说话时就不像有些动画那样单纯地动动嘴，而是整个面部都活动起来。以至于这些动画，不仅小孩爱看，成人也非常喜欢看。

或许，要提高国产动画的创作水平，除资金、市场方面的完善之外，观念的改变、心态的端正，更加重要。不能因为动画是给孩子们看的，就在故事的创作上，人物的设计上粗制滥造。

昆曲鼻祖家谱涉嫌造假？

陈　益

■ 对于某些急功近利者，昆曲鼻祖的这些资料是远远不够的。在昆曲被列为全人类“非遗”代表作，人们敏感到昆曲并未奄奄一息，而是炙手可热时——在昆曲这个古老的字眼后面，隐藏着政绩、商机、名利、权势等等，有人借发现顾坚家谱放出一颗“神舟×号”，试图来他个石破天惊，就丝毫也不奇怪。

1

2010年3月6日，昆曲界的数十位专家云集古镇千灯，召开学术研讨会，专题听取昆曲鼻祖顾坚家谱最新发现的情况通报。主持研讨会的人说，这是继五十年前发现《南词引正》以来的又一次重大发现。昆山腔创始人顾坚的身世之谜，终于解开了！

各家媒体纷纷作了报道。人民网上海频道3月8日记者署名报道说：在研讨会上，《南词引正》发现者、南京大学吴新雷教授兴奋得拍案而起，连声赞道：“好，好，好！顾坚身世的揭秘，进一步确定了昆山腔的起源地为昆山千灯，进一步确证了昆山腔代表人物顾坚的身世、经历和成就。”复旦大学黄霖教授、华东师范大学齐森华教授、上海戏剧学院叶长海教授亦纷纷赞赏说：这真是一个“春雷惊蛰”的重大发现。昆曲研究专家顾聆森激动地指出：顾坚出现了，现身在昆曲故乡了。苏州大学王永健教授说：“顾坚悬案，终于尘埃落定了！”浙江艺术职业学院徐宏图教授感叹道：“这真是一鸣惊人的发现！”

××××大学学术网也转载了《昆山日报》的有关报道。也许因为这一新发现的功勋人士，是××××大学东方文化研究中心郑×教授。他查阅了 147 种《顾氏宗谱》，在《顾氏重汇宗谱》第三十五册第 56 页“仲谟支”《五十四世祖鉴中公传》中，发现了记述顾坚的资料：

> 讳鉴，字鉴中，行百一，海门西洲炳公长子。生而聪颖，雅好诗文，善作乐府散曲，时人尊为相公焉。性敦睦和洽。晚娶毗陵华氏，得一子，名坚，字趔玉。天生歌喉，自幼从姑母山山学曲习唱。尝与风月福人杨铁笛、风月主人倪云林、风月异人顾阿瑛交往，因号风月散人。有乐府散曲集行世。其风月情词，甚得闺中姑嫂深爱，尝制锦囊藏之。然不幸双目失明，沦为瞽瞍，遂有《陶真野集》，留传民间。

这真是一则极其珍稀的实录。一向不主张有“烟火气”的昆曲界被震惊了，头发花白的学者们欣喜若狂，额手相庆。顾坚家乡千灯镇的父老乡亲欢呼雀跃。从此，昆曲鼻祖不再扑朔迷离，足可向全世界人民详实介绍“顾坚其人其事”了。

研讨会上，郑 × 并没有遵循学术规范，公开《顾氏重汇宗谱》的书影。有专家心存疑虑，却谁也没提出最应提出的问题：事实果真如此吗？

不久，郑 × 在《中国昆曲论坛 2009》（古吴轩出版社）中，发表了《解密昆曲之谜》一文（这当是在千灯学术研讨会上发布的《风月散人顾坚奇人憾事》一文的修改稿)。他认为,顾坚生长在教坊乐户家庭,其父顾鉴,字鉴中,是散曲作家。姑母顾山山,行第四,是元代著名杂剧演员,夏庭芝《青楼集》对她有详尽记述。在这样的家庭里,顾坚耳濡目染,何以“精于南词,善作古赋”且“善歌”,就不难解释了。

2

至今昆曲界所掌握的关于顾坚的资料,仅源自于魏良辅的《南词引正》第五条,一共不满两百个字:“腔有数样,纷纭不类,各方风气所限,有昆山、海盐、余姚、杭州、弋阳……惟昆山为正声,乃唐玄宗时黄番绰所传。元朝有顾坚者,虽离昆山三十里,居千墩,精于南辞,善作古赋。扩廓铁木儿闻其善歌,屡招不屈。与杨铁笛、顾阿瑛、倪元镇为友,自号风月散人。其著有《陶真野集》十卷、《风月散人乐府》八卷,行于世,善发南曲之奥,故国初有‘昆山腔’之称。”

1960 年夏天,吴新雷在北京拜访文化部访书专员路工,路工先生把他在明末昆山人张丑的手抄本《真迹目录》中新发现的魏良辅《娄江尚泉魏良辅南词引正》拿了出来。《南词引正》全文仅一千多字,但吴新雷敏锐地感觉到了这件资料的珍贵,请钱南扬教授作了校注,编发在《戏剧报》1961 年第 7 期、第 8 期合刊上,引起了昆曲界的轰动。蒋星煜、黄芝冈、顾笃璜、董每戡等人纷纷撰文考证,把昆山腔——昆曲起源的历史,从明代中叶向前推到了元代末年。

然而,在茫茫史海间,顾坚的资料再也无法寻觅,哪怕是一鳞半爪。始终有人怀疑顾坚的真实存在。理由有两条:一是各种昆山地方志都不载顾坚其名,明清时期昆山人的著作也只字不提顾坚;二是《南词引正》中的顾坚仅仅是孤证,魏良辅把黄番绰和顾坚抬出来,是在给自己成为“曲圣”造势。

根据有限的资料,我们可以勾勒出他的家族背景和个人形象。顾坚生长在一个知书识礼的家庭，早年考中秀才，后迷恋文学和戏曲，“精于南辞，善作古赋”。不仅在千灯镇潜心钻研，也常常外出交友，与艺术家们切磋技艺。顾坚的生卒年月不可考，但从他相交的朋友顾阿瑛（1310—1369）、杨维桢（1296—1370）、倪瓒（1301—1374）等人推算，他从事戏曲活动的时间，当在元末至正年间，比活跃于明嘉靖、隆庆间的魏良辅大约早两百年。

顾坚自号“风月散人”，这让人想起苏轼的话：“江山风月，本无常主，闲者便是主人。”或许他愿与“风月主人”的倪瓒一样，借散曲感叹历代兴亡，追求闲适自在的乐趣，所以不再追求功名，终日寄情于戏曲，散淡处事。这恰恰是符合“水磨腔”特征的。顾坚的著作《陶真野集》、《风月散人乐府》仅存书目，无法窥见他的艺术才华。然而魏良辅说他“善发南曲之奥”，名声之响、影响之大，连元末著名将领、中书丞相扩廓帖木儿都“闻其善歌”。偏偏顾坚“屡招不屈”，丝毫也不给扩廓帖木儿面子。从另一面看，恰恰由于顾坚学识渊博，功底深厚，乃至将近两百年以后，魏良辅还在《南词引正》中为他记上厚重的一笔。

对于某些急功近利者，昆曲鼻祖的这些资料是远远不够的。在昆曲被列为全人类“非遗”代表作，人们敏感到昆曲并未奄奄一息，而是炙手可热时——在昆曲这个古老的字眼后面，隐藏着政绩、商机、名利、权势等等，有人借发现顾坚家谱放出一颗“神舟×号”，试图来他个石破天惊，就丝毫也不奇怪。

3

其实，郑×还写有一本书稿《风月散人顾坚——开创“昆山腔”的奇人》，是他向昆山有关部门领导报告研究成果时拿出来的。我留有打印稿，第一页页眉还有他的钢笔签名，及两个手机号。按照郑×的说法，这部书将交由江苏省某出版社出版，首印一万册，出版资金由千灯镇提供。他还为某领导代写了序言。但最终未能如愿。

郑×在《解密昆曲之谜》一文中说，“日本国立国会图书馆藏有全部《顾氏重汇宗谱》手抄本，计九十六册。笔者获悉这一信息，旋赴日本。日本国立国会图书馆，共收藏中国历代文献、族谱及地方志，计四十万册。其中族谱193部。国立国会图书馆主馆兴建于1968年，后又续建新馆，拥有十六个阅览室。古籍图书阅览室一个，仅25个座席。因此，需提前一个月预约，才得以入室阅览，而且只能观阅胶卷。而真本密藏于东京都赤坂离宫内，非得特许才能审阅。笔者十分幸运，由于图书馆副馆长宇治乡亲自陪同，终于如愿以偿。仅管(尽管)进馆审阅善本，只允许三个小时……”

这是他获得顾坚家谱资料的过程。

我们在工作中与日本学者、苏州大学文学硕士、《昆曲中州韵教材》一书作者石海青先生有交往，出于学术慎重，曾委托他作有关调查。2010年元旦那天，我收到了石海青的电子邮件，节录如下：

“我重新查网络，发现宇治乡确有其人，姓宇治乡，名毅，平成十三(2001)至十五年(2003)在国会图书馆副馆长之任，目前任同志社大学博士课程教授，可算一位名人……虽然说目录中的胶卷，只要在古籍阅览室阅览完毕，已经达到目的，没有必要再阅览原本，但如果副馆长是挚友，私下带他去古籍库，也不无可能。

“以上只是这本家谱的外围问题，最主要看文字。我认为这段文字是民国以后的写法，如‘与杨铁笛等交往’，在普通文言中当作‘与某交’或‘与某游’。交往二字中，交字当作互相解，交往义近交通，在文言中带贬义色彩……‘甚得深爱’，甚与深字义重复，普通文言中少有。‘沦为瞽瞍’，文言中瞽瞍不应是‘沦’的。既然是民国以后的写法，那么日本的大图书馆藏本中只有毘陵前汶里顾氏宗谱是民国的。其中没有《顾氏重汇宗谱》，只有顾氏越南宗谱，重修顾氏宗谱，西华顾氏支谱，顾氏族谱，埭川顾氏重修续谱，廊夏顾氏宗谱，共37册。按照国会图书馆的规定，入室阅览胶卷不需预订，该学者文中所说情况是不可能的。至于皇家藏书，都藏在书陵部，由宫内厅管理。赤坂离宫早已改为国家迎宾馆,目前皇家只有赤坂御苑。赤坂御苑不会有藏书库,如有秘库,那是皇家私有财产,国会图书馆副馆长管不着的。”

石海青的邮件,讲得非常清楚。宇治乡2003年已经调离国会图书馆,不可能陪同郑×进馆查阅善本。赤坂离宫早已改为国家迎宾馆,不会有藏书库。他在网络上搜寻日本汉籍目录,列举了几十部顾氏宗谱,但是没有《顾氏重汇宗谱》手抄本。

与此同时,我们委托日本金泽大学李庆教授查找《顾氏重汇宗谱》。他著有《日本汉学史》,多年从事流散海外中国古籍的研究,几经周折,也没有结果。

2010年初,我有机会读到了郑×先生提供的《顾氏重汇宗谱》书影(见附页)。只要有点文史常识的人,都能从三页书影中,找到很多不合情理之处。例如,三页家谱的字体,各不相同。一页是宋体,一页是楷体,叙述顾坚身世的一页是近似瘦金体。一本宗谱三种字体,边框也粗细不一,肯定不合理,与郑×所说“《顾氏重汇宗谱》手抄本,计九十六册”完全是两回事。内容里的破绽,除了石海青先生已点出的,还有行文风格,好像所有身世都是特意为文章服务的。耐人寻味的是这页近似瘦金体的笔迹,竟与郑×书写的字体很相近,尤其是笔画的起首与回勾,有明显的规律——这暂且存疑,留待专家考证。

4

明代永乐朝内阁大学士杨士奇记述有《风月锦囊》一书,昆山藏书家叶盛手抄过。据郑×在《风月散人顾坚奇人憾事》一文中自述,为了《风月锦囊》,一直追到了西班牙圣·劳伦佐皇家图书馆。

他说:在西班牙学者格雷戈里奥·安德勒斯的引导下,很快见到了期盼已久的《风月锦囊》。现见的西班牙藏本是本“三合一”书册,即三编合一的册籍,厚厚的二大本,有五百多页……其中唯甲编是《风月锦囊》。这册西班牙藏本为明代嘉靖三十二年刊本。刊刻商为“詹氏进贤堂”,编辑者为“汝水云崖徐文昭”。这一藏本,是《风月锦囊》唯一的明代书坊刻本。据说,是一位曾来中国传教布道,名叫格雷戈里·贡札尔维兹(Gregorio Gonzalvez)的葡萄牙传教士,为了取悦西班牙国王腓力二世,特将十八册中国图书捐赠给圣·劳伦佐皇家修道院。

郑×说:笔者经过一番考据论证,有把握地认定,明代嘉靖刻本《风月锦囊》即是在《风月散人乐府》基础上汇编而成,尤其是《风月锦囊》的“甲编”汇录了很多“风月散人”的演唱曲词。最鲜明的例证是《风月锦囊·正杂两科全集》卷之一中的《淘金令》。《淘金令》云:

人生在世,忠孝难全美,君臣父子自古一般理。

瞽瞍不慈,舜君号泣。

王季有奉文王慈孝,日问三时。

周公武王同孝义,陆绩果稀奇,郑子苦自知。

叹我为人,未报亲恩,昊天罔极。

郑×断定:这首《淘金令》,十分明显地是顾坚哭祭亡父顾鉴的小令,是顾坚双目失明后,沦落为“瞽瞍”的曲词。因此,我们有理由说,在《风月锦囊》中确实收录有顾坚乐府。从而,也有理由说,《风月锦囊》确实收录汇编了《风月散人乐府》。

郑×推定史料的方式,令人瞠目结舌。

2010年初,昆山青年学者王晓阳就在深入思考的基础上,写文章就郑×教授文稿中的造假问题提出商榷。她把自己的观点在网上公开,并附上电话号码,欢迎学术界批评。郑×看见《风月锦囊》,即认为是《风月散人乐府》基础上汇编而成的;看见《淘金令》,就断定是顾坚哭祭亡父顾鉴的小令,是他沦落为“瞽瞍”的曲词。犹如把《奉同铁厓赋寄玉山》一诗的原作者元朝名士李廷臣（仲虞），先变成李廷玉，又变成顾廷玉（顾坚）；把松江名妓顾山山硬判定为顾坚的姑母，把顾坚父亲顾鉴称作“顾百一”，“有女官奴，习讴唱”，使顾家有了教坊乐户的身份。再把元朝初年发生在松江的“勾栏压事件”硬扣在顾坚头上，他沦落为“瞽瞍”就事出有因了。这样的移花接木、胡编乱造，在他的文章中比比皆是，以荒谬一词已不能形容。

所幸吴新雷教授明察秋毫，千灯研讨会之后，请日本学者浦部依子博士作了《顾氏重汇宗谱》有关情况的调查，并且在《论玉山雅集在昆山腔形成中的声艺融合作用》（《文学遗产》2012 年第一期）中，严肃批评了郑×教授关于发现顾坚家谱资料的许多做法，指出：“郑×之言颇有玄虚不实之嫌。”

前几天，在网上读到一位陌生朋友的博文《吴新雷先生谈顾坚家谱造假事》。转录如下：

> 问起顾坚家谱事，吴笑得很开心了，云原来是学术造假。情形大致如此：某甲宣告发现顾家家谱有顾坚之记载，遂成为千灯及苏大之座上客，并开研讨会，其文亦载于《苏州日报》、《昆曲论坛》。但某甲云此家谱发现于日本国会图书馆，并由副馆长某某某亲自陪同方能查询。如此一说，其来源便无可查证了。恰好吴在随文发表的四张书影中，发现三张来自上海图书馆之家谱。千灯时，又嘱日本研究者某某某某回国后查证。半年后，某某某某云：国会图书馆无顾坚家谱，且某甲所说副馆长数年前已至某大学任教授矣。吴遂写文章，并略提此事。又云：不可提及太多，不然某甲又要失踪也。因某甲每次被人说穿，便失踪数年也。
>
> 吴新雷先生真幽默。

（已与作者确认，文责自负）

文学批评：大学硕/博文章的秀场？

刘 火

■ 当下的文学批评，即使不是捧场帮腔的“帮闲文字”，但也以四平八稳，中规中矩，成为当下文学批评的基本样式和基本姿态。而且是主要的样式和主要的姿态。而充当这种样式和表演这种姿态的，主要是大学中文系里出来的“硕/博文章”。

吴亮早在20世纪80年代后期或90年代初期——好像——说过文学批评死了。今天看来，即使吴亮没有说过这种“哀其不幸怒其不争”的话，中国当代的文学批评自20世纪90年代以来，确实在式微的边际上越走越远。一个简单的印象和简单的判断就是，文学批评缺乏直指文学文本和文本背后的社会及人性的中枢神经（至于卖版面、搞交换等正道的商业都不允许的“行为”更是一种下流的做派）。换句话说，就是当下的文学批评，没有了可以让读者（包括批评对象、大众接受者和媒体）引为与自己相关的生气和活力的话题。当下的文学批评，即使不是捧场帮腔的“帮闲文字”，但也以四平八稳，中规中矩，成为当下文学批评的基本样式和基本姿态。而且是主要的样式和主要的姿态。而充当这种样式和表演这种姿态的，主要是大学中文系里出来的“硕/博文章”。干脆地讲，当下的文学批评差不多要沦落成了大学中文系的硕士、博士学位的论文秀场。

让我们来看一个个案。这个个案的样本采自2012年第三期的三种文学批评期刊：上海一家、西南一家、东北一家。为什么要采自这三种期刊？“上海一家”出自经济最为发达、文化最为杂交多元的上海；“西南一家”出自西部地区经济文化走在前面的四川成都；“东北一家”出自东三省最为开放的辽宁沈阳。三种期刊又都由三地的作家协会主办(请注意它们都不是大学的学报类型的期刊)。可以说,这三种文学批评期刊代表了中国当下文学批评的大致生态。同样的,这三种文学批评期刊由于它们多年的经营(上海一家创刊虽仅三年,但是它的前身如《文学角》、《上海文论》等,也有着不短的历史),三种文学批评期刊成了中国当代文学批评版图里的重镇。因此,三种期刊成了这则小文的样本,也许——或者——便有了较为充足的理由来讨论这则小文的话题。现在让我们来看这个个案的样本:

"西南一家"总文数为40篇。大学硕/博(含大学教师,下同)文章35篇,其中为国家(教育部、全国社科项目)、省和高校内部的课题(基金、项目等)的文章有14篇。"东北一家"总文数为27篇。大学硕/博文章18篇,课题文章6篇。"上海一家"总文数为14篇。由于该期刊篇末未设"作者介绍",不能确认作者是否有大学中文系背景,但从作者本身看,大学背景的仍然不在少数。如李振声、宋明炜、朱生坚等。

这个样本想要证明什么呢?从数学的角度看,硕/博文章及大学背景的比例高得让人惊讶。"西南一家"里硕/博文章占总文数的87%,"东北一家"里硕/博文章占总文数的66%。有经费补贴和资助且有"功名"(即学校和作者双重"面子"工程)的各类课题,所占文章比例也是很大的。"西南一家"的课题文章是硕/博文章的40%,"东北一家"的课题文章是硕/博文章的33%。这两组数据,表明了同一个事实,当下的文学批评期刊不再是职业批评家(如俄苏时期的车、别、杜,如"十七年文学"的邵荃麟、侯金镜)和业余批评者的赛场,而是大学中文系硕博论文(再加上各类"课题")的秀场!

大学中文系的"硕/博文章"有什么不好呢?好处也许在于,它们有着它们自身的较为严格的学术规范,也就是它们有着这类文章的文本格式、话语场域和思考习惯,或者说,这类文章最大的好处在于,它们不讲没有"学术水准"的话,它们不写没有定论或大致定论的判断,最重要的是,它们一般不写过头的评判。但"好处"另一面则是:它们有可能生搬硬套西方的文论(过时的和时髦的)于当下的作家/作品,它们有可能只对已经有定论的或大致有定论的作家/作品发言,它们有可能为了自家的一己“独创理论”生吞活剥了作家/作品,它们有可能根本不顾“圈子”(即大学硕/博这样的平台)之外的受众的感受和感知,它们有可能只为了评级评优而做的功课……笔者于此开列的这个清单,也许全是笔者于此文的杜撰。但有一点我是坚信的,如果全国的文学批评期刊都如“东北一家”和“西南一家”这般以大学中文系的硕/博文章作为中坚作为重镇的话,那么,文学批评本来应有的尖锐和清新将会在这种富有“学术水准”的专业平台慢慢地丢失和老去或者“死去”。

我们知道,当下的文学批评(贴近最近的作家作品),大学的硕士/博士/教授,当然是一支重要的力量,其他诸力量都不可替代不能替代的力量——这也是西方文学批评的一个传统。但是西方(笔者当然不是唯西方马首是瞻的“崇洋媚外者”,笔者只是为了说明这则小文的由来提供的一个视角)当下的文学批评还有另一个传统,就是以报纸为主平台的职业和非职业的文学批评家建立起来的当下的文学批评。众所周知,在西方的主流媒体里有两家悠久历史的报纸。一家是英国的《泰晤士报》(*The Times*),一家是美国的《纽约时报》(*The Yew York Times*)。在这两家平面纸质媒体上都开设了专门的“书评(Books)”(《泰晤士报》的书评置于“艺术”栏里,而《纽约时报》的书评则是专门为之设立的),而且我们知道,《纽约时报》的“书评”几十年上百年来一直是最有力量最有分量的“书评”。没能让《纽约时报》“书评”法眼所及的书,往往不为读者所关注。而“书评”批评的则可以“一登龙门,则声誉十倍”。清新和犀利,是这些书评的共同品格。撰写这些书评的作者,除了大学教授外,很大一部分则是由报人、期刊编辑、书刊编辑、职业批评家、票友批评者等组成(这样庞杂的人员也就决定了文学批评的多样化和多元性)。再一个特点就是,在这些书评——即当下的文学批评——里决没有“硕/博文章”。

那么,中国当下的文学批评,是何时演变成“硕/博文章”的秀场的呢?这显然不是这则小文力所能及的话题。但是,对于这样的现象,方家在早些时候就已经指出。“现在的主要文学批评家都活跃在高校里,都是当老师的”。但是,陈思和在指出这一现象时是为了证明“十七年文学”里的文学批评是官员们(如周扬、茅盾、姚文元等)所为(即高压和文艺政策的代言人),而现在的文学批评为大学中文系教师的职责所为。前文已经说过,大学教师成为文学批评的主要力量,不是中国当下文学批评所独有。问题不在这里,问题在于,文学批评不应成为大学“硕/博文章”或“课题论文”的秀场,而应承担起文学批评的当下性和尖锐性。这就有必要再次回到笔者所采的样本上来。

在比较所采样本的三种文学批评期刊中,“上海一家”是最少或者几乎没有“硕/博论文”的气味的。即使是如有大学背景的李振声的《两个“古典”,还有一个“叙事”》和宋明炜的《〈大阅兵〉中的国家与个人》,就不是以“硕/博文章”的方式对批评对象给予的评判,而是以个人的经验和学术背景,谈论着自己喜欢或者不喜欢(这也应当成为文学批评是否鲜活是否有力的重要参数)的话题。李文的开头就是一个极富批评者个人经验的文字:“从诗人张枣离世后陆续公布的一些传记材料来看,张枣少年时代的最初习作,似乎起步于古体诗词,虽然技艺不免青涩和幼稚,却足以表明它们的少年作者,曾经是一位唐诗宋词的沉迷者。”宋文则从异国的“旁观者”角度,重新审视二十多年前一部带有浓厚纪实性电影中的国家与个人纠缠不清的关系。这本来是一篇完全可弄得来非常学术性的文章,却在批评家个人的经验和细致入微的分析中消解了。就在“上海一家”的 14 篇文章中,笔者高兴地看到直指名家名著“命门”要害的文学批评文章。一篇是批评严歌苓《陆犯焉识》(黄德海),一篇是批评阎连科《四书》(张定浩)。不看内文,只看两文的标题,我们就知道了两文的批评旨向。批评《陆犯焉识》的题目是“假花的秘密”;批评《四书》的题目叫“皇帝的新衣”。而这两篇有质感有力度，而且非常尖锐的文学批评文字，其作者刚好不是大学老师，而是“上海一家”的编辑（编辑的眼光和视角是与大学里的硕/博不一样的）。

写这节文字时，决没有对三种期刊扬此抑彼的意思，只是为了表明，即使如陈思和认为的“一般不会在报刊（恐怕只是‘报’而不包括‘刊’吧，引者注）上写文学批评”而只在期刊和专著发表文学批评的大学搞文学批评的人，一样可以写出清新而犀利的文学批评。

立场和姿态都不重要

陈　冲

今年第4期的《文学自由谈》上，刊登了朱小如先生的一篇文章。我拿到刊物晚了几天，此前便有人通风报信，说有如此这般一篇文章与你有点关系，已经在中国作家网上贴出，你赶紧看看。就去看。初看的感觉是：他说的似乎有点道理，但我也没错。这个话，看上去确实沾点儿"滑不溜秋"，其实也确实是当时的真实想法。明明是在给我指谬，怎么会他说的似乎有道理我也没错呢？盖语境不同耳。虽不能说完全不在同一语境，但确有很大的面不重叠。这其实就是专业和业余的差别。比如，朱先生说我那个《批评要从文本出发》的标题用得不对，"从学理上说'文本'和'作品本文'是完全不同的概念，岂能简单置换"。人家说的是"学理"，当然对。可是我业余自学所学得的，却是"文本"和"本文"乃同一个洋文的两种译法，好像也不错，并不是有意"置换"——我以前多次批评甚至谴责过别人偷换概念的做法。然则"本文"前面又加上了"作品"二字，我就真有点儿不知道谁对谁错了。但是后面朱先生又说：文学批评要"从作品的具体实际出发"。这个肯定是对的。

几天后拿到了刊物，发现刊物上印的与网上贴的有所不同，而最大的不同是标题。刊物上叫《对〈文学报·新批评〉的批评》，网上却叫《重要的是立场而非姿态》。按通常的情况，网上贴的往往是作者的"原版"，刊物上印的多是经编辑改过的。若是以我的权衡，还是网上那个标题更符合文义，至少内容都是对具体文章的指谬，而刊物上的标题，却似应理解为对《新批评》编者的批评。这就不对了。好文章首先是写出来的，光靠编是编不出来的；如果编者对文章里某个观点不以为然，就给改过来，我头一个就不愿意。但继而一想,朱先生的文章里就说到,“一些明显的错误其实是认真编辑就可以完全避免的,尤其是发生在文章标题上的”。没准儿正是由于这个提醒,《文学自由谈》的编辑就把朱先生的标题给改了。正如朱先生指出《〈天香〉是不是小说》是个伪命题,《重要的是立场而非姿态》也是个伪命题。因为在文学批评的范畴里,“立场”和“姿态”都不具有价值判断的重要性,讨论哪个重要哪个不重要是没有意义的。一篇文章,即便立场绝对正确无误,姿态十分中规中矩,也不足以判定就是一篇好文章。再进一步,无妨说我们现在大量的不好的批评文章,恰恰正是这种端端正正、规规矩矩、四平八稳但却言不及义(艺)、不读作品、不懂创作、不说实话的文字废物。

这么一想,原来的滑头就有所收敛,转而想到就这些话题跟朱先生切磋切磋,说不定还能招来几位内行看门道,至于闲人们来看热闹,也得感念人家的捧场,只要不至于男茅坑里扔石头——溅起公粪就好。当然,我知道这种危险确实存在。当我这种票友居然要跟批评家们切磋文学批评中什么重要什么不重要的时候,无异于一个外行要跟木匠讨论为什么“宁做十圆不做一方”,或是跟钳工讲究打扁铲时怎样避免榔头砸到自己的手。可是,在我看来,批评家们又确实存在着如何对待自己的“手艺”的问题。把这个话说出来,“得罪一大片”是必然的结果。不说出来呢,又如鲠在喉。君不见一群批评家正在那里一本正经地讨论“批评的有效性”问题?批评如果是阿司匹林,它肯定得对解热镇痛有效;批评如果是阿莫西林,它肯定得对敏感细菌引起的炎症有效。这种有效性是可以通过实验室或临床得到检验的。然而批评不是阿司匹林也不是阿莫西林,它的“有效性”指的是对什么“有效”?而最终到底有没有效,通过什么方法和手段能够加以验证?一篇表扬稿说某作品好得不得了,于是该作品即刻多卖了两万本,这算一种有效性吧,但是你怎么证明那多出来的两万个买家,都是因为看了那篇表扬稿才去买的?一篇文章说小说应该怎么怎么写,于是就有二十个作家照批评家传授的诀窍去写，并且即刻写出了二十部红色经典，这也算是一种有效性吧，但是你怎么保证第二十一个作家同样如法炮制，必定能够产生第二十一部红色经典？曾经有过一阵子，《人民文学》发表了一大批“读者来信”，其后便有许多作家不再写某些类型的作品了，这也算是一种有效性吧，可是你怎样证明这些作家的“叙事资源的枯竭”，“创作的可持续性”的丧失，正是因为那些“读者来信”在发挥功效？《人民文学》敢领这个情吗？

不过我得赶紧声明，咱们这可是切磋。朱先生嘲讽我辅导青年批评家，又是“苦口婆心”，又是“高姿态”，确实说得很对，连我自己都讨厌自己那种这也不对那也不对的指手画脚。但我也没错，因为至少我自己觉得被指画的这个那个确实不对。而且我真不是故意的，因为我深知批评家不是辅导出来的，青年批评家谁能“出头”谁不能“出头”，那是一场生活资源、思想资源、精神资源全面大比拼的结果。当然，还有智慧。

朱先生说“‘智慧’其实也是一种‘思想’”，确实很对。当然，这是一种专业的说法，不过我这个票友尚能理解那个“其实”是什么意思。但我也没错，因为作为一个业余票友，省略了“其实”这道程序，直接就把“智慧”看成是一种能力。能力可以用来做好事，也可以用来做坏事，可以用来做很正经的事，也可以用来做很无聊的事。朱先生嘲讽我把智慧用在摸老虎屁股时如何不使被摸了屁股的老虎跳起来，说得对极了。事实如此。但我也没错，因为我确实是想和老虎商量一下能不能把他裹着的那张皮揭掉。一旦老虎跳起来，就商量不成了。朱先生看着很无聊的事，我真是很正经地在做的。而且我的智慧还告诉我，把“智慧”视为也是一种“思想”，在二者之间划上一个等号，是有风险的。果不其然，相隔仅仅十几行之后，朱先生就否定了自己，说我们现在的文学，无论是创作还是批评，有的是“有‘思想’没‘智慧’”，有的是“有‘智慧’却又没有‘思想’”。等号两边的值不仅不相等了，而且打起架来了。应该说，在眼下的专业批评中，这种玩法很常见：

由于专业的批评文章中往往填充了大量的概念性词语，操作起来难免顾了头就顾不了尾，一模一样的词语，用在 A 处是 X，用在 B 处就变成了 Y。而业余如我者，文章里没有那么多概念，到非用不可时就不敢乱来，至少在同一篇文章里，得努力保持同一概念在定义、内涵、外延上的同一性。

所以，对如何使用概念的问题，在专业与业余之间，就有了不同的理念。“立场”、“姿态”，作为词语，在词典里都有标准的释义。但是当它们作为某种重要概念应用于文学批评这个范畴时，把那个释义照搬过来当作这个概念的定义就不行了。范畴不同，定义也有所不同。在政治即阶级斗争的范畴里，“立场”问题是可以成为而且确实常常成为“敌我矛盾”的。在“文革”中，一个革命群众参加哪派群众组织也是立场问题，虽然政策稍微宽松一点，说是“站队站错了，站过来就是了”，可是站过来之前，却是要为站错了队向伟大领袖请罪的。今天省军区来支左，表态某某组织是造反派，明天 8888 部队来支左，又表态它是保守派，革命群众就只能“站不完的队，请不完的罪”了。那么，在文学范畴里，“立场”问题是不是也有这么“严重”？比如，人家都说《陆犯焉识》怎么怎么好，我却说它不怎么好，是不是一旦有权威人士出来做结论，说那就是一部怎么怎么好的作品时，我就有可能被戴上“反文学分子”的帽子，交革命群众监督改造？当然，这样说夸张了，而夸张是为了让实质更清晰。这个“实质”就是：你在使用一个概念，尤其是把它作为一篇文章中的核心概念来使用时，应该先让读者明白你是在怎样的意义上使用这个概念的。而我们的专业批评家，却往往不认为这是一个问题，即如朱先生这篇文章，啪啪两记就把“姿态”、“立场”拍在那儿，读者还在摸不着头脑之际，人家已经管自展开他的论述了。

于是我们只好从这些论述里，倒推概念的定义。朱先生说：“陈冲先生亮出批翟业军的姿态，却与翟业军怀抱相同的立场，批铁凝的姿态却又比贺绍俊的表扬更技高一筹。同样陈冲先生明着说何英‘指鹿为马’，暗底下其实想说的也还是《陆犯焉识》不怎么好。”这三个例子中，最后一个确实冤枉了我，因为我——至少我觉得我在文章中写得很清楚，我指称的指鹿为马派，说的是那些认为《陆犯焉识》好得不得了的人，不包括同样也认为该作不怎么好的何英。除此而外，朱先生说得都对。我确实认为迟子建的作品，首先是可以批评的，然后是也确有可以批评之处，但翟业军的批评却没有批对地方。我也确实认为铁凝的《笨花》是虽有瑕疵但更有价值的作品，只是那价值不在贺绍俊先生所赞之处。这就错了？反正我觉得我也没错。那么，把朱先生的"姿态"和"立场"代入这段论述，"立场"就是说某个作家或作品好或不好，"姿态"就是说好或不好在哪里。即如我与翟业军先生，立场是一样的，只是姿态不同，所以都不对，因为对迟子建只能说好，说一位省作协主席不好就会激起公愤；同理，我和贺绍俊也都不对，因为对《笨花》只能说不好，说中国作协主席好就是拍马屁。"重要的是立场而非姿态"，代入这个逻辑链，就是：重要的是说好还是不好，而非说好在哪里不好在哪里。怪不得多年以来，我总觉得当个业余批评家比当专业的难多了，原来人家认为重要的是说好或不好，而俺们却总想着得把好或不好在哪里说准说到位。恁的时，俺们也干专业吧！

但是，在朱先生的文章里，这样的定义又只适用于这段论述，换个地方，定义又不是这样了。比如在文章接近结尾处，朱先生又说："惟有'公平正义的立场'才是文学批评的正当途径。"这让我即刻改了主意——俺还是干干业余的吧。俺实在想象不上来，面对一个作家，一部作品，一个文学流派或一种文学现象，俺怎么才能站到那个"公平正义的立场"上去，况且一旦站队站错了，再想站过来都没地方请罪去。

前面已经开宗明义，我认为在文学批评的范畴里，"立场"和"姿态"都不具有价值判断的重要性，不论你怎样去定义这两个概念。文学批评的过程，是批评家通过审美来认知世界的过程。重要的既不是立场也不是姿态，而是在这个过程中体现出来的审美的品格和认知所达到的高度与深度。如前所述，在它的初级阶段，就是一场生活资源、思想资源、精神资源的全面大比拼。展开谈论这个话题不是本文的任务,这里只说其中的一个小项,就是最近我经常想到、说到的——生活智慧。在我看来,这是初级阶段的入门阶段,就好比想当一个木匠,先得学会把板子刨平。文学靠什么说事儿?生活。一部文学作品的"质地"是由什么来决定的?生活质感。当一部作品确实建立起一个它所独有的文学世界以后,这个文学世界越是能独立于现实世界,它的价值就越高,但前提是必须建立好与现实世界对接的通道。这个文学世界越是独特,越是形而上,越是超现实,建立这个通道的难度就越大,因而就越是需要足够的生活智慧。作家需要,批评家同样需要。只有那些最没有出息的批评家,才会认为那只是作家们的事,等他们把什么都弄好了,自己只要把立场弄对,站在旁边鼓掌喝彩就行了。

还是拿《陆犯焉识》为例。朱先生就此对何英的文章进行了指谬,而按照幕后策划韩石山的男女有别的原则,俺这回该帮何英说话了——立场很不坚定是不是?朱先生指出"小说里的陆焉识","既不是'左'分子,也不是'右'分子,更谈不上什么'公共知识分子'","只是个有'知识'的普通人","也惟其只是个有'知识'的普通人,遭受如此命运才倍感哀怜"。如果说何英确实有点儿高看了陆焉识,那么朱先生就忒小瞧了人家。一般地说,在那个年代,"有'知识'"的就不能算普通人,对他的"哀怜"就不宜加"倍",而应该加给另一些、或者说更普通的人。官方公布过右派总数,没公布过其构成,包括"知识"构成,所以我只能以我的个体实践作为佐证。在我被送去的那个劳动教养所里,总共约有1 200人,其中右派约占70%,历史反革命约占20%,坏分子约占10%。"坏分子"是稍后才由有知识的人想出来的封号,一开始只叫"其他人"。后来的"坏分子"中包括了打架斗殴小偷妓女盲流等等,而最初的"其他人"中主要是两种:"乱搞男女关系","反社会主义分子",大体上各占一半。什么叫"反社会主义分子"?就是有右派言论,但由于没有"干部身份"因而不能定为右派分子的,就只能当这种分子了。他们大多是工人,也有一些农民,可见没有"知识"并不妨碍成为

"'右'分子"。对他们应该加双倍哀怜。应该加一倍的则是那些乡村的小学教师们。在总共约1 000人的右派分子和历史反革命中,乡村小学教师占到一半甚至一半以上。这些人的"学历",低的只念过高小,多数是初中肄业,少数是初中毕业,解放后"初师"毕业的就是尖子了。何况他们求学的高小初中,也都是乡镇、最多是县城的学校,能学得多少"知识",可想而知。

但有一点,若论干农活,个个是好手。说起这些是什么意思呢?就是说如果你拥有这样的生活资源,就知道该怎样去读《陆犯焉识》了。如果你设定它的主题是表现一种独特的爱情感悟,那么陆焉识正是当仁不让的主人公,非他莫属,没知识的人没这么多弯弯绕。如果硬要把它跟一场历史灾难扯到一起,它就只能是挠痒痒。实际上,一个批评家只要具备入门级的生活智慧,就足够做出正确的判断,什么样的主人公适合什么样的作品题旨。你能想象卡列宁夫人成为《复活》的女主人公吗?

为了使切磋的气氛更轻松,最后我再给大家来段余兴。在我呆过的那个劳教所里,我有过一个右派同学。"同学"是当时劳教人员之间的规定称呼,后来改为互称"同教"了,那"姿态"很像是地位提高了一大步。这位同学之所以成了右派,是因为他在历次运动中都是积极分子,害了不少人,反右中这些原来的受害者串通起来报仇雪恨栽赃陷害,就把他弄成了右派。他"进来"以后,继续发扬左派的光荣传统,较早就被解除了劳动教养。他所在中队的中队长在会上向劳教们说:你们知道他为什么这么快就解教了吗?因为他靠拢政府!人家不到两年就向政府揭发坏人坏事400多条!中队长敢这么讲,劳教中自有人敢照着做,当晚就把那小子狠揍了一顿。政府说是要严查凶手,查了一溜八开到底没查出来。有中队长罩着呢!说到这儿,您是不是觉得那个中队长的"立场"很有问题?那么您无妨设身处地想一想,如果您是中队长,您管下的中队里三天两头地出"坏人坏事",您觉得脸上有光吗?须知考察一个中队长的工作好坏,是以改造思想的"有效性”为标准的,多出好人好事才叫有效啊!

最后的最后是一句辅导词: 青年批评家,好好积累你们的生活资源吧!

我不大能看懂她的论著

罗文华

扬之水是这些年读书界经常谈得到的一位女学者。她原名赵丽雅，1986年至1996年在《读书》杂志做编辑，后来调入中国社会科学院文学研究所，主要致力于先秦文学与古代名物研究，出版了多部有分量的学术著作。最近中华书局分三册陆续出版了她的日记《〈读书〉十年》，引起各地读书人关注，很多报刊都发表了相关书评。在一片"扬之水热"中，我倒是觉得沈昌文先生在《〈读书〉十年(一)》序中说的一句话最为客观："我不大能看懂她的论著。"

沈昌文是扬之水的老领导、老同事，曾任三联书店总经理兼《读书》杂志主编，是当代资深的出版家，他本人也出版过多部有影响的著作。凭他的学识水平、阅读能力及对扬之水的了解，能说出这样的感受，可见扬之水的论著应该不是一般读者能看懂的。

恰好又看到武汉学者王成玉先生的一篇文章，说有些读者买扬之水的著作实在是"雾里看花"，自己评论"扬之水现象"也是"墙外看花"。这话说得坦诚，而且中肯。扬之水自学成才、博览群书、治学有方，是非常值得我们学习的；然而，很多人买了她的书，并没有认真看，即使看也是看不懂，只是因为某某书评家说了扬之水的著作应该读，就觉得自己如果不买便脸上无光，这笔买书钱如果不花便心里难受。我认识几位"扬之水迷"，他们都是颇有些名气的文化人，而且都与扬之水有交往，我以为能从他们的嘴里或文章里得到对扬之水学术著作的一两句真知灼见，但是结果却令我失望，在只关心名人不关心学术方面，他们与普通"粉丝"没有多大区别。他们津津乐道的，是扬之水曾经开过卡车，就像他们看不懂黄裳先生写的古籍善本文章,而却津津乐道于他曾经开过美军吉普车一样。

多年来,黄裳和扬之水的书都卖得很好,这不能不归功于他们的铁杆儿"粉丝"。但此事在我来说却总是想画一个问号:如果真有这么多人喜欢和理解黄裳、扬之水,我们的文化学术界会是多么高的水准?"世界读书日"对于我们来说不是多余了吗?

界定和划分"读书人",大致有两个标准:一个是行为标准,一个是精神标准。前者定义颇为宽广,而后者的定义则相当狭窄。那些附庸风雅、盲目跟风、缺乏自主选择和独立思考能力的人,不管他们确确实实在买书、在看书,也难以符合"读书人"的精神标准。

十几年前,王小波写过《关于"媚雅"》一文,他提到:"前不久在报纸上看到一篇文章,谈到有关'媚俗'与'媚雅'的问题。作者认为,米兰·昆德拉用出来一个词儿,叫做'媚俗',是指艺术家为了取悦大众,放弃了艺术的格调。他还说,我们国内有些小玩闹造出个新词'媚雅',简直不知是什么意思。这个词的意思我倒知道,是指大众受到某些人的蛊惑或者误导,一味追求艺术的格调,也不问问自己是不是消受得了……"分析起来,"媚雅"的人可能认为高雅的东西是一般人不能理解的,而他们想要成为一个高雅的人,便试图接近并效法这种东西,于是仿佛自己也变得高雅了。比起王小波写作的时代,而今有文化的人多了,有钱的人多了,"媚雅"的人也跟着多起来。其实,"媚雅"与"媚俗",就是一枚硬币的两面,"媚雅"的本质是"媚俗",其结局也必然是"媚俗"。"媚雅"的人花钱费力把雅媚成俗,真是可恨又可笑。

读书"媚雅"的例子,扬之水《〈读书〉十年(一)》里就有,见她 1987 年 6 月 3 日的日记:"《存在与虚无》的征订数竟达十万册。果然有如此之多的人对萨特感兴趣吗,译者陈宣良对此表示怀疑。他断定,顶多有一千人从头到尾把它读完,顶多有一百人能把它看懂……"2007 年初秋,我曾有机会与扬之水女士聊书,她谈到徐梵澄先生所译《五十奥义书》很有价值,这书虽然寒斋备存,而且我也翻阅过,但是我也未敢随便发表议论,怕的就是“媚雅”。

近二十年来,陈寅恪、钱钟书等名人,《追忆似水年华》、《尤利西斯》等名著,都曾经成为读书界的热门话题。但是,由于这些名人有的过于专深,这些名著有的过于曲奥,使得很多读者一时难以读懂。读不懂,没关系,可以干脆不读,也可以等自己长了学问再读,千万别为贴这些标签而受罪。就像别人听古琴,是一种愉悦;而你听古琴,就如同听上了锈的自行车链条转动的声音,何苦呢!

“90 后”写作欲替代“80 后”？

曾于里

即便目前“80 后”占据着文坛主流地位，可似乎也不可太“大意”，因为大概从 2007 年开始，“90 后”便登场了，打着“‘90 后’将把‘80 后’给灭下去”的旗号，来势汹汹。《诗选刊》在 2012 年第 8 期整期推出“2012 · 中国 90 年代出生的诗人作品专号”；《中国校园文学》2010 年第 1 期以“90 后作家作品专号”的形式推出了 20 位“90 后”作家的新作。而早在期刊有所动静之前，许多“90 后”已经通过出版个人专著（长篇小说、诗歌或散文），或者通过各种类型的“90 后”的合集在文坛上“出道”。一些尚未成年的“90 后”作家竟也被堂堂的省市级作协吸收；网络上也开始流传着各种不同版本的“中国‘90 后’十大实力作家排行榜”……各种迹象都表明：“90 后”终究还是耐不住寂寞，集体出场了。

但也不得不指出的是，不同于“80后”作家出场时的鲜花掌声、轰轰烈烈，“90后”作家的集体亮相总给人一种“雷声大、雨点小”的感觉，是有些落寞的。我们很难从“90后”作家中找出类似于韩寒、郭敬明这样具有代表性和影响力的作家，我们也很难回忆起某部有广泛影响的“90后”的作品。是“90后”还太年轻、有待来日，还是“90后”作家的出场本身便是一次仓促的宣传秀，昙花一现是他们必然的下场？

二

桌面上摆着一大摞“90后”作品的选集和一大批所谓的“90后”实力派作家的书籍。比如《从现在开始，90后读90后文学2》（方达主编）《90后的文字力量》《出名要趁早——中国十大90后作家最佳校园文学作品选》等合集。不必讳言，面对这么多的作品，阅读前有些后怕，这一本一本不眠不休得读几天。可当我真正进入文本时，却发现阅读过程如此“顺利”：“一马平川”，毫无障碍，可惜的是，这“好读”是以俗套、陈词滥调、平淡无味和了无新奇感和震撼力为前提的。可以把所有作品划分到五个类别中，第一类是书写个人成长体验的心情随笔，比如“90后”合集中的大量散文；第二类是言情小品，以少男少女的校园爱情故事为中心，比如桃晓轩的《燕尾蝶》等；第三类是带有幽默、叛逆色彩的校园故事，多针对应试教育，比如唐朝的《把梦还我》；第四类是玄幻题材的作品，比如阳阳的《时光魔琴》、桃晓轩的《桃花劫·人偶师》；第五类是所谓的实力派写作，更多地体现出良好的文学趣味，主要是苏笑嫣等人的诗作以及顾文艳等人的散文。即便“90后”作家打着要“将把‘80后’给灭下去”的口号，说什么“70、80全都out，90后只读90后文学”，但是面对这样的文本质量，不免让人觉得这些口号矫情而虚妄。先看书写青春体验的作品。如果说“80后”作家青春体验的书写总与现实生活有所脱离和隔膜的话，那么到“90后”这里，两者关系已几近风马牛。青春体验无一例外是某种不及物的、飘零、破碎如泡沫般斑斓却轻薄的——忧伤，所有的写手们似乎都是用一种语调说话，我不妨信手从《出名要趁早——中国十大90后作家最佳校园文学作品选》挑几篇，看看几位"十大"作家都是如何开篇的：

> 我一个人坐在窗台。窗户半开着，风冷冷地吹进来，穿膛而过。我眯着眼睛，透过疏密不均的树的缝隙看天。春树说过，当你将天看穿，你就不会孤独了。无数个漫长的日日夜夜。我始终无法将天看穿……（张牧笛《风之彩》）
>
> 黄昏时分我会出现在那里，恍若蝇冲，在酒吧里飞来飞去。凌晨过后，DJ也会放些舞曲来听，阴柔入骨的jazz只会让我们在黑暗中失语……（白丁《成都往事》）

文字都相当的唯美、轻盈，虽然出自不同作者之手，但丝毫不察觉风格之间的差异。阅读继续进行，将发现文本大量出现张爱玲、王家卫、村上春树、咖啡厅、酒吧等符号，一大堆优美的形容词和比喻句，作者反复层叠渲染的是那种淡淡的、迷蒙而优雅的忧伤情绪，但你无论如何都无法追溯这忧伤的现实源头。忧伤的"深度"已被消解，与感伤、怀旧、忧郁、自恋等情绪交织在一起，成为一种可供消费的文化符号。不难察觉，"90后"作家们的这类写作并未超脱出"80后"写手们设定的框架，他们更多延续的是刚出道时郭敬明的风格，这些文字如果混杂在郭敬明的《爱与痛的边缘》《左手倒影，右手年华》中，普通读者是难以辨别出差别来的。再看爱情故事的写作，则是典型的通俗言情体。破碎的童年，一个白衣飘飘的干净少年，一个善良单纯的敏感少女，怎么邂逅，怎么相爱，又是怎样把爱情失落。而当然，为了衬托出爱情的纯情，写手们往往在作品中添加各种超乎其年龄理解能力的戏码，比如婚外恋、乱伦、家暴、仇恨、死亡等。

记得还是在2008年，有学者撰文指出，"80后"之后，"90后"不会产生。论者认为:"'80后'文学产生与发展的奥秘所在与大致过程:先由新概念作文大赛发掘与培育出了最为基本的写作队伍,然后借助于互联网的发展,搭乘网络快车,形成一定声势;利用'70后'作家被迫退出媒介视野与主流文坛的契机,快速跟上,填补空缺。这就是'80后'文学产生与发展的'三部曲'。"到了"90后"这里,整个形势已经发生了转变。新概念作文大赛日渐式微,网络文学发展形态已经成熟,"90后"失去了挖掘第一桶金的机会,而文坛格局上,"80后"日益占据主流中心地位,"90后"想挤进其间难度更大。"90年代生人就算能够很快形成一个新的写作群体,他们也绝对不会接受这种弱智的游戏。"这段铿锵之言犹在耳旁。90代生人确实很快地形成了一个新的写作群体,然而,令论者始料不及的是,他们却都坦然地接受了这个"弱智的游戏",并且还玩得不亦乐乎。

二

然而,不论是出版商的有意炒作,文学杂志、评论家无意中的推波助澜,还是一些"90后"写手有意识的自我炒作,"90后"作家无论是在市场上、网络上还是传统文坛上打出声名的愿望算是落空了。查看一下近年来开卷畅销书虚构类排行榜,占据榜单的始终是以郭敬明为主导的最世文化作家群以及"80后"其他有影响力的作家,即便文坛上出了一本又一本"90后"作家的长篇小说,一本又一本的"90后"合集,终究都是黯然收场。是时候提出建议了——请勿再以"90后"为旗号大搞断裂,请勿再以"90后"为手段来消费文学,鉴于以下两点考虑:

首先,"'90后'文学"这一概念是文学生产场域代际书写"规训"的结果,其出发点是使得"90后"这一"角色"定位成为可供消费的资源。这种"规训"最早体现在"70后"作家那里,当时"70后"写作被贴上的标签是"美女写作""个人写作""欲望写作"等等,一方面与以往的文学写作决裂,另一方面也引起了很多作家写作自觉不自觉地往标签位移。而之后的“80后”文学，则通过“新概念”征文竞赛和郭敬明、韩寒、春树等范例的“规训”，也形成了一套独属于这一代人的写作模式：要么叛逆，要么忧伤。当然，“70后”“80后”代际书写之所以大获全胜，很重要的原因在于贴在写作者身上的“标签”与他们的生命体验乃至读者的生命体验具有共鸣点。

其次，“‘90后’文学”这个名号的蔓延已渐渐成为了一种“话语圈地运动”。比如一批1990年代生的写手组织了一个所谓的“中国90后作家联谊会”。热爱文学的人集结一切探讨文学当然并无不可，只是冠上“中国”“90后”这样的大概念性质便大有不同。这个联谊会多大程度上能够代表1990年代生的写手呢？还有名目繁多的什么“90后作家排行榜”，但这个排行榜是如何遴选出来的？它的候选人有哪些人，它又有多少的代表性？——我个人就认识的几个很年轻的、出生于1992、1993年的年轻小说家，他们大量阅读经典，认真研究小说写作，仅在一些知名的文学期刊上发表了万余字的小说，但单凭这万余字，完全可以匹敌那些排行榜所谓的实力派作家，但是他们默默无闻，始终没有以什么“‘90后’作家”自我标榜，也没有纳入哪一个群体当中。

胡适有一句话，“多谈些问题，少谈些主义”，我这里想挪用，算是给那些在公开出版物自我标榜为“‘90后’作家”，那些将“90后”当做标签，那些乐于搞特殊、搞断裂的写手一个劝告，少谈些代际、派系划分，多踏实读书写作。真正伟大的文学，不分国界、语言、性别，遑论年龄？文学创作是一件历时长远、艰苦卓绝的工作，它很难一夜成名，更无法一蹴而就，单凭推销、炒作也是走不长远的，唯有踏踏实实多读，多积累，多观察生活，多体悟人生，才有可能写出扎实的作品。而我也寄希望于批评界把握好宽容和善意的“度”，不要打着“多给青年机会”的口号，无立场、无原则，揠苗助长，“助纣为虐”。至于那些一味以“年龄”为卖点的无良出版商和那些执迷不悟渴望以文学谋利的写手，就让他们通通见鬼去吧！

《白鹿原》：一片时代搭台，情欲唱戏的土地

慕容天涯

当一部220分钟电影被压缩到156分钟，足足少了一个小时的影片时长，对于一片土地而言，是不公平的。

这个民族实际上都应该为陈忠实耗费四年时光写下这五十万的文字而骄傲，但是每每当文字变为影像，难题摆在导演面前后，问题便出现在了观众面前。

《白鹿原》应该被肯定，无论是影像还是文字。而《白鹿原》更应该被思考，无论是现在还是过去。

精剪还是全部？

几十年来的变化被浓缩到三个小时已经是极限，如今再遭到剪辑，只能使得影片呈现出一种奇妙的高开低走的姿态，前后两部分之间的观影体验反差不小。

《白鹿原》到底有几个版本？一说最初为粗剪是220分钟版本，放映给原著作者陈忠实等人看的是210分钟。而柏林放映了160分钟版本，但是在香港电影节又增加到了175分钟，如今内地再减，成为眼下的模样。

于是乎，在现行审查制度下，反复折腾的《白鹿原》成了一部微妙的电影，至少其出现已经是成功。一本书一片土地一个女人，都因为陈忠实可谓巨作的原著成为万众瞩目的焦点，又因为曾经在艺术片领域有所斩获的王全安接手令人期待。如今，当和原著有所出入的公映版出现，实际上观众已经陷入了那片金黄的麦田，仿佛走进了怪圈。

喜欢的，会因为它仅仅是《白鹿原》而迷恋，并且将希望寄托于导演剪辑版的出现。批评的，则更会因为这是《白鹿原》而不满，这些不满可能来自有断裂感极强的剧情，不值得商榷的切入视角，以及导演四平八稳的路数和风格。

所以说，从眼下这个版本看，这部电影做了一件很容易和很不容易的事情。容易的是，现在的长枪短炮再怎么打，打不到这部电影的七寸，因为它有另外一个小时做底线至少眼下尚可，但真实水准对大众而言依旧是个谜。

但不容易的是，这个版本无论阉割与否，都阉割不掉白鹿原这片土地的精气神儿。没有书跟着，剧情会跳，但是那片土地永远不糟，生机勃勃，麦浪滔滔。

土地之变：时代搭台

所以说，从目前来看。《白鹿原》拍出了一片土地的味道，这是个关键。

作为艺术片导演，王全安尚有很长的路要走，但是不妨碍他的冷静和睿智。能不能拍艺术片比起能不能拍好艺术片更要命。至少与眼下鼓捣出《山楂树之恋》的张艺谋相比，王全安长镜头下的那些吃着大碗臊子面的粗犷西北汉子，就如同张猛漂亮又干净的平移镜下的东北爷们，都是值得思考的时代个体。作为艺术片，《白鹿原》还是踩到了点儿上，至少个别段落沿袭着华语电影近年来无经典，同时个别作品有佳句无佳章的现象，让那些光影片段值得玩味。

就拿曾经最早曝光的影片花絮《将令》一段来说，这一幕在大银幕上出现后便可知编导对于这片神奇的土地之塑造有多么细致入微。这个段落里，影片的摄影功力再次被提升到了一个极致。曾经与王全安合作过《图雅的婚事》等片的德国摄影师卢茨显然功力十足。在不断缓慢推进的镜头里，众多演员的秦腔演出配合着段奕宏等人大口吃面的生气与平实，原始的节奏里透出来的粗犷很震撼，让这片土地的尘土飞扬顿时有了诠释后的落脚点。汉子们的憨笑不再只是导演要求演员做出来的表情，而成了一种不是特写却被放大的真实。在大银幕上看到这一切，让人久久难忘，单看这个场景，日后必会成为经典。

当然，影片中这种长镜头的频繁使用，分别给了多组演员展现其演技的机会。扮演白嘉轩的张丰毅与扮演黑娃的段奕宏与扮演田小娥的张雨绮三人初遇是第一次演技考验，演出了白的气节，黑娃的执拗以及田的聪慧。而刘威扮演的鹿三阻止小娥进门，倒地撒泼一段，更是让手持摄影发挥了真实威力后，对银幕下的观众产生了不小的冲击力。不过也提一点遗憾，这片子犯了和当年《山楂树之恋》一样的问题，不晓得为何终极版预告片里舒缓的钢琴曲消失殆尽，赵季平的配乐只是动不动响起那么一两声弦乐，用来在对话场景后的空镜头转场里做点缀，要画龙点睛的前提是有条龙，而不是凭空想象随手挥动。这种听觉上的新意欠奉，使得大段对白需要演员的表现撑起整部电影，观众明显发现自己会陷到一种由长镜头的单一带来的节奏缺失变化的沉闷中，使得影片很多场景都没有达到视听统一的化学变化，而有些许堆砌和重复之感。

谈到演技，吴刚的戏一如既往的好，他扮演的鹿子霖是这个村子与外界的一座桥。不要小看了这个乡约，至少在本片中，鹿是最先接触外界的人。是这片土地被时代推动的催化剂。他的诡谲在初次革命时得到体现，而他的见风使舵在军阀到来时变得顺理成章。最后等到一切再次巨变，他在日本人炸弹到来时，变得孤注一掷与疯癫。比起白嘉轩的硬气与坚守，他像是个狡黠的探路者，又是个想算计时代，却往往被时代这种大背景玩弄的个体。

由于导演选择的处理方式，使得影片的后半段叙事节奏加快，并且因为剪辑的原因硬切开始出现，故事的跳跃感加强。使用字幕交代年代的方式，让各路神仙在这片土地犹如舞台剧你方唱罢我登场。而最关键的是，时代二字，更是在白鹿村的戏台上，不知不觉地搭起了一座看不见的舞台。静待这些演员们上来博得头彩，或是头破血流。

土地之殇：情欲唱戏？

于是这出戏要开唱，但唱什么又成了大问题。

前半段的故事太眼熟，精壮长工遇上大户人家寂寞难耐的小妾，总有个像极了什么又说不出是什么的感觉似是而非着。段奕宏扮演的黑娃是全片中最有人味儿的角色。他透着和这片土地一样的感觉：人的结实等同肥沃，人的活力等同那片片金黄麦浪，人的野性却直接等同于土地的野性，所以他是这个时代戏台上的男主角。

张雨绮扮演的田小娥很妖艳，原著中这个给人留下一泡尿撒到鹿子霖脸上的野劲儿和疯劲儿十足的女人，需要被加厚和挖掘。她是女主角不假，但是平心而论，从张雨绮还算不错的表现，和全片对于田小娥这个角色的戏份分配来看。这真的不是一部为其过分倾斜量身打造的电影，至少未到网上传言的夸张程度。

不过，当二人纠葛这条线索成了小主线，双刃剑的效果出来了。《白鹿原》从一片地变成了一间房和一席炕。优点是普通观众接受程度瞬间提升，故事性强化，看点多多。而与此同时，若不是后来墙头变化大王旗的由那片土地的过客再一次提醒着你江山易主，你都忘了这本应是个厚重故事的本来面目。

但是至少这样一来，白鹿原上有了活生生的人，比起故事的不尽如人意，作为华语电影，《白鹿原》的人物设定依托原著是近几年来最出色的。它在不动声色地扭转着观众观影的误区。还是那句话：好人物比起好故事难一百倍，也珍贵一百倍。白鹿原上的人或狡黠，或朴实，或勤劳，或野性，他们因为时代活得美，也因为时代活得累。

不过，大问题在于当时代搭好了戏台，这戏却没唱响。就犹如土地没生气麦田没收成般奇怪。一段，两段，点到为止，欲说还休，当情欲戏只有段奕宏的大后背，没得那个叫做黑娃的男人在麦垛上、海报里都敢露出的屁股，你知道这是和《色戒》一样的故事。除了很多涉及下半身的台词依旧给力，很多情欲场面都明显有剪刀手到此一游的痕迹。它们剪掉的东西不是欲而是情，更是一股股让火烧到整个《白鹿原》的劲儿。实际上我们不怕看到，也不应该看不到，只是为何看不到的背后还有一点：我们与审查者心中所想的是否有如佛印与东坡先生的故事那样，不知是谁在恶意揣测着对方呢？还是玩起拍拍手，嘴里说着你龌龊呀你龌龊以己度人的游戏更能说明不言而喻的结果？

不过，对于《白鹿原》，实际上有个场景最能说明一切：每当转场，那片土地在空镜头中都美得不能言说。远方夕阳炽烈燃烧天边，正中牌坊如图腾般兀立，麦田一望无际金黄涌动。与此同时，银幕下观众的那种出奇的安静，会让你知道，他们看到了想看到的东西。

那是土地的美，和活着的累。

《白鹿原》：看不见白鹿的白鹿原

陈令孤

在《白鹿原》还未拍成电影时，我们或许觉察不到它的重要性；但是当它拍成电影后，我们便猛然发现这是一部太重要的电影了。不管由谁来拍或演，不管拍得优或劣，不管得奖与否或票房高低，它终究都会成为中国电影史上不可忽视的一笔。因为，陈忠实的《白鹿原》在当代文学史上有着不可替代的地位，即使已出版二十年，它每年还要重印十万多册。它所展现的中华民族的苦难和百姓的悲欢命运，其厚重感与萦绕的蛮荒的情欲，在力透纸背的同时也给予读者不可名状的震撼，并且这种影响还要持续下去。

其实，对于《白鹿原》这样一部时间跨度大、人物众多、情节复杂的小说来说，最适合改编的应该是电视剧，电影的时空太狭窄，根本无法容纳其内容。如果要展示全景，可能会造成走马观花；如果只取单一情节，又无法表达旨意。因此，如何取舍便成了最大的问题。

事实上，王全安也正是这样做的，在片头字幕上，我们赫然看到张雨绮的名字位列第二，这与她作为导演妻子的身份无关，而是她的戏份多，她是故事核心中唯一一个女性角色。但是，电影过多地纠缠于男人与田小娥的关系，而弱化了外部环境变化给白鹿原带来的危机。小说《白鹿原》突出了三对矛盾——新与旧、父与子、家与国——但是电影重点展现了父与子的冲突，对其他两个冲突虽有着墨，但是并不鲜明，这便使得影片很像一部家庭伦理剧，缺乏激烈的斗争和宏大的主题渲染，在一定程度上弱化了影片的厚重感。

归根结底都是情欲戏在作怪，它成就了《白鹿原》这部小说，但又损害了电影的面世。欲望是人情的基础和生命的本性,白鹿原正因为有田小娥这样的女人存在,才充满了戏剧的张力。但是现在,我们只看到电影中的田小娥在用眼睛卖弄风情,却看不到她的肉体如何宣泄风情。被遮掩的激情戏既断裂了田小娥这个人物的立体性,也使几个男人因她而导致命运转变的情节无法得到充分解释。男女情爱乃天地之交合,这种交合方式的变化可以反映时代的变革。田小娥是时代的旗手,她的红肚兜便是立于风口浪尖上的红旗。当一抹鲜血从她白皙的身体里涌出时,一个渴望革新的白鹿原夭折了。

田小娥与黑娃所住的窑洞是故事的重要场景,它代表了爱和欲的交织,它的破败衬托了情欲的旺盛,当它轰然倒塌之时,意味着人欲的被埋葬。此外还有两个重要场景,一是祠堂,一是戏台。祠堂是族人开会的地方,是传统的象征,白嘉轩是这里的统治者,尽管这个地方曾经被黑娃破坏,但始终没有被废弃。而戏台是官方办公事的地方,它见证了多次革命的发生,鹿子霖总想借助这个地方压倒白嘉轩的权威,但没有成功。戏台和窑洞一样,在影片最后都毁灭了,唯有祠堂还存留着。这是对传统的留恋,还是对时代革新的绝望?影片没有给我们一个清晰的答案。

陈忠实给电影的打分是95分,他说另外5分是给朱先生和白灵的,因为这两个人是小说中非常重要的,但是电影没有涉及。特别是朱先生,他的智慧远远超脱于白鹿原的众生之上,代表了圣者对时代变革的态度。然而,在我看来,《白鹿原》的灵魂其实是那一只在雪地里奔跑的神鹿,它是白鹿原人的信仰所在,它的缥缈的“无”与人的真实的“有”形成鲜明对比,在经历了拥有和丧失的浮沉之后,一切都会归于虚无——白鹿所代表的神圣而纯净的世界。电影插入了很多牌楼的镜头,牌楼虽然也是白鹿原的标志之一,但没有白鹿的感染力强。一个伟大的地方必然是一个有灵性的地方,一部伟大的电影也是如此,《白鹿原》所给人的感觉很平淡,也许就在于它缺少一个核心的灵魂,也就是那只白色的神鹿。

但是严苛的批评不代表对作品的蔑视，电影《白鹿原》依然是一部值得尊敬的作品。从关于它的纪录片《将令》中，我们可以看出王全安的踏实和细致，以及所有创作人员的投入，这些成绩都体现在画面、构图、表演、音乐等元素的效果上。在翻滚的金黄麦浪中、在响彻云霄的秦腔大调中，在白嘉轩一脸冷漠的阴沉中，我们领略到了20世纪白鹿原的风土民情和人物风貌，这是我们对先辈们苦难生活的最好祭奠。造成《白鹿原》现在这个样子的直接原因是剪辑，而根本原因还是时代的问题，或许再等几年拍摄或上映，它一定会是一部伟大的作品。

《白鹿原》：如何整体把握原著精髓？

里 昂

《白鹿原》原著小说的时代背景从清末民初一直跨越到新中国建国初期将近半个世纪的历史。小说中错综复杂的人物关系在历史变迁的时代动乱中投射出的各色人物命运以及生存状态，都显示出了一种历史的厚重感，具有一种史诗般的气质。将这样一部洋洋洒洒五十万字的鸿篇巨著压缩在一部时长只有156分钟的电影中实非易事。

在王全安改编的电影中，导演将影片的时代背景框定在1912年至1938年之间，也就是清朝覆灭到抗日战争刚打响的这段历史。影片掐掉了小说中清朝末年的一小截历史，又去除了抗日战争之后的一段历史，从而缩短了原著小说中横跨的历史长度，使得影片对于历史的叙述更为集中。像原著小说中的"交农"、"烧粮"、"砸祠堂"等重要历史事件都在影片中一一呈现。

将小说改编成电影就犹如做加减法，要懂得取舍。在《白鹿原》原著小说中，人物众多且关系复杂，不仅牵涉到白鹿两家几代人的恩怨纷争，还伴随着时代变更下的人物命运辗转。由于电影篇幅有限，要将原著小说中的众多人物全部都搬演到电影中去不太现实。这时候就需要导演做加减法。将一些次要人物的存在弱化甚至是完全舍弃，再将一些重要人物的戏份做一些艺术上的放大，这样就能达到一种艺术上的平衡，保持原著中人物和故事的精髓。在改编的电影中，导演将原著中的大量人物，诸如白赵氏、白孝武、白孝义、白灵、鹿兆海以及朱先生等人物直接在电影中砍掉，完全消失。而在原著中着墨并不多的田小娥（张雨绮饰）在电影中戏份却十分吃重，导演通过大量篇幅来表现这个女人的命运，并且通过这个女人将影片中的几个男人勾连起来。

导演之所以会将原著中总共才出现了几章的田小娥这一人物在电影中作为重要角色，是因为田小娥这一人物身上具有旧社会农村妇女普遍具有的时代悲剧性，但也有其他农村妇女所不具备的反抗性，她是那个社会所孕育的时代悲剧，所以十分具有代表性。原著小说开篇第一句话就是："白嘉轩后来引以为豪壮的是一生里娶过七房女人。"女性在那个时代只不过是男人繁衍后代的工具，毫无地位可言。从与田小娥有过牵连的几个男人便可看出女性当时的地位。起初，她是财主郭举人的小妾，之后和黑娃（段奕宏饰）私奔，后来又依附于鹿子霖（吴刚饰），最后与白家的白孝文（成泰燊饰）厮守在一起直至被鹿三（刘威饰）杀死。从这个女人的悲剧命运中，我们可以看到旧社会妇女的所有悲剧，我们也可以看到这个人物身上所具有的对于时代与命运的反抗。她不堪忍受郭举人的不举，而投入精力旺盛的黑娃怀抱；迫于生存，她又不得不向鹿子霖敞开了石榴裙……她一直试图冲破封建的桎梏而寻求属于自己的爱情与自由，却终究抵不过时代命运的悲剧，成为滚滚历史车轮中的一道印记。

影片画面有着强烈的陕西关中平原的历史厚重感。影片开头以一片金黄麦浪的空镜头开场，沉稳大气地展现了这片土地上人们的生命状态，而片中穿插的几处陕西秦腔更是展现了西北地区的凛冽豪爽。

整部影片在日本敌机的一片狂轰滥炸中戛然而止，时间定格在1938年。然而，这种戛然而止的结束却让人有种如鲠在喉无处诉说的痛苦。之前拼贴式的历史事件打破了观众对于影片整体历史叙述的认知，产生了一种时代的割裂感。这种片段式的割裂感无法形成对于历史完整的修复，便无法从整体上去把握影片所要表达的故事的精髓。或许，这也就是为什么这部影片在今年的柏林电影节上没有获得轰动性的成功，而只得到一个最佳艺术贡献奖的原因吧。

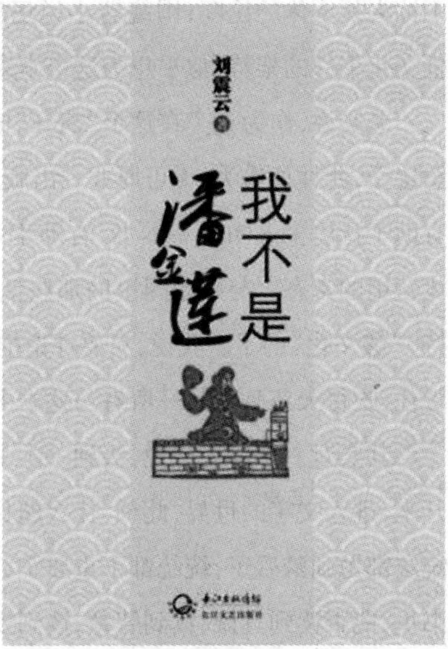

《我不是潘金莲》：一部想当然的单薄之作

石华鹏

■ 虚构和荒诞，虚构不是虚假，荒诞不是瞎掰，正因为小说是虚构且荒诞的，所以小说必须追求一种更高的真实——生活的真实和精神的真实。而这两个细节是违背生活真实的，不符合事实逻辑的，如此重要的两个细节“失真”，小说便变得虚假起来。

■ 这是一部靠情节取胜的小说，情节的离奇是小说留在读者脑海中的最大印象。小说真正呈现出来的效果呢，是故事大于了人物，即一个离奇的“新闻性”的故事盖过了人物形象的塑造。这种情节大多是《故事会》所青睐的。

前不久，著名作家刘震云的长篇小说《我不是潘金莲》“热闹”上市——夺人眼目的题目、高调的首印五十万册、获茅盾文学奖后的第一部长篇、作者第一部以女性为主角的小说、不是“政治小说”是“底线小说”、“这个作品伟大，弥足珍贵”、“刘老师是伟大的作家”……种种花里胡哨的话题和语不惊人死不休的论断，围绕着小说里里外外，大有将一本书的出版变成一桩文化事件的架势，似乎想为这个本来酷热的夏季再增添一份热度。

老实说，作为一个在这个“疯狂”时代浸淫许久的读书人，对此，我均乐意接受，此种种作为，无可厚非。出版商吆喝，评论家吹捧，作者访谈解读，有助于让更多人知道一本书，有助于刺激人们购买一本书的欲望，这是现代营销的常态。与娱乐圈里的那些恬不知耻的“营销”相比，咱们算“够矜持”“够文化”的了。我说，只要评论推介不越过“底线”——昧着良心、不负责任、吹得天花乱坠——所有与这本书发生关系的人，无不皆大欢喜。

其实对一个读者来说，买到一本书之后，扔掉印有夸张话语的腰封，打开来，进入文字的世界，此刻，什么题目、什么印数、什么第一部、什么伟大，统统都抛到脑后了，统统都不重要了，重要的是，我一个真诚的读者在这本书里，能否读到真诚，读到智慧，读到发现，读到触动。一句话，这本书是否是出色的，是否值得我摆上我的书架而不是五毛钱一斤当废纸卖掉，是否值得我在未来的某一天重新打开它。

我从网上买回一本《我不是潘金莲》。那些花里胡哨的话题和论断，对我已起不到任何蛊惑作用，我买它，是因为刘震云以往的那些表达干净传神、故事智慧幽默的小说带给我的美好记忆，以及由此而形成的对刘震云的信任感——如有网友说他的书不会让你失望。当代中国，像刘震云这样真诚而技艺高超，且创造力十足的小说家已经凤毛麟角，如熊猫那般珍贵了，他的书即使不下力吆喝，也是有一个好的“收成”的。

我用不长的时间读完了《我不是潘金莲》。我以为，这部小说，放到刘震云不算多也不算少的作品中，是较差的一部；放到中国当代小说的河流中，它也不算一部处于上游的作品，属中下游。我忠实于我的阅读感觉，我也自信于我的阅读经验——尽管在读到《我不是潘金莲》之前，我已读过那些所谓著名评论家关于《我不是潘金莲》的“花言巧语”和“豪言壮语”——我不隐瞒我的看法：我不喜欢这部小说，因为这不是一部出色的小说，更谈不上什么“伟大”。读完之后，我脑海里浮现的是两个关键词：想当然、单薄。这是一部想当然的单薄之作。

想当然：经不起推敲的细节和逻辑

《后汉书·孔融传》：“以今度之，想当然耳。”所谓“想当然”，即以现今情形和自身见识来揣度，想来以为如此。在《我不是潘金莲》中有几处细节是“想当然”的结果，因为它经不起推敲，也不符合现实生活的实情和逻辑。

一处是，李雪莲“上访”来到了北京，落脚在同学赵大头那里，刚好赵大头是“全国人大代表”下榻酒店的厨师。李雪莲本来要去天安门静坐的，但一早起来，在大厦“前院的花池子前”，被一个办事处的领导当成了大厦工作人员，借着往车上搬材料的机会，李雪莲混上了代表们的车，“闯”进了人民大会堂。

这样的情节在现实中能发生吗？一个初进北京的乡下女子，会被“误认”吗？会往车上搬材料吗？能“混”在代表们的车上吗？我特意问询了一位参加过“人代会”的人士，他肯定地说这种情形不可能发生。他说，李雪莲被误认为酒店工作人员可能性很小，酒店工作人员均着统一制服，二者气质上也是有区别的，误认的可能也有，就是那位“办事处的领导”刚来，还不熟悉员工；往代表车上搬材料的事儿，也没有，即使搬材料，也是专门的会务用车；更不可能混上代表们的车，每辆车都有一个工作人员，出发前都会点人头。所以这位“人大代表”强调，李雪莲不可能进入会堂，就不可能在安检处被擒了。

另一处是，因为国家领导人碰巧过问了李雪莲上访告状的事儿，批评了该省省长，七天之后，该省直接下文，一下子撤销了李雪莲状告的市长、县长、县法院院长、县法院“专委”四位官员的职务。

现实中，这样的处理结果会发生吗？我又特意问询了我的一个正担任县领导的朋友，他刚听完，哈哈大笑起来，说：“你们这帮书呆子真能掰，睁着眼睛瞎掰，对中国的现实无知到这种程度。”我说：“这不是我掰的，别把我也绕进去骂。”他给了我解释：中国的官场体制，尽管有时是“长官意识”，但还是一个讲究法制的体制，或者说强调法制的体制。为什么说这事儿是瞎掰？一、一位国家领导人不会容许这样的不符合程序的任免事件发生，小说中说国家领导人看到了关于此事的“内参”。二、即使一个因离婚而起的告状女得到了领导人的过问，按照当前的官场规则，受牵连的官员充其量只是一个副县长，到不了市长，更到不了省长。三、除非告状女的行为造成了非常恶劣的社会影响或者涉及人员伤亡，受牵连的也到不了省长那里。所以说，李雪莲的事不可能造成如此多、如此高的官员的撤职。

小说里，这样“想当然”的细节还有一些，比如医院用救护车送李雪莲到北京拿钱、比如在李雪莲家周围四位警察24小时布控——我那位当县领导的朋友说，这样的“礼遇”在现实中也不会发生，方式会更直接，找个理由把当事人控制起来即可——等等，在此不再详解。

我为什么重点提到上面两处“想当然”的细节，因为这两个细节是小说往前叙述下去的“动力”，或者说是小说成立的前提：如果李雪莲进入不了人民大会堂，便不会有国家领导人的过问，也便不会有那么多官员的撤职，也便没有小说后来的第二章、第三章。所以这两个细节至关重要，这两个细节是小说情节、小说故事的最高潮部分，如果不在最高潮部分建立起扎实的小说根基，那么小说的大厦将轰然坍塌。但遗憾的是，这两个细节经不住细致推敲，也不符合现实生活的实情和逻辑，那么，小说虚构的真实性和说服力便大打折扣，一部缺乏基本真实性和说服力的小说，是不成功的小说。

我们说一个小说家出色与否、伟大与否？是出色、伟大在这样关键细节上的“用力”，“用力”达到让读者信服，“用力”表达真实的现实和逻辑，“用力”在看似“轻”的细节上达到“重”的表达效果，这样的地方来不得半点“滑头”和“想当然”。从这一点来说，刘震云与“伟大”擦肩而过。

或许有人会说,这是一部虚构的荒诞的小说,不是纪实文学,既然荒诞,便允许细节上的“出入”,怎么能这样较真呢?这种观点是错误的。这里涉及两个概念:虚构和荒诞,虚构不是虚假,荒诞不是瞎掰,正因为小说是虚构且荒诞的,所以小说必须追求一种更高的真实——生活的真实和精神的真实。而这两个细节是违背生活真实的,不符合事实逻辑的,如此重要的两个细节“失真”,小说便变得虚假起来。

相反,小说中虚构的李雪莲与他家牛的对话,牛摇头让她不要“上访”了,她便听牛的话,准备不“上访”了。我觉得这个细节特别真实,尽管现实生活中不可能出现牛说话的事儿,真实的是,这个细节符合主人公的内心世界,让这个小说有了神性的力量,这就是所谓的精神真实,对读者有说服力。

当下许多小说脱离生活的真实和逻辑,睁眼瞎掰,已经是一种通病了,区别在于有的“掰”得高明点,有的“掰”得粗糙点。找一个吸引眼球的故事,信马由缰地“掰”起来,看谁“掰”得离谱,看谁“掰”得大胆,只求一时热闹地卖几本书,便罢了。我不是说非要像做田野调查、标本分析那般较真地写小说,但至少“掰”得不能脱离生活实情和逻辑,这样“掰”来“掰”去,怎能“掰”出经典和伟大呢。

单薄:故事大于人物

很显然,对一部小说产生“单薄”的印象,并非来自书页的厚薄、字数的多少。有些小说很厚,但越读越薄;有些小说很薄,但越读越厚。我欣赏后者。《我不是潘金莲》287 页、17.9 万字,不厚也不薄,但是两遍读下来,我觉得它变得越来越薄,闭上眼琢磨一下,它甚至变得像只有几页纸片那般单薄起来。

我以为,这单薄,是一个夸张的故事结束之后,小说便结束了,它留给我回味咀嚼的东西太少,更谈不上那种“欲罢不能”“如鲠在喉”的复杂感觉了;这单薄,是小说将一个千头万绪、神秘莫测的世界,简单化、戏剧化、个案化了;这单薄,是作者书生意气的清官思维和企图为民请命的写作意识在作怪,小说的故事和人物上“想当然”地投影和折射了作者的价值观和思维方式。

如果要为这“单薄”印象找些学理上的依据的话,或者说是什么原因造成了小说的“单薄”,我觉得至少有两方面的因素不能忽略:一是故事大于人物;二是小说信息量少。

先说故事大于人物。小说的故事可以说是一个“惊了天”的故事,一个农村女子的离婚案告状告到了人民大会堂的“人代会”,告到了国家领导人那里,一切荒诞而夸张的情节得以展开。从内容和情节上来说,这个故事的确“惊了天”。这样的故事,我们可以在新闻里看到,它是非常态的个案,必须有太多的巧合才能发生。事实上,刘震云推动这个故事前行,就是依靠了“编造”的种种巧合,而且这巧合之敏感、之大胆——“人民大会堂”“全国人代会”“国家领导人”——令人唏嘘。

说白了,这是一部靠情节取胜的小说,情节的离奇是小说留在读者脑海中的最大印象。当然,刘震云的写作意图并不只是希望读者被这个故事征服,他真正的“野心”,是希望读者记住李雪莲这个“前所未有的中国女性形象”,以及一群丑态毕现的中国官员形象。但是小说真正呈现出来的效果呢,是故事大于了人物,即一个离奇的“新闻性”的故事盖过了人物形象的塑造,再加上这个故事是靠经不住推敲的细节和逻辑支撑的,所以也给人物的塑造带来了不可信。生活中是有诸多离奇的情节,这种情节大多是《故事会》所青睐的,这些情节的偶然性和个案性,掩盖了平常生活下的诸多秘密,几百年的小说实践已经证明,那些真正出色、伟大的小说是在普遍而平静的生活中发现不普遍不平常的。

另外,刘震云笔下的李雪莲真的是一个“前所未有的中国女性形象”

吗？这是刘震云自己说的，从小说中我并没有读出来，相反，我觉得李雪莲这一文学形象，并没有超越文学史上的"秋菊"形象，"秋菊"给我的震撼至今仍在，尽管作者期望在李雪莲身上叠加了"小白菜""潘金莲""窦娥"，但是李雪莲留在我脑海中的面容和性格并不那么深刻。作者说李雪莲内心很"绕"，其实李雪莲并不绕，真正绕的是一个离奇得不可能发生的情节，而且我感觉真正绕的是作者刘震云，整个小说中，我读到李雪莲所谓"绕"的内容时，我眼前浮现的是一个男人刘震云，而不是一个一辈子告状的弱女子李雪莲。这一切的发生，只能怪刘震云太过强大了，太能"绕"太能"掰"了，他的形象盖过了李雪莲的形象。这究竟是一个小说家的悲哀呢，还是幸运呢?

再说信息量少。历史上也有一些经典小说是靠离奇情节支撑的，比如卡尔维诺的《树上的男爵》——一个人在树上过了一辈子，但除此以外，还得靠强大的信息量来塑造人物，来揭示非离奇的生活本质。

情节是小说的"骨头"，信息量是小说的"肉"；情节是小说的"脉管"，信息量是小说"脉管"里流淌的"血液"。而小说《我不是潘金莲》的"骨头"和"脉管"强劲而清晰，它的"肉"和"血液"单薄而稀少，这样，小说便丰满不起来。

这根源归结到两点，一是作者太急切地想要讲完这个故事，他是奔跑着讲这个故事的，有的地方来不及更深入地表达；二是作者在这个不算长的篇幅里，想要塑造的人物太多——下至屠夫厨子，上至省长国家领导人，结果不是蜻蜓点水，就是顾此失彼，没有真正塑造出几个人物来。——老实说，倒是有几个作者没有刻意用力写的人物"活"起来了，比如那个劝李雪莲去镇上喝羊汤的镇长赖小毛，寥寥几笔，人物传神至极。

小说的信息量，是指根据故事和人物的需要，不可省略的生活信息和人物的内心信息，简单地说，就是人物必须在小说中过起柴米油盐、喜怒哀乐的日子来，有些内容该省必省，不该省则不可省，这样，人物形象才可能丰满起来，才可能打动人。《我不是潘金莲》的问题在于，小说中的李雪莲，虽然她的一生都在告状中耗尽，但小说在这个人身上花的笔墨只是围绕情节推进而组织，而没有用更多的信息来展示一个人物与现实生活息息相关的内在生活，因信息量缺乏，李雪莲这个人物便单薄起来。

当前有许多小说之所以不够出色，是与信息量有关，不是信息空转，便是信息匮乏，即要么内容啰唆、无效、不知所指，要么内容干瘪、寡淡、缺胳膊少腿，或许，为一个小说找到恰如其分的信息量，是小说家们不可忽视的一个技术问题、一个美学问题。

题外话：吹捧得离谱

最后说一点关于《我不是潘金莲》的题外话。读过这个小说后，我再一次在网上读了有关著名人士关于这个小说的论断，其中有两个人的说法让我看了后只想反胃，一个是北大张颐武教授，一个是此书的责任编辑之一的安波舜。

张教授说："这个书好就好在正文短，序言长，这是最好的。我建议这个故事拿去得鲁迅奖（鲁迅文学奖），把前面的拿去得茅盾文学奖，分开得。十八大以前最重要的两篇小说，这是第一个意思，形式上别开生面，先看后面，再看前面。"

——真是可笑至极！一个长篇分成两半，短的得"鲁奖"，长的得"茅奖"，难道这奖是你家办的？难道全中国没有小说了，要一个小说分开来得？居然还提出什么"十八大以前最重要的两篇小说"，我都要晕倒了，见过无聊评论的，没见过如此无聊评论的。

责编安波舜说："之所以这个作品伟大，弥足珍贵，就是因为五六十年代的作家，无力书写这个东西，都在写文革，个别写的都是官场文学。……原来我们觉得他是作品优秀，看了这个作品之后，我得说刘老师你是伟大的作家。”

——您就吹吧。鼓吧。反正吹牛皮不犯法、不上税，只丢脸，我只想提醒一下安先生，您得注意一下社会影响，别吹到别的星球上去了。

话说回来。无论各位怎样离谱地吹，《我不是潘金莲》依然是《我不是潘金莲》，小说不会因您的吹捧，而经典起来，伟大起来。它是不是经典，伟大不伟大，留给广大的读者，留给时间去评判，关于《我不是潘金莲》，您最好说点靠谱的、发自内心的话，这样足矣。

就在完成此文时，我遇到一位喜爱读书的朋友，她对我说刚读完《我不是潘金莲》，问我此书怎样，我反问你觉得怎样，她说："好似一幢建在沙地上的没打地桩的豪华气派的大楼。"我觉得我这位朋友比那两位著名人士高明。

读完《我不是潘金莲》，马尔克斯的《霍乱时期的爱情》也到了——书的出版永远是方兴未艾的——多年前我在网上读过此书的电子版，虽然错字连连，仍读得我心惊肉跳，如今正式授权的《霍乱时期的爱情》重新翻译引进，我便买一本回来珍藏、重读，马尔克斯如刘震云一样，同样写了一个离奇的故事，但生活的信息、人生的信息被他写得如此丰满、动人，要说经典，要说伟大，比一比，读一读，便一切都清晰明了起来了。

结构性冲突导致了意图偏离
——读刘震云长篇小说《我不是潘金莲》

白 草

这部长篇共计287页，除标题所占页码外，序言267页，正文仅17页，如此超长序言的小说，在新文学史上恐怕找不出第二部来。但不论这序文有多长，序与正文之间的结构性关系，不能因此而被打乱或调换，二者各有其功能，难以相互替代，则为确然无疑。

作为一种文体的序，其性质或功能是对某部著作或某一诗文作说明，或以议论为主，或以叙述为主，或二者兼备；其名称尚有“引”、“题辞”等（褚斌杰《中国古代文体概论》）。而小说的序言，若不计他人所作序文，自序的功能大概有两种，一是说明写作缘起、作品要旨、人物刻画、作品寓意等等；二是情节本身的组成部分，以引出人物、点出背景等，名目虽异，其实一也，如“引子”、“楔子”、“序曲”等。在篇幅或字数方面，序一般要小于或少于正文；在功能上，序具有提示、说明等作用。即使出现例外情形，比如序文篇幅大于正文，也不能改变序与正文之间的结构性关系。序是为正文而写，正文才是重点。

据此，这部小说的意图与实际的描写之间，则存在着太过明显的矛盾。从篇幅、字数来看，李雪莲系主要人物，长达267页的篇幅，叙述了她所经受的冤屈，其他人物包括县长史为民等，均为陪衬，那么，正确的写法或许应该是，序言写县长史为民，正文写李雪莲——假定小说真的想正面描写一个访民形象。但是，从序言与正文现有结构看，史为民才是主要人物，李雪莲不过是陪衬、是引子，正是她的过失——因假离婚而上访，直接导致了史为民被撤职，毁了他的前程：当年李在车前举牌喊冤时，时值周日，史按约定去为一家饭店剪彩，遂命信访局长处理，并无过错，两相比较，史的冤情更大，他本人满腹怨愤地说："当年撤我的职，就是世界上最大的冤案；二十多年来，我该年年上访；但为了党和政府，我含冤负屈，在家煮肉。"简言之，这部正文仅有17页的小说，写一个因受牵连而被撤职的县长，无奈之下开起了饭馆，以一道"连骨熟肉"菜，享誉县城，自称"在家煮肉"，实则借此为抒发愤懑的一途。饭店名曰"又一村"，显系取自陆游名句"柳暗花明又一村"，亦暗含了讽喻、嘲弄之意：县长做不成，回家卖红薯。

小说中着墨最多的人物李雪莲，反而显得偏执无理、面目可憎。李佩甫长篇小说《生命册》中也写了一个访民形象：房屋充公，老婆走了，三十八年间，仆仆于上访途中，无望地索要已经消失的房屋、追讨已为人妇的妻子，此种诉求，尚在情理之中。而李雪莲为自身的一个过失，上访20年，最后想要争回的仅仅是"一口气"，既不近情理，也淡化甚至颠倒了小说的显在主题：说的是一介民妇在庞大官僚系统面前的无助与渺小，展示出来的却是大大小小的官僚们被一个妇女折腾得草木皆兵、神经紧张。

除了意图偏离，小说还存在着一个致命漏洞：第二章第4节末尾写李雪莲告状告到最后，成了赌气，与其前夫根本无关了：

"哪怕再告最后一年，也把这口气出来再说。这时的告状，就成赌气了。这时的告状，已经脱离了本来的告状，矛头对准的不是前夫秦玉河，而是法院院长、县长和书记了。"

可是到同一章第13节结尾，其前夫死了：

"……李雪莲的脑袋，'轰'的一声炸了。炸了不是心疼秦玉河死了，而是没有秦玉河，李雪莲告状就没了缘由。……往年是告秦玉河，捎带告些官员；今年却主要是告这些官员，告不告秦玉河倒在其次。但秦玉河一死，告状的链条断了，连同这些官员也无法告了。"

一个花20年时间去告状的人，回不到原初起点的，小说不遵此内在情节逻辑，而是弥缝漏洞、自圆其说，甚至出现"因为秦玉河的死，李雪莲的告状成了笑话”这样不应有的失误。那么缘何再度强化一个早被超越的初始理由呢？深层原因可能在于，其一，修复人物形象：前夫死了，“告状的链条断了”，请看，这个偏执而又无理的女性，不也通人情、讲道理吗？其二，再写下去，正文中的主角就无法出场了，所以，只好以秦玉河之死作为理由，匆匆打发李雪莲去上吊，结束两个冗长的序言。

序言的篇幅百倍于正文，其中一定寓含着作家的用意；然而，改变序言与正文的固有形式，这不能算是出新，甚至可说是一个错误；因为，现有的文本给人的感觉：犹如一顶大帽子下面，站着一个小小人儿，比例严重失衡，从而导致意图偏离、人物形象主次不分。

喜欢《新批评》的理由

《文学报》的编辑老师：

你们好！

我是一个普通的大二中文系学生。自从《新批评》专刊出现，我就感到很兴奋，因为它总能提供给我许多看待当下文学的新锐视角，我十分喜欢它。

这次国庆假期期间，我看到了在9月13日（第2052期）《文学报》21版上的《文学批评，能否少走极端?》一文。这是对唐小林的《贾平凹的“硬伤”》一文的讨论。说实话，我看到唐小林的这篇文章时，可以说颇为激动。可冷静之后，我想，毕竟我过于年轻，可能极易因这种犀利的语言变得激动不已，尤其在当前学界给我一团和气之感的时候（当然我的视野是极其有限的，只是一种感觉）。当我看到他说的贾平凹演讲犯错这件事的时候，我第一反应就觉得这实在是错得很离谱——人家夫人名字搞错、学校校长搞错，人物名字只是符号，情节倒是记得滴水不漏。周慧虹对此质疑的依据是“是人都有健忘的时候，我们有时见到久未谋面的同学朋友，或是一面之交的人，常遇想不起其名字的情形；作家也是人，况且作家读得多、想得多，难免知识混淆”，但是我以为用这条论据来表明其文学批评易走极端的中心观点是不妥当的，因为贾平凹是在为西安建筑科技大学师生们作演讲的情况下。我的同学在作演讲之前总是要反复校对过自己的演讲稿以免出错，我们学生如此，那么贾平凹这个我们大家都很喜欢的作家是不是更不该犯这样的错误？这样的一挥而就，也许就是贾平凹不够严谨的一个证据吧，尤其是他的题字“我为人谨慎、作文放荡”更令我感觉有点难以理解——“作文放荡”？我想贾平凹是把写小说和做学问搞混了吧？更何况，唐小林在后文当中列举的许多关于贾平凹对古文或历史事实“信手拈来”甚至是“胡说八道”的事例也都证明了其不够严谨的特性，即唐小林所说的“贾平凹的‘硬伤’”。他是我们很多同学喜欢的作家，希望在作文放荡、感情四溢之后，做学问时也能够冷静严谨，精准无误，我想那样的话会有更多的人喜欢他的。对于周慧虹所说的唐小林言语伤人，不够平和大气这种“矫枉过正”的问题，我站在一个相关专业的学生的角度，看唐小林的文章时也感受到了，的确有些刺耳，尤其是他对“寡人”一说的讨伐，确有过分之感。不过，我看到周慧虹一文下面的郭平德的《有感于唐小林获奖》一文，才知道唐小林是“一位普通的文学爱好者和打工仔”，我想这种情况下，毕竟还是不同于成天身处中国传统文风教育沐浴中的“学院派”吧，也许唐小林需要成长，也许“学院派”需要锋芒。我还是很赞同周慧虹对文学批评的诸如“诚恳、客观、深刻”的“大家风范”、“不失其‘锐利’，同时更能兼顾‘真诚’、‘善意’”等一系列美好期许的。

说了这么多，只是因为我很喜欢《文学报》，尤其是《新批评》专刊，看到之后有些话想说，而这些话又几乎都不经过深思熟虑，实在很惭愧。我希望这份报纸能够越办越好，能够满足我们这些大学学生读者求知的愿望！

赵正晨

《白鹿原》：新世纪中国电影的一抹亮色

杨剑龙　孔小彬

■ 90 年代以后，我们的电影作品常常忽略了小说原作，尤其是新世纪以来那些被称作电影大片的一系列电影，它们往往缺少编剧的原创性，甚至缺少对小说的关注，很多影片只有花哨的形式而没有令人感动的内容，导致中国电影整体水平的滑坡。

■ 我们现在很多的电影作品恰恰是为娱乐而娱乐，缺乏深入思索，缺乏给人的启迪与启示。从这个意义上说，《白鹿原》在注重电影艺术本身视听觉上的观赏性、娱乐性的同时，也赋予作品深沉的思想内涵和文化底蕴，因此，可以说电影《白鹿原》是新世纪中国电影的一抹亮色。

陈忠实的长篇小说《白鹿原》是第四届茅盾文学奖获奖作品，很多年前就有人想把它改编成电影、电视剧。电影《白鹿原》经过九年筹备、三年拍摄，人称是中国最难拍的电影之一。电影《白鹿原》面世后，有批评的，也有赞赏的。从电影艺术的角度来看，这部电影到底怎么样？这就要求我们把这部电影放在新时期以来电影发展的背景上来看，考察该电影的结构、人物、风格、人文内涵等因素。“一部改编自著名书籍的作品比一部由不知名的作家所创作的原版电影剧本拍成的电影更能吸引人。”中国电影有不少佳作都是从小说改编的，从 20 世纪 30 年代到 80 年代的张艺谋电影，其中有不少成功的改编案例。但是到了 90 年代以后，我们的电影作品常常忽略了小说原作，尤其是新世纪以来那些被称作电影大片的一系列电影，它们往往缺少编剧的原创性，甚至缺少对小说的关注，很多影片只有花哨的形式而没有令人感动的内容，导致中国电影整体水平的滑坡。

作为一部由茅盾文学奖获奖小说改编的电影，我们也要思考电影文本同小说文本有着怎样的关系？它在多大程度上保留了小说的精神内涵，是否开拓了独特的艺术空间?

一、情欲为主的叙事结构

与小说相比,电影在时间跨度上有所压缩,前者写到了新中国建立(甚至点到了“文革”),后者则只到抗日战争爆发为止,但原著对历史变迁、白鹿两家浮沉的基本脉络在电影中得到了保留。辛亥革命、“交农抗租事件”、农会运动、保安团还乡、饥荒、瘟疫、抗日战争,这些历史段落在电影中都一一得到了表现,这段历史毫无疑问是一部沉痛的民族苦难史。

电影删去了仁义道德代表的朱先生,删去了朱兆鹏、朱兆海、白灵、白孝武、白孝义等戏份,使情节更加集中,电影将白鹿两家族的争斗集中在田小娥的情欲故事中:白家长工鹿三的儿子黑娃去郭举人家扛活,与郭举人的妾田小娥有染,事发后黑娃带田小娥回白鹿原,黑娃要进祖上祠堂拜堂成亲,被族长白嘉轩拒绝,鹿三了解到原委后将他们赶出家门,黑娃与田小娥在一个破败的窑洞落脚。黑娃参加农会率众怒砸祠堂批斗乡绅,革命失败后黑娃仓皇出逃。田小娥央求鹿子霖相助却遭到调戏,鹿子霖诱使田小娥勾引白孝文。田小娥与白孝文关系暴露后,族长白嘉轩严惩长子白孝文。在饥荒瘟疫中,白孝文走投无路为救田小娥去当兵。电影将主要情节置于田小娥与黑娃、鹿子霖、白孝文三个男子的情欲纠葛中,电影把情欲放在中心位置,田小娥成了整个电影最主要的人物,而在鹿子霖诱使田小娥勾引白孝文中,透露出白鹿两个家族之间的争斗,田小娥最后被鹿三用梭镖残忍地杀死,死后还要被镇压在塔下永世不得翻身。如果说生活在那个苦难接踵而至年代的人们是不幸的,那么在所有不幸者中最不幸的就是田小娥了,她不仅要同众人一样承受苦难,还要承受来自众人施加的暴虐和鄙视。

“商业性是电影的第一属性”,电影一分多钟的预告片里,主要是两个内容,欲望和暴力。前者是交错闪现的田小娥与不同男人的性爱画面,后者如黑娃领人砸祠堂、肉体的刑罚等。欲望与暴力是商业电影屡试不爽的两大制胜法宝，电影预告片就是想以此引发观众观看的欲望。

二、恢弘悲郁的电影风格

《白鹿原》导演王全安被称作是第六代导演，他在《白鹿原》片中所表现出来的电影风格与第五代导演陈凯歌、张艺谋有近似处。电影开篇展现的是广阔无垠的麦地，无论是清晨，还是暮色，无论是秋景，还是冬色，这样的麦田的镜头反复地出现，让人联想到《黄土地》里漫无边际的黄土高原，以及《红高粱》里望不到头的高粱地。电影中出现的抗租运动，鹿三带领乡党在漫天大雪中与官军们的对峙、搏斗，黑娃率领贫苦农民大闹宗族祠堂等宏大场面，营造出电影恢弘壮观的视觉效果。影片中鹿兆鹏、黑娃、白孝文三人火烧麦田的壮观场面同样令人印象深刻，尽管这一情节安排不太符合现实逻辑，小说中是烧粮仓里非法征收的百姓粮食。（电影的不合理之处在于：烧了麦子“乌鸦兵”固然没了粮草，百姓岂不是要饿死？电影明显是为了这种宏大场面而有意为之，这一情节在视觉上的确是相当成功的。）

值得注意的是，《白鹿原》的影像恢弘而不华丽、悲郁而不轻浮，它与关中地域文化、与民俗的土气是紧密联系在一起的。白嘉轩带领众人读乡约的场景、在宗族祠堂公开鞭打违约者的场景等，都与地域的家族文化有关。白鹿原麦垅上立着的牌坊以及郭举人麦地里立着的石马则指向古老的传统文化。最能体现地域特色的是将秦腔搬上银幕，那种高亢悲凉而具有原生态色彩秦腔的出现，尤其是黑娃当麦客期间戏台上演出的秦腔“将令”，那种铿锵有力、高亢苍凉的视听效果让人震撼，也为电影营造了恢弘悲郁的民俗与音乐背景。在这种背景中，呈现的是地道的关中百姓的生活状态生活方式，只要看黑娃蹲在地上手持两根特长的筷子端特大号碗哗啦啦吃面，就能明白这一点。电影片尾的秦腔简直是点睛：“风花雪月平凡事，笑看人生说炎凉。悲欢离合观世相，百态人生话沧桑。”说不尽的人生沧桑、世相百态，在这高亢而又苍凉的歌声里回荡不已，也留给观众无尽的悲凉感伤。

新世纪以来，中国很多电影给人的基本印象是：场面很恢弘，内容很空虚。从《英雄》、《十面埋伏》，到《无极》、《夜宴》、《满城尽带黄金甲》等，所构成的中国电影大片的叙事模式，其实也形成了中国电影大片尤其是中国古装大片叫座不叫好的现象。应当思考中国电影怎么会走到了这样沦落的地步，客观上造成中国电影艺术水准的下滑。中国电影在奥斯卡的焦虑中，常常单纯地一味向西方看齐，忽略了中国传统风格与手法，忽略电影本身的文化内涵，以花哨的形式来掩盖空虚的内容，这大概也是某一时期张艺谋商业电影带来的负面影响。在中国电影走下坡路的背景下，电影《白鹿原》可以说是新世纪中国电影的一抹亮色，它关注内涵、关注小说原作，尊重原作的内涵和叙事方式，在呈现出关中地区特有的土气中，具有中国特色和民族风格。

三、丰满复杂的人性内涵

小说中有个重要人物朱先生，他是白鹿原的精魂，他死后化作白鹿遁走，这个人物贯穿小说始终，却被电影完全排斥出局。没有了朱先生的电影《白鹿原》好像失去了文化精神的支撑。可是换个角度想，朱先生的“圣人”气太重，这个人物是抽象化、观念化的，他始终是作为儒家文化的符码存在。

田小娥形象的塑造，在小说与电影中出现了极为吊诡的现象。影片中田小娥与三个男人的性爱关系明显缺乏小说文本那么丰富的文化隐喻，在小说中由于作者预设的文化理念，这个女人的形象显得相当单薄；而在电影中，这个人物反倒丰满起来。小说中，田小娥早已被钉在耻辱柱上，她作为“红颜祸水”的传统类型存在，最后被老实憨厚的鹿三狠心地杀死。“白鹿村乃至整个白鹿原上最淫荡的一个女人以这样的结局终结了一生，直至她的肉体在窑洞里腐烂散发出臭气……”作者安排了一种最让人不齿、最令人恶心的方式来结束田小娥这个美丽女人的命运，这未尝不是传统文化理念对这个“最淫荡女人”最恶毒的诅咒。电影文本由于不具有小说那样的文化理念，它没有安排田小娥死后腐烂发臭的结局，田小娥在影片中给人的是一种有情有义、敢爱敢恨、率真泼辣的形象。她主动勾引年轻力壮的黑娃是敢爱，她尿淋鹿子霖是敢恨，她爱上白孝文并怀上他的孩子是有情，同鹿子霖上床舍身救黑娃是有义，银幕上的田小娥在精神层面上完全脱离了小说文本，可以说是电影最大的改编与创造。

小说中，鹿子霖是作为白嘉轩的对立面来写的，他们俩，一个仁义宽厚，一个自私狭隘；一个光明磊落，一个喜欢阴谋暗算；一个以德报怨，一个恩将仇报。总之，一个是胸襟坦荡的正人君子，一个是偷奸耍滑的卑劣小人。虽然电影受小说影响一定程度上使鹿子霖有些漫画化了，但还是突出了人物复杂性的一面：他对新鲜事物充满好奇，革命来了第一个革命；他自私贪婪，买白孝文的房与地；他贪酒好色，爱慕虚荣；他不像白嘉轩那样沉得住气，却也要阴谋诡计；有时他显得胆小怕事；他有无法排遣的苦恼，儿子又是拒婚又是闹农会，令他伤透了脑筋；因为儿子是共产党，他又有了几次三番被斗争的痛苦：被儿子斗已经很痛苦了，儿子走了还要被同僚斗。他高兴起来又像个小孩，在雪地上打滚，有时还疯疯傻傻。可以说鹿子霖是白鹿原舞台上活蹦乱跳的一个角色，也是最复杂生动的一个人物。

电影《白鹿原》在人物性格刻画方面，有其成功之处：鹿子霖的奸诈、黑娃的率真、田小娥的热情、白孝文的执拗，通过演员的演绎得到较好的塑造，反而是白鹿原的族长白嘉轩成为电影中最没有性格的形象，仅成为白鹿原仁义道德的象征。

中国正处于一个商业化、娱乐化的消费时代，很多电影出于票房的考虑一味追求娱乐性。回顾整个世界电影的发展史，很多电影也是很娱乐化的，卓别林的电影就很娱乐，但是他有很痛苦的东西在里面。相比较而言，我们现在很多的电影作品恰恰是为娱乐而娱乐，缺乏深入思索，缺乏给人的启迪与启示。从这个意义上说，《白鹿原》在注重电影艺术本身视听觉上的观赏性、娱乐性的同时，也赋予作品深沉的思想内涵和文化底蕴，因此，可以说电影《白鹿原》是新世纪中国电影的一抹亮色。

鲁迅研究的是是非非

孙仁歌

■ 对于鲁迅其人其文说三道四的“南腔北调”已经司空见惯。但是在“亵鲁群体”中，让人不能接受的是那种无知的、病态的断章取义、误读曲解及其不道德的恶搞，尤其那种极尽造谣、毁谤之能事者，更是让人嗤之以鼻！

■ 说到底，无难度研究与“猜想而又通行”的学术也在揭批打假之列，一经发现就当给予“迎头棒喝”，不可心慈手软，因为学术“造谣”就等于“杀人”，所以决不能姑息迁就，让私心取代公心而放他一马，这是学术道德所不能通融的。

2012年9月新学期伊始，笔者给大四毕业班开了一门选修课：鲁迅研究。选题看上去似乎有些宽泛或大而无当，其实换一种说法就是：跟当代大学生谈谈鲁迅的一些“是是非非”；旨在扬鲁挺鲁，积极推崇“鲁迅式精神界战士”之精神，让学生更多地从正面了解鲁迅、接受鲁迅。用以抵制社会上不断“复活复制”的“亵鲁群体”对于鲁迅的歪曲与恶搞。

所谓“亵鲁群体”，也可以说就是“咬鲁团队”，自鲁迅逝前逝后至今，就不断涌现以至层出不穷，已构成一定规模的群体乃至团队，并非夸张。可见，亵渎鲁迅似乎已经成为中国本土的一种文化现象，对于鲁迅其人其文说三道四的“南腔北调”已经司空见惯。但是在“亵鲁群体”中，让人不能接受的是那种无知的、病态的断章取义、误读曲解及其不道德的恶搞，尤其那种极尽造谣、毁谤之能事者，更是让人嗤之以鼻！

近读陈歆耕《“恶搞”鲁迅帮不了韩寒的忙》，文章虽不长，却言简意赅，举重若轻。韩寒为了搪塞应付来自方舟子“发难”的“代写门”的尴尬，却以“恶搞”鲁迅为代价去为自己洗刷“代写门”的负面效应。他把署名“方尺规”一篇题为《质疑鲁迅》的网文贴在自己的博客上，该文斗胆假设，从鲁迅的文章中无端地罗列了“10 处疑点”,以主观臆断的“自相矛盾”为由,居然得出一个极其荒谬的结论：鲁迅也是假的,有人代笔,大师原来是“人造”的大师。

笔者完全同意陈歆耕的观点:“稍稍懂得一点学理常识的人,只要将该文粗粗浏览一下,便发现文中列举的‘疑点’材料都是荒唐可笑的无稽之谈。如果韩寒有足够的自信,不必要如此举止失措。”陈歆耕一语中的,前一句言及韩寒学养缺失,后一句言及韩寒做人缺失。

韩寒作为一个吮着中国文学“乳汁”长大的文学小字辈,在自己的文学功劳簿遭遇质疑的时候,手足无措之际竟迁疑弄恶于一个民族的文学大师,不说大逆不道,最起码也可以说有些不知天高地厚。质疑乃至打假,要有充分可信的依据为前提,而没有依据的质疑乃至打假就是恶搞,即便上纲上线到人品问题也不为过。“方尺规”的《质疑鲁迅》就纯粹属于“恶搞”。

几年前,笔者不经意中从 2003 年第 1 期《文艺理论与批评》上读到鲁迅研究专家王福湘的一篇学术批评,题为《谣言惑众几时休——评王晓明〈鲁迅传〉中的一条注释》。始料不及,这篇文章给人以震撼与警醒！是一篇维护学术尊严、尊重学术规范的难得之作！多年来,在中国学界乃至文学界,“骂杀鲁迅”似乎已经成了一些人的“文化入场券”,对鲁迅人生中的某些说不清的“旧账”穷追不舍,无限“上纲”,甚至不惜“造谣”惑众。有关鲁迅与其弟周作人失和一事是一些“好事者”最为关注的“焦点”。这本来已经是一个死无对证的“谜案”,可有的人硬是想当然,以主观代替客观,以猜想推测代替学术研究的游戏规则,结果,败倒在揭批者的严声正词之中。事由王晓明《鲁迅传》中第八章注释 13 条引用千家驹的一种解释引起。千家驹的解释是:“鲁迅在日本留学时,即与一日本女人姓羽太的同居。羽太即为信子的姓,那么作人的老婆原来是鲁迅的旧好,鲁迅自日本返国后,还每月负担羽太的生活费用……可见羽太与鲁迅不是一般的关系,而是夫妇的关系。(《鲁迅与羽太信子的关系及其他》,香港,《明报月刊》,一九九二年一月号)”后来经鲁迅介绍,羽太信子又与周作人结婚。周作人最终知道此事,故愤然与鲁迅绝交。

对于这种说法,王福湘教授在文章中严肃地批评说:“千家驹是在造谣,想用谣言这‘杀人不见血的武器’(鲁迅语)来损害鲁迅,达到某种功利的目的。谣言本应止于智者,但是非常遗憾,王晓明却很不明智地充当了谣言的传播者。”接着,王福湘教授以当年许寿裳、郁达夫、俞芳、许广平、周建人包括章川岛在内的当事人或知情人提供的“活文献”为依据,揭批千家驹的“谣言”是空穴来风,是捏造事实。根据当事人许寿裳当年在《亡友鲁迅印象记》一文里提供的文献、一个基本的事实是:“鲁迅在1906年7月与朱安结婚后,即与周作人同赴日本,几经搬迁,于1909年初同时认识羽太信子,很快周作人与羽太信子恋爱,1910年夏结婚。鲁迅也回国了。”这已经成为定论的历史事实,怎么在千家驹那里就变成“天方夜谭”了呢?显然,千家驹是无难度研究与“猜想”的学术之践行者,堪称“造谣”学术的“巨无霸”!而颇受学界好评的《鲁迅传》一书及其作者王晓明既是“谣言”的传播者,也是“谣言”的受害者,就因为引用了千家驹的一条“谣言”,而使《鲁迅传》一书的学术品格大失其彩,真可谓“一只苍蝇坏了一锅汤”。然而无独有偶,王福湘教授还在文中披露了另一位学者沈卫威与他的博士论文《“儿子与情人”——鲁迅、胡适、茅盾婚恋心态与情结阐释》,也步千家驹后尘,也在造谣,说鲁迅的“第一爱是发生在母亲的制约力量难以完全控制的日本,这位情人恰恰又是他后来的弟媳妇(周作人之妻羽太信子),阴差阳错——正当他和日本女郎羽太信子热恋时,母亲召他回家乡与朱安结婚,尔后他带弟弟周作人去日本,于是羽太信子在失去鲁迅的情况下,和周作人结为夫妻。周作人开始并不知情,1925年,周作人知道了此事,于是,兄弟的手足之情就此一刀两断”。

现为南京大学文学院教授的沈卫威的“阐释”似乎比千家驹的“造谣”

更加富有“想象力”，并应用弗洛伊德的精神分析原理中的“俄狄浦斯情结”及“恋母情结”把鲁迅的“第一爱”阐释得“活灵活现”，简直就像是在演绎“学术意识流”抑或“学术白日梦”，可与事实一对照，沈博士也就不免成了“千家驹第二”。不过，还有比千家驹、沈卫威更为荒唐的“谣言”，说是因为鲁迅偷看羽太信子洗澡被羽太信子告发于周作人而致使兄弟绝情，苍天有眼，对于这些主观“无端猜想”、捕风捉影的“造谣”学术，应予以无情的揭露与批驳，否则，我们对不住被“造谣”、被损害的伟人之“在天之灵”！笔者十分赞成王福湘教授的学术批评观：“学术研究只能从事实出发，学术见解只能建立在事实基础上，说真话不说假话，讲事实不准造谣，应该是最起码的学术规范，即人人必须遵守的底线。如果连这一条底线都没有，这就不是学术见解问题，而是学术品质问题；不是水平高低问题，而是态度真伪问题。”是的，学术就是事实，背离事实去“无端猜想”、“我行我素”，就是毁坏学术规范与学术精神。学术见人格，事实高于天，不知为不知，千万不能造谣或弄虚作假，在学术行为中你只有说真话的资格，而没有造假造谣的特权，一旦说了假话，是谁都要背“黑锅”！纵然像千家驹、沈卫威以及引用不够严谨的王晓明等都是学界精英，他们对于社会的贡献远远大于这一点“造谣”和“传谣”，但就是这一点“造谣”和“传谣”，也不会有人为他们喊冤。这就是学术！当然，这种现象还属于学术层面的问题，而与那种“学术暴力”以及各种与经济、权力挂钩的学术腐败案件或事件还不能划等号。不能划等号也并不意味着学术“造谣”和“传谣”的性质就可以用朴素的感情待之，所以这里我们要感谢王福湘教授！倘若不是他的一篇打假文章的面世，我们至今还把鲁迅的道德问题搁在“雷池”的那一边，这对于逝去已经 75 年的鲁迅先生是多么不公?!

痛定思痛痛不尽！非常让人大为不解的是，为什么一些造假学术乃至“伪学术”，明明“硬伤累累”，却往往还会被吹成牛、捧上天？前面提及的一些“问题学术”都是如此，如千家驹的“谣言”被广泛引用、沈卫威的博士论文还被权威的“人大复印报刊资料”选载推广等等，即造假的学术也能得以通行。这显然与当下学术体制不健全、学术监督打假机制存在严重缺陷不无关系。单就这一点，写一篇专题论文加以深入探讨也不愁话语储备。这又让笔者不禁想起另一位为鲁迅辟谣的胡适，当年鲁迅的《中国小说史略》曾被小人造谣是抄袭盐谷温，害得鲁迅如“鬼气”缠身，跳到黄河也洗不清。后来还是胡适站出来讲了真话，并严厉批驳了造谣的小人，才使这一团迷雾得以云开日出。虽然胡适与鲁迅并不算朋友，而且似乎还有某些“过节”。但在学术面前，胡适尊重的是事实，而不是个人恩怨。这一点也使胡适的学术品格成为传世佳话。说到这里，笔者忽又想起国学大师陈寅恪当年面对学术的严谨之姿与魅人的修养，他曾说：“你不把基础材料弄清楚了，就急着要微言大义，所得的结论还是不可靠的。”所谓要把材料弄清楚，强调的就是有难度研究与可靠的学术，你唯有运足气，发足功，然后才能打出“微言大义”的一拳。所以做学问搞学术是一件极其艰苦磨难的事业，不是无难度研究与“无端猜想”学术之辈所能企及的。我们在仰慕一代学术典范“陈寅恪们”的同时，也不由增强了对“千家驹们”的不恭与警惕！说到底，无难度研究与“猜想而又通行”的学术也在揭批打假之列，一经发现就当给予“迎头棒喝”，不可心慈手软，因为学术“造谣”就等于“杀人”，所以决不能姑息迁就，让私心取代公心而放他一马，这是学术道德所不能通融的。

以上所举，仅仅是“亵鲁群体”肆意“造谣”于鲁迅的“冰山一角”，如果盘点开去，恐怕难以穷尽。或许鲁迅对于“亵鲁群体”就是一座巍巍昆仑，极尽亵渎之能事却也撼动不得，却又不甘心于自己的江郎才尽、内虚尽现，于是就延续了几代“亵鲁群体”最致命的“杀手锏”——谣言惑众，从而置人于死地，即便已经悠悠逝去的在天之灵，也要让他不得安息。也唯有如此，“亵鲁群体”中的你我他，才有可能拿到一张张为各自所需的“入场券”，如此，各种形形色色的名利场的大门就会向他们打开。对于“亵鲁群体”而言，这是挡不住的诱惑，为此，他们算是在鲁迅的身上做足了文章，如今，连后辈小生韩寒都学会了“咬鲁保身”，而且这一口“咬”得“凶”性一点也不亚于千家驹之辈的“毒”性。如此加以展望，不免让人心寒，“亵鲁群体”势如中国现代社会的“劣根”复制，有如厨房砧板上的细菌层出不穷，非“洗剂”、“84”之“打假”之辈可以尽除也。不过，对于伟人鲁迅而言，倒也无妨，毕竟已经成为本民族文化版图上的一个定格，巍巍昆仑，顶天立地，蚍蜉撼树又何足挂齿？由他去吧！

散文是否可以虚构？
——对《置疑格致散文的诚挚性》一文的几点质疑

桑永海

一

提出这个问题，是因为孙仁歌在《文学报·新批评》第30期(2012.8.30)发表文章说，格致的《转身》等作品“一定要说那是一种散文就非常牵强了”。理由是什么呢？文章中有这样一段话，比较完整地代表了孙氏的观点：“格致散文由于存在虚拟的痕迹(其文中还称之为‘虚构’)，由此也就存在遮蔽性，而遮蔽的正是散文文体的第一生命特征即诚挚性。诚挚性不存，还谈何散文？”因此，孙断言：“格致的才华，写小说可能具有更大潜力，但50年内不会恭维格致的散文……任你写得怎么棒，也捧不上名正言顺的散文殿堂。”

如果我理解不错的话，孙氏其文的关键词就是“虚构”两个字。综观全文，其逻辑推理方式就是明显的三段论：散文是不可以虚构的，但格致的散文多有虚构(虚拟)，所以她的散文不能称之为散文。看来，散文是不可以虚构的这个大前提，是孙文立论的根基。这样，在客观上，就尖锐地提出了一个问题：散文是否可以虚构？

乍一听，这似乎是个伪问题，是一个不应当怀疑的问题，或许还是一个总也扯不清楚的问题。那么，我们就那么搁置起来，不讨论，不争议，行得通吗？办得到吗？其实，在十几年前，世纪之交，就三毛的散文，已经引发了一次关于“散文是否可以虚构”的讨论，可惜没有深入下去，不了了之；现在,就格致的散文,又一次提出了这个问题;而且事实上,关于虚构这个问题,在散文创作与阅读领域,许多年来,始终就没有停止过争议。看来,这已经成为我们回避不了的一个散文症结。是我们应当认真讨论研究,早晚也要给予回答的。

另外,就这个话题来说,尽管孙氏文章是从格致散文谈起的,依我看,为了集中讨论此问题,也为了论述的方便,以免夹缠不清,我们这里暂且把格致散文的评析放一放,后面再谈,也是可以的。

二

那么,散文到底是否可以虚构?

回答当然是否定的。

按传统文学理论的要求,散文是应当真实的,因此在本质上有别于小说和戏剧等非韵文。散文的真实性,也是人们约定俗成了的看法。郁达夫说:“原来散文小品文字的所以可爱的地方,就在它的细、清、真的三点。”所谓“真”,就是真切自然,不矫情、不虚饰。可见,真实,也是散文的要义之一。

然而,世间事情本来就是复杂多变的,散文作为一种文学样式,其产生又是受种种主客观复杂因素制约的。怎能谁人一声号令,就都向前看齐,且目不斜视的呢?况且,从文学作品的分类来说,不论“三分法”(叙事的、抒情的、戏剧的)还是“四分法”(诗歌、小说、戏剧、散文),散文这种体裁及其承载的内容,涉及范围极广,因此散文创作很容易在体裁的选择和笔法的运用上出现交叉的现象。约言之,所谓“文学散文”(或“艺术散文”)在某些细节上、局部上,或许是无意中或多或少会有一点虚构,似可理解,并且在写作实践中也是难以避免的,只是往往因为写得好,像钱钟书说的,很会“无病呻吟”,读者难以发现而已,这样的虚构并未失其真;而“纪实散文”,诸如访问记、回忆录、人物传记、报告文学,是严格不准虚构的。

因此,尽管在正常情况下,人们都说散文是应当真实的,不可虚构,但在风格万千的创作实践中,又有谁能保证不出意外呢?翻翻古今中外文学史,这“意外”的情况还真不少。大文豪苏东坡赤壁怀古怀错了地方,是广为人知的了,影响他一词二赋的伟大了吗?反倒硬是造出了一个“东坡赤壁”,与大战真实地点“周郎赤壁”遥遥相对。前者游众济济,后者反而游人寥寥。不但没有人指责苏大学士,反而显示了其文其人穿越时空的魅力。或曰:那只是地点的错误,而非主观故意的虚构。但在胶着地理解散文真实二字的人看来,连地理位置都错了,又遑论其他?

十多年前,三毛自杀,在人们痛悼之际,横地里杀出个马中欣,在他声明自己为了揭破三毛虚构散文的事实,要“万里蹈寻三毛足迹”之前,先就放了一炮,说三毛从没去过撒哈拉,却写了《撒哈拉沙漠的故事》,让世人吃惊不小;不久,马氏承认三毛确是去过撒哈拉的,就又改口说三毛与荷西感情不好,她许多散文是虚构的等等。其实,我们也都知道,范仲淹并没有去过岳阳楼,他却写出了《岳阳楼记》,“衔远山吞长江”只是范公的想象。我们是否也要否定这篇千古美文的地位呢?更有趣的是法国浪漫主义先驱夏多布里昂,他习惯于在游记里加人想象和夸张,喜欢无中生有是出了名的。甚至他到没到过密西西比河沿岸,至今也还是个悬案。但两百多年来,他瑰丽的《美洲游记》,不是照样一版再版风靡世界吗?几人写出过他笔下那样迷人的密西西比风光？几年前我还邮购过一部新译本哩。现在来看，三毛散文虽然确有许多夸张与虚构的成分，不是也从畅销书成了长销书，一直广受青少年欢迎吗？

这些中外古今作家们有关散文的公案，想马中欣、孙仁歌不会不知道的。但对三毛，对格致，何以在散文的真实或虚构上非要较那个真儿呢？就如享誉千年的散文经典《桃花源记》，妙就妙在虚虚实实之间。如果必得紧追到底，那个桃花源到底在什么地方？经纬多少度？何处是写实？何处是虚构？一一查证落实，怕是伟大如陶渊明，也写不出这样绝妙好文来的。所以我觉得孙仁歌根据自己对格致文本的理解，一口咬定那是虚构，而虚构就肯定不是散文，有点太较死理了。

由此，我们也看到，文体的划分，尤其是在边缘处，比如散文与小说的界限，也是具有模糊性的，并非全然都是非此即彼、黑白分明的。问题是我们应当承认和正视文体划分现象中这种模糊性的客观存在。例如，都德的散文名作《磨房书简》中的一些篇章，《繁星》等就不止一次被选入短篇小说集里去。屠格涅夫散文名作《猎人笔记》中的《白净草原》也是如此，俄罗斯高中生就是当小说必读的。如果把《桃花源记》选入精短小说集，我也不会觉得奇怪。再说，中外文学史公认的文体，不是还有一种叫做“散文化小说”的吗？萧红的中篇《呼兰河传》和契诃夫的中篇《草原》，特别是俄国文学大师蒲宁(布宁)早年获诺奖的长篇《阿尔谢尼耶夫的一生》，都是散文化小说的经典性作品，早已风行世界。把格致的《转身》和她后来在《美文》月刊连载的长篇散文《婚姻流水》，都冠名散文化小说，我看也是很贴切的。

所以，我们真就不应当在散文与小说的分类上死钻那个牛角尖。读孙仁歌的文章，他反反复复批评格致的散文不是散文，如果她标明是小说，就是很不错的小说了。我看这是因为孙氏由于对文体理解的偏执，而走入了误区，钻上牛角尖了。其实质还是太本本主义了——他不理解在不同文体的边缘处是存在着模糊性的。

上面这些话,决不是说我认为散文可以放手虚构。散文写作我一直主张真实二字——真人真事真景真情真物。这也是大多数散文作家自觉不自觉遵循着的。但是,有时出一点意外,加入想象、夸张,甚至来点虚构,只要情真意切,而不是矫情、做作、虚假,我们也不必大惊小怪。因为这类散文作品,都早已是一种客观存在,不是任何人能左右得了的。对其中优秀的新颖的、认真探索的新锐之作,在艺术审美上应抱有开放主义的眼光和气度。鲁迅先生是卓越的散文艺术大师,他有一段话,却并没引起我们应有的重视,他说:"散文的体裁是大可以随便的,有破绽也不妨。"(《三闲集·怎么写》)我觉得"大可以随便",就是思想的自由,文笔(以及体裁和手法)的自由。我们上面引述的一些散文作品,包括三毛和格致,是不是均属此列呢?

三

都说"生活之树常青","理论是灰色的"。散文发展到今天,散文的理论,比如关于"虚构"这个问题,势必要有所突破了——在保持其文体独特性质的前提下,表达的内容、方式和手法要正视客观散文现象中顽强呈现的新鲜因素,提倡艺术创新。

这也是散文自身内部矛盾运作发展的必然规律。事实上,在创作实践中,散文在虚构上的突破,早就已经是或隐或显大量存在的文学现象了。十多年前,莫言就曾放谈,他当时出版的散文集《会唱歌的墙》许多事件就是虚构的。而且他断言许多散文也都是虚构的,他认为任何作家不可能有那么多巧遇巧合。当然,作为散文创作态度,这样刻意为之并不可取。但,由此却说明在散文写作中并非有意的虚构,是回避不了的。我们的散文理论太滞后了。我在这里提出来,也就是鼓吹在理论上,应当针对散文的创作与接受实践中不断发生的类似问题,予以正视,进行必要的阐述罢了。

综上所述,孙仁歌先生批评格致散文的虚构及所涉诚挚性的观点,我不敢苟同。也以孙重点批评的《转身》为例。一个弱女子“我”面对恶人,却表现出超乎寻常的自然冷静理智和善良,以致使恶人一时不知所措,放弃了作恶的念头,惶惑间转身离去。作家把一个个瞬息间的细节放大延长,产生一种强烈的审美艺术张力,让我们感受到了善良、真诚与宽容的力量。这样有别于传统散文的新鲜写作,一经面世,好评如潮。这里的虚虚实实,而不是一清见底,不是一览无余,正是这篇散文魅力之所在,有虚构、遮蔽和不诚挚的影子吗?亦如前所述,把散文《转身》列入小说里面去,也是可以的,正常的,并非什么奇怪的事情。作为大多数受众,只问好与不好,至于什么文体,是不大关心的。

虽然从接受美学的观点来说,读的是作家的文本,不必去追问作家本人如何。但如果你对格致的精神心理特点有些了解,对她的作品就更容易理解了。两年前有一次聚餐,我们问她《转身》写得很好,那是不是真事儿。她明确说:“其实作家可以不回答这样的问题,因为读者看的是作品。我告诉你们,我到现在还清楚地记得,那年我 26 岁,说的那几句话,包括那些细节,真都是真实的。”后来我读到她的中篇小说《八一家的日常生活用品》和更多的散文,觉得她的文字流荡着一种灵异之气,和格致其人的精神心理特点一样,是颇异于常人的。

硕博何辜，当此罪责？

赵　强

文学批评“死了”没有？这问题就像“文学死了”那个惊悚的说法一样，人们大声疾呼，恐怕是想用一种耸人听闻的方式，悼念他们心目中最为理想的“文学”或“文学批评”的式微，“以引起疗救的注意”吧？所幸作家和写手们并没有因此而辍笔，文学评论家们似乎也不愿意就此自裁，看看日盛一日的文学出版和铺天盖地的评论文章，再看看作家、写手、评论家们不听逆耳忠言的执拗，怒其不争的人们只能折中地说：文学或批评暂时还没死，不过也是苟延残喘、行将就木，“在式微的边际上越走越远”了。

于是乎批评文学批评的“‘文学批评’批评家”们或匹马单枪，或济济一堂，为文学批评号脉、会诊，各类意见和批评泉涌井喷，开出的药方也名目繁多，颇为可观。这本不足怪，其实自五四运动以来，几乎每隔一段时间，就有一次关于文学批评的运动式批评，评论界自然是获益良多的。文学评论文章的套路化、平面化甚至沦为“帮忙”或“帮闲”文字，良有以也，然而，并非所有的意见都是对症良药，也不是所有的批评都能匡谬正俗。比如把文学批评的式微归罪为“大学中文系里出来的‘硕/博文章’”的流行，显然有失公允，且有为“职业批评家”曲相开脱的嫌疑。

“职业批评家”与“大学搞文学批评的人”划清界限，恐怕不是明智之举。什么是文学批评？急于把“职业批评家”从大学的围墙里拯救出来的人显然无暇顾及，只是说文学批评应该“清新和犀利”。似乎只有“职业批评家”们才有“清水出芙蓉”的文笔，才能锻造出无坚不摧的“匕首和投枪”。为了说明这一点，作者还专门调查了《纽约时报》和《泰晤士报》的“书评”栏目：“在这些书评——即当下的文学批评——里决没有‘硕/博文章'"——没有"硕/博文章"就能保证文学批评的"纯粹"和"有效"吗？就现实而言，当下的文学批评之所以招致不满，引起公愤的，恐怕不是"大学中文系里出来的"硕士、博士们的营生，而是那些声名日隆的批评家们的捧场文章、帮闲文字吧？如果文学批评算得上"秀场"，聚光灯下长袖善舞、倾倒众生的，也轮不到尚在为前途和生计暗自忧虑的硕博们。说白了，后者从事文学批评，相当多的人是在文学批评的秀场上跑龙套、凑热闹。如果这秀场轰然坍塌，那他们也难说是文学批评的掘墓人。作为文学批评台柱子的"职业批评家"们不思自省，却把罪责推给别人，是不是有些不妥？就像是看电影，国产电影萎靡不振时，进口大片甚至批片、烂片儿乘虚而入，我们应该批评国内电影人，还是要坚壁清野，把洋鬼子的文化驱逐出境？

况且，我们还有多少所谓"职业批评家"？且不说批评家们大都是从"大学中文系里出来"的，就是成名以后的批评家，又有多少洁身自好自觉与大学中文系划清了界限？细数当年意气风发的"第五代批评家"们，有几个没有进驻大学中文系安营扎寨，担任起教授、硕导、博导的职务？早在1921年，文学批评引起聚讼时，就有人撰文说"批评家这一类特殊的人应该是没有的"（佩苇《"文艺批评"杂说》）。也就是说，批评不是少数人的权利，"报人、期刊编辑、书刊编辑、职业批评家、票友批评者等"做得，大学中文系里的硕士、博士们如何就做不得？文学批评期刊的版面，"报人、期刊编辑、书刊编辑、职业批评家、票友批评者等"占得，大学中文系里的硕士、博士们如何就占不得？

佩苇的文章还提到，"文学批评不当有固定的原则"。"清新和犀利"文章固然受众广大，晦涩和含蓄的文章也并非自说自话，否则，康德、胡塞尔、海德格尔乃至德里达、利奥塔等人艰深晦涩的著作怎会跨越重洋来到中国？不可否认，许多硕博论文有生搬硬套、生吞活剥时髦的或过时的西方文论的写作倾向，对此笔者也表示极大愤慨。但如果以此就排斥西方文论，怕是因噎废食。况且，职业批评家们所欣赏的李振声等诸位先生的文章，也是有“学术背景”的，只不过是“以个人的经验和学术背景，谈论着自己喜欢或者不喜欢的话题”——这对于尚在学习、摸索中的硕博们来说，也是心向往之的境界，但仍需假以时日罢了。相信职业批评家们都是“过来人”——遥想20世纪90年代的理论热、方法热，许多正在成长中的批评家们也是抱有极大热情的——也有此雅量。

至于文学批评期刊充斥硕博论文、基金项目论文的乱象，恐怕主要责任也不能由硕博和项目承担者们来承担，君其问诸期刊与现行文化体制！

《白鹿原》:该做加法还是减法?

杨天东

不知从何时起,电影圈人以能看到有别于影院公映的电影版本为傲,比如《赛德克巴莱》,比如《白鹿原》,人们以考据的严格态度对照不同版本的表现,得出的结论基本上是:原版几近大师,而阉割版是对导演最大的侮辱。这其中不乏热爱电影之人,但沽名钓誉的也大有人在。

窃以为,电影创作跟考试和体育比赛相似,都会涉及一个规定时间的问题。通常情况下,一部影片的规定时间是90~120分钟。电影对导演最基本的要求是在规定时间内完成规定动作。如果在规定时间还有更好的自选动作,则导演的功力便不一般。《白鹿原》公映版虽然长达154分钟,但依旧是一部未能完成规定动作的作品。

本文不比较版本,不参照原著,撇开一切外在因素,单纯地去看一部作品。从规定动作来说,《白鹿原》的叙事与其他史诗电影无异,基本可以概括为一小一大,小的是人伦与情感;大的是自然、文化和历史。

王全安的角色逻辑

先说人伦与情感部分。

稍加梳理便可看出,王全安的电影叙事传统可以用3P(people)逻辑来概括,即一女+两男。《惊蛰》讲的是农村女孩关二妹逃婚进城,被一个男人辜负,重新回到家里并嫁给农村人的故事;《图雅的婚事》是图雅如何在不抛弃自己残疾丈夫的同时去跟另一个男人结婚;《团圆》则更是极致,在一个大的历史环境下,让一个老太太在自己曾经的爱人和现在的老伴之间做出选择……值得注意的是，《图雅的婚事》之后，王全安完全从个人化风格走向情节剧道路，他总在电影中制造一个道德的两难困境让一个女人去面对，从而引发观众对女性命运的极度关注。王全安因此也被认为是拍摄“女性电影”的行家里手。如果不是长得五大三粗，说不定还可能被冠以女权主义者的称号。

《白鹿原》中，王全安确实把田小娥顺时地放置于黑娃和白孝文中间，在有限的时间内做了充分的情绪渲染。其中，在表现黑娃视角的田小娥时，有一场戏用到了镜子，田小娥的特写充斥整个画面，张雨绮美得极致，表演却尽量收敛，整个情绪都跟张艺谋的《大红灯笼高高挂》有几分相似，整个场景在压抑中透露着挣脱的努力。在表现白孝文和田小娥的关系时，最有意味的一场戏是在雨夜，白孝文带了一根木头顶在田小娥的窑洞窗前，以免窑洞坍塌。本人非常喜欢这场戏。那根坚硬的木头跟“不事儿”的白孝文形成了一个绝妙的对比，木头可以支撑窑洞，但是作为男人，白孝文在身体上却搞不定田小娥，接下来，田小娥在锅灶边为白孝文烤干衣服，二人中间被熊熊的火焰隔开，虽是烈焰，却也只能干烧，当白孝文告诉田小娥自己“不事儿”之后，张雨绮表演得非常好，只一个眼神，就传达出一个女人对这个男人的怜爱，如果说田小娥喜欢黑娃的野性，那么她喜欢白孝文的则是孱弱。

但是，田小娥的两段情感显得有些浮皮潦草。完全没有情节剧时期王全安对人性的那种极致困境的考验。田小娥主动是主动，但是这个人物因为受到表现空间的限制，影响了发挥，没有一条贯穿始终的戏剧线。而其他人物，白嘉轩、鹿三、鹿子霖的人物关系都是莫名其妙的。王全安在公映版做了一个预设——观众是看过原著或是起码知道几个人物的前史的，如果不是，观众会一头雾水，或者王全安真如外界所说的，是准备破罐子破摔，看不看得懂都是观众自己的事儿。但此时就出现了另一个悖论，看过原著的人，会更加挑剔电影的表现，会更加感到结构上的支离破碎。

“每当风吹麦浪，我会想起你金黄色的头发”

再说自然、文化与历史部分。

王全安说，女人，更接近大自然，这是他喜欢拍女人戏的原因。在《白鹿原》中，其实最大的主角应该是白鹿原上那金黄的麦浪。跟张艺谋的高粱地一样，富庶的麦子跟丰腴的女人有着某种关联性，能让人感受到一种勃发的生命力。同时，麦地似乎是一个历史的讲述人，充当了影片的另外一个叙事视角。

《白鹿原》中，每当风吹麦浪，所有的历史的、人文的诸种想象就会通过这个诗意的画面被唤起。电影开场于麦田，结束于麦田。麦子跟故事里的每个人都有关联，割麦、麦田偷欢、上缴麦子、吃大碗面条……麦子是有关生命的一切。这样的影像基调让影片有了一种浓浓的文化感和哲学上的生存意味。

影片着力表现的文化元素是西北老腔/秦腔和皮影戏。这几个文化点其实在张艺谋的《活着》和《秋菊打官司》里已经多次出现过了，只不过王全安在《白鹿原》中把场面放大了。其中，艺人们在吃饭间隙的那一大段老腔表演——《将令一声震山川》受到广泛好评。说实话，如果谁在生活中或电视里听一段扯着嗓子喊的腔调，多半不会有太大的美感，但是，电影的魅力在于，把历史和文化感用大银幕呈现出来，获得了美妙的视听张力。但是，民俗如果不跟叙事结合的话，那只能流于展示。个人认为，《白鹿原》的这一大段表演就严重地脱离叙事，对黑娃的情绪和行为没有推动作用，有着为展现民俗而展现的嫌疑。而对比一下，之后田小娥与白孝文进城寻欢作乐，在房间外，艺人们表现皮影戏和秦腔的那一场戏，则高明了很多，因为民俗展示与人物的情绪有了关联，做到中听又中用。

史诗作品在表现历史和自然场景的时候，多半使用的都是宏大的镜头语言。在这种语言系统中,横移是经常被用到的一种手法,在《白鹿原》中就出现大量的横移镜头。拍摄麦地的时候,白嘉轩训诫族规的时候,戏台上秦腔表演的时候……但凡大场面戏份,导演都是用了这种调度方式。横移用在《白鹿原》中,无疑是恰当的。因为横移制造出来的舞台化的效果使得影片有一种被强调观看的形式感。所谓人在做,天在看。白鹿原上时刻上演着人间悲喜剧,那是人们千百年亘古不变的生活方式。

整体上看,《白鹿原》在影像气氛和大的基调上还是过得去的,问题就是出在节奏上:人物的节奏、情感的节奏都没出来。

有人把原因归咎于时长,似乎史诗作品或宏大叙事就必须是四五个小时或者更长才足以释放完导演的才情。这样的想法我不敢苟同。时长绝对不是借口,能把有效的戏剧性和影像表现控制好,三个小时足够,电影需要带着时间的镣铐跳舞。《活着》125 分钟,《霸王别姬》171 分钟,银幕时间足够长,都跨越了几个时代,都是好作品。导演的功力体现在节奏感和控制力上,某种程度上说,好电影不是洋洋洒洒,而是节制内敛,不是一味地做加法,而是适当地做减法,最终呈现出乘法的效果。所以对于改编,与其东一榔头西一棒子,不如取其一处,放大开来。要是王全安能专心拍个《田小娥传》,或许会是更好的选择!

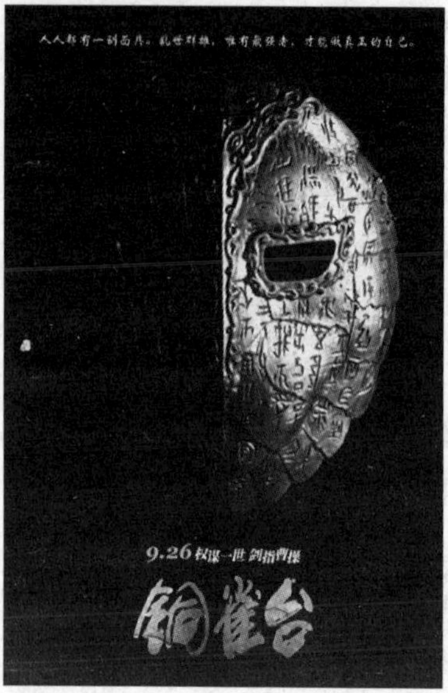

陷入陈规套路的三国题材
——以《铜雀台》为例

孟 盛

戏说：本无伤大雅

历史古装剧，这个类型题材的影视剧已经被无数评论家、观众贬得不能再贬。理由很简单，只要是这类电影，对于历史虚构之上的创造必成为争论焦点。评论家们会对这历史虚构产生学理上争鸣，观众则通俗地将争鸣化为发掘它"雷人"的线索，于是在《铜雀台》中汉献帝发出那"蒹葭苍苍"的妙音，以及对曹操说"这口味有点重"时，我的周围已传来阵阵笑声。感觉上，大家似乎还在等待"欢快场景"的再次出现。

历史古装剧是通过现代影像媒介发展，新旧的结合点，可以把风格分为纪实性和故事性。近年来热播电影《三国》、《赤壁（上、下）》、《三国之见龙卸甲》包括现在的《铜雀台》都属于故事范畴，不像《雍正王朝》、《康熙大帝》属于纪实类作品，它具有很强的可塑性。比如说《铜雀台》在一个宏大叙事背景下你如何去刻画曹操的性格？铜雀台对于曹操来说意味着什么？在大背景、大框架下用细微历史的点去延伸历史，想象历史，这些都是很好的创意。

正如前文所提到在影院观看《铜雀台》观众发出的笑声。用现代话语体系去阐释几千年人的言语，这就是"雷人"语录了。当下的一个问题是，制作方企图用"雷人"来吸引观众的期待，如古装神话剧《钟馗传》出现了自行车工具，望远镜仪器，这刻意的现代工具令人大开眼界。《铜雀台》灵雎（刘亦菲饰）在雪地里的红色服饰造型被网友称为"小红帽"。雷人语录造成雷人情节，《赤壁》、《铜雀台》奸诈的曹操一生的转折都来自女人，曹操成了痴情汉。《赤壁》里曹操为了小乔发动战争，《铜雀台》则曹操迷上貂蝉之女，最后一代枭雄竟能透悟爱情真谛？戏说，是另一种叙述方式而不是胡说八道。

关键症结：主题流离

《铜雀台》的宣传片用"情·色·权·谋"四种词汇来概括电影的主题。主题之下掩盖的内涵则无非兼具当下电影常态路数，暴力、血腥、色情、爱欲。表面看上去这样的主题十分多元。但走出影院就有观众嘀咕，这部影片到底想表现什么？

我很难用一句话去概括它的主题。一部影片就是一个好的故事。好的故事有内在张力。《铜雀台》涵盖了所有电影叙事手段，好班底、名演员，什么都有了，就缺少一个故事主题。它不能交待这是一个怎样的故事。如果仅仅是围绕刺杀曹操展开，那么穆顺与少女灵雎的感情又想表达什么？影片的叙述口吻是灵雎的视角，可整部电影又有多少和灵雎有关？

乱。《铜雀台》迷失在自我的叙述圈套中。它想在宏大历史背景之下去解读历史人物的另一面。它不惜重金去打造这个圈套但遗憾的是它被自我迷失，无法理出完整的故事脉络。没有清晰思路，再华丽的包装也只是累赘。因为它的乱，有网友都笑称它不叫《铜雀台》，叫一款现代多人的趣味游戏“三国杀”。现代电影的叙述尤其是媒介运用越来越娴熟，宏大的叙事场面往往给人带来心灵震撼。但是出色的场景都离不开故事，离不开超越故事本身所具有的主题。

看三国？不如回家玩“三国杀”

岂止是《铜雀台》的主题，《赤壁》的主题是什么？《三国》的主题是什么？《诸葛亮》的主题又是什么？三国是乱世，电影中的三国跟着乱。

三国题材的电影宣传的不是人性，是暴力。万箭齐发，马革裹尸。《铜雀台》貂蝉双手接住吕布的头颅，这被曹操称赞佩服；曹丕的出场必定先要淫乱后宫。种种场面挑逗观众的视觉底线。所以，观众的印象会是“看过，场面挺好的，讲什么？不知道”！

我们的古装历史剧往往把视线局限于战国、三国的动乱，雍正乾隆的吊诡，民国风云实录。内容方面也有很多雷同，选用的演员大都具有偶像特质。这很可能导致历史古装剧的类型化态势。

当然，就针对《铜雀台》而言有些地方我们需要谅解。导演赵林山还是一位电影新人。把如此大规模的制作压在新人上，这本身就是电影的突破。如果能把叙述重心放在主题雕琢上，减少繁琐的叙事手段。凭借我国丰富的历史资源，相信古装历史剧未来能有很长的发展前景！

理智对待莫言获诺贝尔文学奖

陈　辽

■ 有人说，莫言获奖，"表明中国当代文学具有世界意义"。那是任意拔高，过于自恋。《诗经》、楚辞、《史记》等，中国文学早就具有世界意义，但要说中国当代文学因为莫言得了"诺奖"就具有了世界意义，那就是夸大其词了。

■ 对于"诺奖"评委会把政治因素置于授奖与否的重要位置的做法，世界作家们是很有意见的。自然，作为文学奖，"诺奖"评委会不可能不考虑作品的文学因素。但实践表明，他们的文学观是很成问题的，用他们的文学观挑选出来的作家作品，很多都经不起实践的检验。

2012年10月11日，瑞典文学院宣布中国作家莫言因其作品"以魔幻现实主义融合民间故事、历史和现实"而获得本年度诺贝尔文学奖（以下简称"诺奖"）。这一消息发布后，各种媒体报道、播放了"诺奖"授予莫言事，可谓盛况空前。我因在2000年2月17日《光明日报》上发表过《诺贝尔文学奖有所"偏向"》一文，一些读者打电话问我："诺奖"因何授给莫言？莫言被授"诺奖"的意义在哪？现就这两个问题在这里谈谈我的看法。

一

自1901年颁发"诺奖"至今，112年间，除1935年和二次世界大战的1940—1943的四年间未评外，1966年、1977年各评出两人获奖，共有109人被授予"诺奖"。我审视109名获得"诺奖"所属国籍后发现，原来，地理因素、亲缘因素、政治因素和"诺奖"的授予密切地联系着。

先说地理因素。授奖国瑞典近水楼台，国家虽小，却获"诺奖"8次。与它为邻的丹麦,获“诺奖”3 次;与瑞典为邻的挪威,获“诺奖”3 次,而挪威的人口比丹麦还少。小国芬兰,因与瑞典为邻,也获奖 1 次;甚至冰岛国也获奖1 次。瑞典与瑞典邻国共获“诺奖”16 次。总之,北欧国家全都获“诺奖”了。我们尊重这些国家的文学及其作家,但他们获奖次数如此之多,能说“诺奖”的授予和地理因素无关吗?在 109 名获奖作家中,西欧、东欧国家占了 67 人,它们都因是欧洲国家而得“诺奖”独厚。这是地理因素在“诺奖”评奖取向中的明显表现。

再说亲缘因素。美国作家获“诺奖”者 10 人,澳洲作家 1 人。这两国都是欧洲移民占了绝大多数的国家。中南美作家获“诺奖”者共 5 个国家 6 人。他们都是印欧混血种人,与欧洲也有亲缘关系。非洲有 3 个国家 4 人获奖;南非 2 人,南非的官方语言为英语和南非荷兰语。尼日利亚 1 人,尼日利亚的官方语言为英语。只有埃及(获奖作家为马哈福兹)的官方语言为阿拉伯语。除埃及外,上述国家都和欧洲国家有亲缘关系。

再谈“诺奖”授奖中的政治因素。人所共知,俄罗斯文学出了许多文学大师,他们对欧洲文学产生了广泛而深远的影响。“诺奖”只评活着的作家,在托尔斯泰之前的那些文学大师不在评奖范围之内,可以理解。之所以未评托尔斯泰,根本原因是,瑞典曾经是北欧霸主,12 世纪初曾征服芬兰。16、17 世纪向外扩张,后来逐渐衰落。1809 年将芬兰割让给沙俄。它把俄国视为宿敌。加之,在当时“诺奖”评委会眼中,俄国是个落后国家,所以尽管托尔斯泰(1828—1910)在“诺奖”评奖后的第九年,仍然健在,然而,“诺奖”评委会连提名托尔斯泰都不曾有过。直到 1933 年,才给流亡国外的布宁(一译蒲宁)评了“诺奖”。亚洲国家作家第一个被评上“诺奖”的是印度的泰戈尔(1913 年),那时印度还是英国的殖民地。给泰戈尔评奖也有政治因素在。至于 1966 年为以色列作家阿格农评奖时,虽然以色列立国时间不长,以色列文学的影响有限,但因为以色列在反对阿拉伯国家的历次战争中都取得了胜利,“诺奖”评委会把以色列视为强国,于是阿格农获奖。

日本从1960年代后崛起，成了世界经济强国、大国，“诺奖”评委会乃两次授予日本作家川端康成和大江健三郎。“诺奖”评委会不可能不知道中国历史悠久，古代经典作家辈出。“五四”新文化运动勃兴后的二十多年间，出现了鲁迅、郭沫若、茅盾、巴金、老舍、曹禺等多位文学大师，他们中的任何一个人，其文学成就、学养、造诣，对广大读者的深远影响力，都足以获得“诺奖”。但他们中的任何一个人都没有被授予“诺奖”，因为那时中国还是弱国、穷国，“诺奖”评委会根本不把这些中国新文学的大师放在眼里。新时期到来后，中国作家思想解放，文笔放开，在20世纪80年代，优秀作家像竹笋一样破土而出，一流作品更是群星灿烂，但整整十多年间，“诺奖”评委会仍不予中国作家评奖。在他们看来，中国还是穷国、弱国，出不了大作家大作品。对于“诺奖”评委会把政治因素置于授奖与否的重要位置的做法，世界作家们是很有意见的。1964年，“诺奖”评委会授予法国作家萨特“诺奖”，但被萨特断然拒绝。他宣称：他“一向拒绝一切来自官方的荣誉”，但“实际原因是萨特不赞成诺贝尔奖自冷战局势以后有意偏向西方的文化界或东方阵营的叛逆者，人为地造成东西方文化鸿沟”。

这次莫言被授“诺奖”，是因为中国强盛起来了，开始富起来了；加之中国本来是文学大国，再不给中国作家授“诺奖”，瑞典“诺奖”评委会已无法向世界文学读者交代了。这才给莫言评了奖。

二

自然，作为文学奖，“诺奖”评委会不可能不考虑作品的文学因素。但实践表明，他们的文学观是很成问题的，用他们的文学观挑选出来的作家作品，很多都经不起实践的检验。且不谈丘吉尔的战时演说作为散文被评为“诺奖”后成了国际文坛的笑柄，即以“诺奖”评委会对与中国有关的作家授予“诺奖”为例，他们也看走了眼。1938年，赛珍珠（布克夫人）以写旧中国的《大地》获“诺奖”。但是，早在1933年鲁迅即在致姚克的信中说：“……布克夫人(按：即赛珍珠)，上海曾大欢迎，她亦自谓视中国如祖国，然而看她的作品，毕竟是一位生长在中国的女教士的立场而已……她所觉得的，还不过一点浮面的情形。”所以，《大地》获“诺奖”后，中国媒体界并未掀起赛珍珠热。新时期到来后，赛珍珠曾经在中国工作过的地方和单位，一时出现过“赛珍珠热”。但是，还是鲁迅对赛珍珠《大地》的评价正确，《大地》从根本上并没有写出中国“真相”的本质方面。她所提供给读者的只是一幅捏造的、可笑的军阀形成过程的拙劣漫画。赛珍珠对中国历史更是缺乏了解和研究，因此《大地》出现了一系列经不起推敲的错误。如今，除了中国还有人提起《大地》这部作品外，在国际文坛上，《大地》早就被人们遗忘了。

这次，莫言获“诺奖”，依然是因为莫言是“诺奖”评委会中意的作家。这次“诺奖”评委会有没有看走眼呢？时间和读者是最伟大的批评家，我不予置论。就我个人对莫言作品的意见而言,莫言的《红高粱》是他小说创作中的上品。《红高粱》写了抗日战争时期农民的自发抗日斗争,将民间习俗、民间传说溶化其中,的确是一篇优秀作品。《红高粱》由张艺谋执导、改编为电影《红高粱》后,在柏林国际电影节上获金熊奖。随着电影《红高粱》的走红,莫言在国内的知名度大大提高,他在国外也有了一点名气。其后,他的小说《白狗秋千架》(据此小说改编的电影《暖》获第 16 届东京国际电影节金麒麟大奖)、《酒国》、《师傅愈来愈幽默》,也都获得了一定成功。在我看来,莫言的创作才能主要表现在短篇、中篇小说方面。据他自己说,他从 1987 年起,学习马尔克斯和福克纳的魔幻现实主义,"毫无疑问这两位大师的创作对我产生了影响,让我开窍,让我意识到文学可以这样写"。"诺奖"评委会看中莫言,很大程度上是因为他作品中的所谓"魔幻现实主义"。然而,莫言对"魔幻现实主义"的理解是不正确的,运用是不成功的。他不是弘扬"魔幻现实主义"的精华,而是拾取"魔幻现实主义"的糟粕:"带有浓重的神秘主义的、宿命论的、悲观主义的思想倾向";"流露出作者对人的原始情欲、性本能的崇拜,用唯心史观去解释社会和人生"。在《红高粱》那篇优秀小说里并无这样的"魔幻现实主义",而从长篇小说《丰乳肥臀》开始,莫言大量运用他所理解的"魔幻现实主义"了。在《丰乳肥臀》里,性本能的描写已经到了丑恶的地步。龙青萍在用匣子枪自杀快死之前,书中主人翁之一的上官金童竟和她性交:他"紧紧地抱着她,在她的身体丧失感觉之前,满足了她的愿望"。"他精疲力尽地离开她的身体后,她的双眼迸出几颗火花,随即熄灭了,眼皮也慢慢合拢。"文学评论家李建军批评莫言的《檀香刑》语法错误、文理不通、修辞不当,比比皆是。在《檀香刑》这部小说中,"莫言对酷虐心理和施暴行为的夸张的叙写,在不自觉中表现出欣赏的态度"。莫言搬用"魔幻现实主义"的"瞬间转换",随意性太大,"可以写出任何他想写的情景、动作、心理冲突和事件";"这种简单而虚假的'瞬间转换'叙事模式,被莫言频繁地用于"人物的描写,以致"人物形象显得矛盾而费解”。最后，李建军总结说：“《檀香刑》也只不过是一只‘甲虫’，虽然它有色彩斑斓的‘外衣’，但这只能让我们称它为一只华丽的‘甲虫’，而不能称它为‘大象’。”莫言的《蛙》虽然得了第8届茅盾文学奖，但它也是茅盾文学奖颁布以后争议最大的一部小说，拖沓、累赘、冗长、乏味。莫言所理解的“魔幻现实主义”，就是利用一些民俗文化，讲一些民间故事，在此基础上想象力可以无限扩张，性本能可以随心膨胀，可以不顾历史，不顾真实，不顾人物形象。他得意地总结自己的创作经验：“我曾经提出了一个口号，在80年代初期的时候。我说要把好人当坏人写，要把坏人当好人写，要把所有的人当作人来写。”“诺奖”评委会看中了莫言创作上的这一套，称之为“以魔幻现实主义融合民间故事、历史和现实”，于是，莫言得了“诺奖”。这是莫言获奖的第二个原因。但是，正如鲁迅说过的，赛珍珠写中国，“还不过一点浮面的情形”。对中国作家作品的评价，也只有中国读者、中国作家、中国评论家最有发言权。

三

莫言获“诺奖”的意义何在呢？有人说，莫言获奖，“表明中国当代文学具有世界意义”。那是任意拔高，过于自恋。从《诗经》、楚辞、《史记》一直到鲁迅，中国文学早就具有世界意义，但要说中国当代文学因为莫言得了“诺奖”就具有了世界意义，那就是夸大其词了。莫言获了“诺奖”便说中国当代文学有了世界意义，那么，瑞典现代文学得过8次“诺奖”，瑞典现代文学的世界意义是不是为我国当代文学的8倍呢？早在1955年，冰岛作家拉克斯内斯就得过“诺奖”，是不是冰岛文学在1955年就具有世界意义了呢？这是一。在我这篇文章里提到的这些“诺奖”得主，仅仅过去了几十年，有的仅仅只有几年，还有几个人、几部作品能被如今的作家、读者记住呢？这是二。说到底，“诺奖”只是因为奖金额奇高而为世界知名。其评委会仅为

5人,其中懂中文的只有马悦然一人。这个由五人组成的仅有一人懂中文的评委会能够决定一个国家的当代文学是否具有世界意义吗？这是三。《扬子晚报》的记者冯秋红说得好:“就因为得了诺奖,于是众人蜂拥追捧?反过来,这是不是文化自卑的一种表示？切莫因为一个诺奖,就俨然中国文学可以独步世界文坛;也切莫因为人家肯定了,才去读中国作家的作品。”

当然,莫言获“诺奖”也有其意义在。第一,国际文坛从此可能更加关注中国当代文学。第二,世界文学读者可能由此引起对中国当代文学的更大兴趣。第三,可能激励中国当代作家创作出更多更好的优秀作品。有此三个意义,莫言获“诺奖”的意义已经够大了。时间和读者是最伟大的批评家,我祝愿中国的当代作家,能够有更多的作品通过这个最伟大批评家的检验。

请不要过度消费莫言

叶祝弟

■ 在这场由诺贝尔文学奖授予莫言引发的文化事件中，莫言越来越成为一个抽空的文化符号，成为一个供奉在庙堂之上或者出入于娱乐频道里的道具。然而，在一个喧嚣的年代，一切浮华的附和终将如水流般逝去。莫言的获奖，很难改变今天文学创作整体良莠不齐、思想穿透力不足、精神品格不高的现实，也不能改变当下严肃文学的被边缘化的趋势，文学终将是落寞的事业。

■ 莫言获得诺贝尔文学奖，我们固然要为之振奋，但我们不能从此躺在温柔乡里自我迷醉。我们应借此为契机，促进我们这个民族的人们真正认清自己文化的沉疴，在文化自省中真正实现文化自觉。

一

2012年10月11日，瑞典文学院宣布，2012年诺贝尔文学奖授予中国作家莫言，莫言成为有史以来首位获得诺贝尔文学奖的中国籍作家。一时间，人们奔走相告，包括凤凰网、新浪网在内的各大门户网站，也迅速在头版头条位置报道了这一喜讯，并配以专题报道，其内容之齐备、角度之多元，令人叹为观止。

莫言获得诺贝尔文学奖，某种程度上来说，其意义堪比2008年的北京奥运会和2010年的上海世博会。北京奥运会说到底是一场体育的盛会，而上海世博会，某种程度上是世界工业文明的展览，这两项盛事虽是崛起后的中国的集中亮相，但是并没有真正触及中国文明的最深的内核，中国更渴望在文化而不是体力或者器物的层面被世界所认同。因此，在北京奥运会和上海世博会之后，人们自然对诺贝尔文学奖多了一份更深的感情和期待。因为谁也无法否认，作为一个民族精神魂灵的文学和文艺对于一个急于跻身世界民族之林的国度的重要意义和价值。特别是对于经济发展已经跻身世界前列的中国来说，它太需要一张世界文化殿堂的入场券了。2012 年诺贝尔文学奖授予莫言，来得正是时候！

对于莫言获得诺贝尔文学奖，我们似乎只有放到诺贝尔文学奖在中国的百年旅程中加以审视，才能窥见其意义。一个世纪以来，对于习惯了以西方为师、在现代化的道路上或者一路狂奔或者茫然四顾的中国人来说，诺贝尔文学奖与中国作家的关系，似乎就是西方文化与东方文化之间的理不清扯不断的关系的某种隐喻。似乎只有获得了诺贝尔文学奖，我们的文化才能获得西方文化的认同，才能在西方的文化殿堂里登堂入室。中国作家所形成的诺贝尔文学奖的情结，因期盼而失望，因失望而怨恨，几乎成为一种文化的世纪隐疾，年年发作。以至于大大小小的作家，在这个问题上都无法持有正常的心态，要么极力吹捧，要么不屑一顾，要么故作讥诮之语，莫言获奖，无疑缓解了这种世纪心病。相比于奥运会和世博会的举全

国之力，莫言的获奖，更多的是一个人的力量，其所代表的文化象征意义，似乎无论怎么评价都不为过。

然而，文学说到底是一项个人的事业，对莫言获奖的意义，我们只有通过对他的作品的解读才能加以体味。不可否认，莫言的成就，与他的包括《红高粱》《檀香刑》在内的一批重要作品中立足于地方文化的精神原乡中，所展现出的奇崛而瑰丽的想象力、肆意而丰饶的语言有关。他的为他赢得巨大文学声誉的作品，恰恰都是与现实和主流保持着一定距离的作品。不仅如此，莫言的独特价值之处在于，他的文学世界所有意秉持的一种退步的、民间的、反启蒙的文学审美立场，恰恰是与百年中国所追求的现代化的、启蒙的、进步的文化方向向左的。这种倾向隐藏在莫言的创作轨迹中，从对早期的向福克纳、马尔克斯的学习，到构建自己的精神原乡，莫言表现了一种东方式的智慧，一个本土作家的文化自觉——基于对本民族文化和西方文化有清醒认识之上的文化自觉。深蕴于作家创作底气之上的是始终对自己的文化保持谦卑、内省的姿态，这种姿态本质上是一种文化自信。正如评论家葛红兵先生所说："莫言的获奖，与其说是现代中国文化的胜利，不如说是中国现代文化的失败，他正是一个站在现代启蒙文化、现代白话文创作的废墟上的一位作家。"从这个意义上讲，莫言的获奖，对我们的启示在于，我们如何面对当下的文化建设，我们是否能在传统主义、国粹主义、复古主义和西方现代主义之外，为 21 世纪人类文明开掘出另外一种新路来？

然而，要清晰认识莫言作品的价值，我们还必须将之与诺奖竞争对手村上春树做一点比较。今年诺贝尔文学奖得主主要在呼声最高的两位作家莫言和村上春树之间展开。由于众所周知的原因，人们关于中日这两个作家水平之间的评判，又夹杂着非常复杂的民族感情。虽然文学可以超越国家和种族，但是文学评奖受到文学之外的政治、国族等因素的干扰，却也是不争的事实。我们也许没有注意到，向来以小资作家示人的村上春树，自前年推出三卷本的《1Q84》,借向奥威尔的《1984》致敬,以隐喻的方式、感伤之风格对人类受到极权统治的威胁给予深切的关注,其呈现出的现实关怀让人为之震撼。而相比之下,我们并没有在莫言的新作《蛙》中读到这样的震撼,虽然莫言看上去很讨巧地选择了一个很让西方人感兴趣,也是很有中国特色的计划生育的主题,但是他的立意中所谓的演义式的救赎,并没有石破天惊式的创见,而对于自己最拿手的东方式的叙事方式和语言,却又因为毫无节制,而流于飘忽。今年在中日两国争论最激烈的时候,村上春树在日本最大的、最主流的报纸《朝日新闻》中著文《狂热于领土好比醉于劣酒》,对日本政客的行径提出了批评,表达了对狭隘的民族情感可能会带来中日文化交流之路的阻隔的担忧,这大概是东亚领土之争以来,在政府和民间之外,最为独立和清醒的声音。而相比之下,包括中国作家在内的知识分子的表现,特别是对国内高涨的民族情绪中的一些过激的行径的失语,其高下立现。

二

莫言获诺奖,既是一件文化事件,又是一件文学事件,但它首先是一个文学事件。区别在于,作为一件文化事件,人们关心的是文学之外的作家的身份、荣誉、经历等文化因素,它们要纳入大众文化的生产序列中,与大众娱乐、市场策划、利益最大化等消费文化运作方式紧密相连。而作为文学事件,人们关心的是莫言作品本身,是莫言小说中那些明显具有个人烙印的文学气质——恣意狂洋的语言、魔幻现实主义的叙事技巧和肆意燃烧的生命的热力,以及在复杂的文学意象之后所要表达的对于人性的深彻的洞察,特别是在传统与现代、东方与西方、本土与全球的纠葛中对于人文中国的深度挖掘。

但是,从网络传递的信息看,莫言获奖越来越成为一件文化事件。据报道,在百度贴吧“莫言吧”里,莫言获奖消息帖点击量超过2300万次。在获奖之前,人们对莫言的关注度仅仅是韩寒的十分之一,获奖后,莫言的搜索量瞬间反超韩寒10倍。与此同时,莫言获奖后,作品洛阳纸贵,即使出版社开足马力,也是一书难求,而且一夜之间,莫言的手稿也暴涨百万元。而莫言的故乡也似乎嗅到了这种商机,正大肆准备整理莫言的旧居,试图作为红高粱文化品牌的一个景点挖掘出来。不仅如此,语文出版社也不失时机抛出绣球,确定将莫言作品收录在高中语文选修课程中。莫言作品进入中学语文教材,似乎更像是一场迟到的文化追授,意味着莫言作品正式进入了某些机构承认的经典体系,并正式被“写进了民族阅读的伟大传统”中。而莫言和张艺谋、姜文20多年前在《红高粱》拍摄现场光着上身的一张旧照片,也被翻了出来,被娱乐媒体大肆炒作了一回。

莫言和韩寒,一个是纯文学作家,一个是偶像作家,分属两类作家,平时井水不犯河水,其在网络上的关注度的变化,更像是大众的一种应激反应,并不能说明什么。然而,从最初的人们不知“莫言是谁”,到一朝成名天下知,大众对莫言的前倨后恭的态度,却真实反映了我们今天的文化现实和文化现状。人们对莫言的态度,从一个侧面反映了今天的中国人的真实的文学审美趣味,特别是对于具有精神探索性的文学艺术的真实态度,也从一个侧面解释了纯文学萎靡现实的原因。在这场狂欢化中的大众礼赞中人们各取所需,似乎每个人都得到了满足。至于莫言作品中的更深层次的精神的内涵的挖掘,恐怕并没有多少人会真正去关心。

大众如此,再看看文化精英的反应。曾几何时,随着每年诺贝尔文学奖的得主的公布揭晓,中国文学家和批评家对于诺贝尔文学奖的指责和批评便一浪高过一浪,其所表现出的集体性的焦虑而狂躁,也算是一道风景。而今莫言获奖,评论家们却集体转向,众口一词唱起诺贝尔文学奖的赞歌。其实,诺贝尔文学奖的评奖标准和口味并没有变化,只是中国作家和评论家的心态发生了变化。这难道不是一种狭隘的民族主义情结在作祟么?

不仅如此，莫言的获奖，无论是曾经的批评者还是赞成者，都不吝用最美的词语加以礼赞。莫言获奖的消息甫一公布，就有人撰文，这是诺贝尔委员会对中国崛起的肯定，是对中华文明、中国成就的肯定。其实，从诺贝尔文学奖颁给莫言的授奖词中就可以看出，诺贝尔奖选择莫言，更多是基于西方世界所认为的莫言的所建构的东方乌托邦神话的好奇，而不是基于对中国当下文化和社会现实的由衷的接纳和认同。这一点，我们应有足够的清醒的认识。又有人跳出来说，多年之前就曾预言莫言会获奖，甚至有人放言中国文学的第二春来了。此意淫的心态真是了得，要知道两年前顾彬的"中国当代文学垃圾"论引发的争论还言犹在耳。从自卑到自大，中间隔了薄薄的一层纸，中国人的心态转变得也太快了！

莫言的获奖，如同在中国孱弱的文化躯体上的注入了一剂强心针，让本已被边缘化的纯文学获得一丝回光返照的机会，同时也给了某些"唱盛派"以遮羞的借口，让我们从此也陶陶然自我陶醉了起来。可以预见，在这场由诺贝尔文学奖授予莫言引发的文化事件中，莫言越来越成为一个抽空的文化符号，成为一个供奉在庙堂之上或者出入于娱乐频道里的道具。

然而，在一个喧嚣的年代，一切浮华的附和终将如水流般逝去。莫言的获奖，很难改变今天文学创作整体良莠不齐、思想穿透力不足、精神品格不高的现实，也不能改变当下严肃文学的被边缘化的趋势，文学终将是落寞的事业。

莫言的获奖，并不能缓解我们的文化焦虑，相反，对于莫言获奖意义的过度阐释，只会遮蔽我们的浅薄、粗俗的文化现实。文学是民族心灵的真实写照，莫言笔下的那个藏污纳垢的高密东北乡的文学世界，其实正是中国当下文化现实的隐喻。对于这样一个文化现实——封建的余毒，诚信的缺失，道德的焦虑——我们没有理由自我陶醉，相反，对于因这样的文化现实而获得的世界性的声誉的悖论，我们感到一种前所未有的沉重。莫言获得诺贝尔文学奖，我们固然要为之振奋，但我们不能从此躺在温柔乡里自我迷醉。我们应借此为契机，促进我们这个民族的人们真正认清自己文化的沉疴，在文化自省中真正实现文化自觉。

从电影《白鹿原》的宣传闹剧看文学伦理的失范

陈 冲

■ 小说《白鹿原》全书共34章,书中的田小娥死于第19章。按章数说,全书刚过一半,她就出局了。而按故事说,构成小说《白鹿原》的那幅波澜壮阔的历史画卷才刚刚展开,问题是田小娥在小说中只是个次要人物,没了就没了,而在影片中已经成了主要人物、女一号的田小娥,没了就坏了。那么没有了田小娥以后的剧情,靠什么来推动呢?而失去了推动力的剧情,又怎能不脉络混乱、支离破碎呢?

■ 稍有"最基础常识"的人都知道,农民和土地的关系,远不只是个感情问题,而且即使仅就感情而言,强烈希望挣脱土地对自身束缚的农民亦不在少数。从小说《白鹿原》中,看得出作者对土地问题做过认真的思考,也看得出他下笔时的谨慎。

根据陈忠实同名小说改编摄制的电影《白鹿原》终于公映了。这是一部改编、摄制得并不成功,但也不能说很失败的电影。电影的摄制是一个艺术生产的过程,而公映则是商业行为。当一部电影成为一个商品面临销售环节时,宣传和广告就成为天经地义之事,而中国人最擅长的宣传手法就是炒作。所以,当一部电影,尤其是那些"大片",其宣传费用多得足够拍若干部小成本电影时,对于那种铺天盖地的宣传炒作,我们应有足够的宽容之心,不宜太过大惊小怪。反正信不信由你;信,掏钱去看,不信,捂紧你的钱包便是了。即如《白鹿原》,从开拍到公映,历经多少多少年,中间又是如何地"一波三折",又是出了多少种版本,全都成了炒作的资源,给人的印象,仿佛一张扑克牌哪头朝上拿图像也会跟着变;这头朝上,是个因为举步维艰而一脸苦相的K,换一头朝上,就变成了因为炒作资源异常丰富而沾沾窃喜的Q。然而,尽管这种长时间的炒作非常热闹,也很有戏剧性,炒作终归还是炒作,尚不宜径直称之为闹剧。让这场炒作最终出离了炒作,变得只能称之为闹剧者,应归功于两件事:一是该片导演王全安宣称,他在这部影片中"最感兴趣的是土地与人的关系",影片"遵循的是一个土地的视角",是"从农民的角度看土地";二是他的宣传团队临死拉来个垫背的,宣称小说原作者陈忠实有话:"我的《白鹿原》里是极力歌颂共产党的。"

人与土地的关系就是农民种地?

先不说小说《白鹿原》关注的重点是不是土地。即使原著关注的重点是历史和文化,电影通过改编将侧重点转到土地上来,也不是不可以。电影如果真是这样做了并且做得很好,倒不失为对原著的一种充实和发展。

电影《白鹿原》实际上是不是关注了土地也先不说。按正常的要求,如果影片并没有在人与土地的关系上提供任何有价值的认识或发现,导演最好不要拿这个来说事儿,以免挂羊头卖狗肉之嫌。但我们仍然无妨宽容一些,因为中国历来有一个传统:缺什么偏要吆喝什么。所以,如果王导演仅限于吆喝一下他的关注点,我们还真不好说什么。不幸的是,他不是仅止于宣布他的关注点,还详细说明了他是怎样关注的。这样一来,事情就有了变化。

他是这样说的:"我们这个时代的人常常会忽略一些常识,而土地就能为我们带来最基础的常识。正如影片中的田小娥,你种什么我就长什么,你怎么对我,我就怎么对你。同样的道理,你善待土地,庄稼就长得好;你对土地不好,它就会闹饥荒。"

按王导演的这种说法,人与土地的关系,就是农民种地。这种关系的好或坏,就取决于农民肯不肯好好种地,而电影《白鹿原》所要普及的常识,就是劝农民好好种地。这样的电影,也值得花好几十块钱去看一看?或许,倒是不看这种电影,我们反而离常识更近些。比如我们都有一个常识性的记忆:离我们最近的一次大饥荒,并不是因为农民不好好种地造成的。即使按最"那个"的说法,那也是因为连续三年的自然灾害造成的。

这是对公众智力的公然愚弄——如果不说是公然践踏的话。

而这种对公众智力的公然愚弄和践踏,正是当下文学伦理失范的一个突出表现。

王导演在不长的一段话里,一口气抛出了三种说法:"人与土地的关系","土地的视角","从农民的角度看土地"。从语气上看,他是把它们当作意思差不多的词语来使用的,属于"同义反复",意在强调电影《白鹿原》的主要关注点是土地。所以在那段话里还包括一个说明:"对于人类而言,什么是最根本、最重要的东西?毫无疑问,是土地——人类最了解土地,跟土地的感情也最深。"其实,只要对土地问题稍有了解的人都知道,以"土地的视角"看农民,和"从农民的角度看土地",是完全不同的两码事,从学理上讲,是两个不同的范畴。然后,即使这两者相加,也远不能涵盖"人与土地的关系"的全部内容。由此看来,认为"人类最了解土地"的王导演本人对土地的了解就很有限,而实际上,这并不是他一个人的问题,因为迄今为止人类最不了解的事物里面就包括土地。

迄今为止,人类,至少是在中国,还相当普遍地把土地仅仅视为一种生产资料,即如王导演所说的"你善待土地,庄稼就长得好",就是一种把土地视为生产资料的观点——当然也仅仅是其中的一种。这与其说是对土地的了解肤浅,还不如说是了解土地的误区。土地有时候确实是生产资料,但土地还有生产资料以外的属性。最浅显的实例是,当它被用作耕地时是生产资料,被用作宅基地时就是生活资料了。

马克思主义经典作家在研究经济问题时提出了不同于以往的地租理论,这个地租理论是马克思主义剩余价值学说的一部分,但又是特殊的、具有相对独立性的一部分。作为经济学范畴,把土地视为生产资料是理所当然的，但是他们仍然看到了这是一种具有特殊性的生产资料，例如它的资源的稀缺性——总量的有限性，以及它的可用年限的无限性。它原则上不能被制造出来，但也不会报废。在计算生产成本时，它是惟一一种不需要计提折旧的生产资料。马克思主义经典作家没有进一步探讨土地的生产资料以外的属性，因为那不在经济学的范畴之内。地租理论也涉及"矿山用地"和"建筑用地"，但后者所指的建筑仅限于厂房、商店，却不包括住宅。

可是当我们讲到"人与土地的关系时"，土地已经不仅仅是、甚至完全不是经济学的对象了，我们还可以把土地仅仅当作生产资料来对待吗？

在田小娥身上能"种"出什么来？

王导演在阐明他所理解的人与土地的关系时，以"正如影片中的田小娥"一语，把这个影片中的女主人公与"土地"做了一种"等价"的比附。至少从影片的实际效果看，这种等价处理确实完成了一种转换：既然影片的关注点从小说原著的"历史和文化"转换为"土地"了，那么"土地样"的田小娥从小说中的次要人物升格为影片中的主要人物，就有了合理的理由。

但是，这种升格还存在着一个很大的障碍：在小说中，田小娥并不是一个很"正面"的人物形象。曾经有评论批评陈忠实，说他在小说中对待田小娥的主观倾向性含有很浓厚的封建正统意识，并非没有道理。虽然在叙事过程中作者始终保持着客观的语调，但是从叙述出来的故事及其结果看，田小娥所起的作用，几乎就是"女人是祸水"这句祖宗遗训的注脚。当然，我说的是"几乎"。陈忠实的现实主义使他最终绕开了这个陷阱；黑娃、鹿子霖、白孝文等人的命运，归根结底是由其他各种必然性的因素决定的，或者说整体上是由时代决定的，田小娥只是其中的一个带有很大偶然性的因素，而且基本上是个可有可无的因素，这几个人的命运，有她没她都不会有多大的改变。因此，这个人物在小说中的作用，关涉的只是属于肌肤的部分，无关骨骼和血脉。假设我们把与这个人物有关的文字全部去掉，相比之下，没有了田小娥的《白鹿原》可能会在小说的肌理上粗糙一些，单调一些，但是这个小说世界的完整性不会受到破坏，也不会出现空白。正因为作用有限，这个人物在道德判断上所具有的负面性，并不影响她作为一个文学形象的鲜活性和感染力。但是，这样一个人物要作为电影《白鹿原》的女一号，就必须对她做一次脱胎换骨的改造，而这个改造的极终目标，就是“去负面化”。为此，导演动用了电影艺术的各种手段，包括演员本身及其表演（例如我们可以在宣传剧照乃至海报中，看到这个人物的大义凛然、绝对正面的肖像特写），相当成功地实现了这个目标。陈忠实在小说中对田小娥所做的评价，“对于这个臭名远扬的官碾子女人，除了奸情不会再有什么更深更多的因素令人思索”，便被彻底颠覆了。一个反抗封建压迫、追求个性解放的田小娥，不仅成了电影《白鹿原》的女一号，而且实际上成了这部影片的主人公。比如田小娥的扮演者张雨绮就认为，是田小娥的情欲，改变了其他人物之间原有的关系，推动着剧情的发展。本身也是编剧的王导演做出这种选择的动机并不重要。以由此衍生出来的“大尺度”的“激情戏”当卖点也好，借此给自己的爱妻“大尺度”地增加戏份也好，都不重要。重要的是，当一个正面的田小娥“篡夺”了影片的主人公地位以后，她的存在就变成了这部影片所构建的那个“世界”的价值判断的标尺，体现着导演反复强调要让我们明白的“最基础的常识”：“你怎么对我，我就怎么对你。”

这才是朱先生和白灵这两个人物必须从影片中出局的真正原因。在小说原著中，这两个人物写得不算很好，坦率讲，都有点概念化。而以我的经验，这与其说是受限于作者的才情和能力，倒不如说更多地受限于作者赋予这两个人物的使命，要求他们都必须被某种程度地符号化，因为他们必须起到一种价值标尺的作用。朱先生是整个“白鹿原”——一个由作者构建的小说世界——的最高价值标尺，同时又充当着为“传统”代言的角色，以至这个人物有点不堪重负，在小说叙事中几乎没有属于他个人的故事和命运，仅仅作为一个乱世中的指点迷津者而存在。白灵倒是有她自己的故事和命运，但这些故事并没有多少独特性或典型性，是我们常可在其他小说中见到的"一般叙事"，而正是这种一般性，才使她能够承担起作者希望她承担的使命：作为朱先生的一种补充，由她来充当"革命"的价值标尺。正因为如此，这两个并不是很鲜活、很丰满的人物形象，在小说中却具有不可替代的重要性：他们共同构成了这部小说的三维的伦理价值坐标系。王导演说，"在小说原作中非常重要的朱先生和白灵没有出现在电影版中，就是因为这两个人物很难在短短两个多小时中'立起来'"，只不过是某种"顾左右而言他"的辩解。这与影片的时长无关，也与能不能"立起来"无关，只与存在有关。只要这两个人物存在，田小娥就无法成为"白鹿原"上的价值判断的标尺。莫说成为惟一的标尺，就是作为第三把标尺都绝无可能，因为这个人物本身的行为逻辑，与朱先生那把标尺不兼容。只要有朱先生那把标尺在，田小娥的"去负面化"就无法完成，因而也不可能成为影片的女主人公。

但是，人类社会的伦理价值观是一个强大的客观存在，并不会以某一位电影导演的主观愿望为转移。在小说《白鹿原》中，白嘉轩是无可争议的一号主人公，他虽然不是时时事事都绝对正确，但毫无疑问是个正面的人物形象。没有这种正面性，他就不可能成为这样一部长篇小说的一号人物。他的这种正面性又是从哪里来的呢？比如在《闪闪的红星》里，与他的身份履历（财富、在乡土社会中的地位等等）相当的胡汉三就没有一丝一毫的正面性，因为在这里代表着价值标尺的正是那颗闪闪的红星亦即革命，而小说《白鹿原》里的价值标尺却是朱先生。朱先生对白嘉轩的整体肯定，尤其是在白嘉轩感到困惑时对朱先生指点迷津的言听计从，就成了这种正面性的伦理依据。鹿子霖对他的族长地位的觊觎也好，黑娃对他的腰板挺得太直的反感也好，都远远盖不过朱先生对他的整体肯定。

所以，当白嘉轩因田小娥的奸情而对她进行严厉的处罚时，这种今天看来纯属“私刑”的凌辱迫害，在那个特定情境下却具有“秉公执法”的正当性，虽然那个“公”和“法”今天看来都大可怀疑，而且实际上它正是朱先生那个伦理价值坐标系的产物，但是因为白嘉轩对犯了同样过错的长子白孝文也给予了同样的处罚，于是白嘉轩的形象至少在道德上仍能保持正面性。有趣的是，电影《白鹿原》虽然将朱先生这个人物彻底驱逐出局了，但影片终归还是从小说改编的，以致朱先生所代表的那个伦理价值坐标系，仍能阴魂不散地在那个“世界”里起作用。田小娥受刑那一节，小说中叙述的视角主要是在施刑者一边，对受刑一方的描述笔墨粗略且客观中性。到了影片里，镜头却聚焦于受刑一方，受刑者被放在了画面的中央，不仅强调了田小娥肉体上所受的摧残，更突出强调了她在精神上的倔强、不屈。张雨绮的表演很称职，她用几个眼神就把这一点准确无误地告诉了观众，而电影的取巧之处又恰恰在于，它用不着在这里解释田小娥此时心里想的是什么，特别是她为什么会认为自己的行为是正当的。然而取巧也带来了局限，这种改变虽然可以为田小娥“去负面化”，却没能同时将白嘉轩“去正面化”。田小娥虽然成了反抗封建礼教的化身，白嘉轩却没有因为田小娥的这种反抗就成为封建礼教的代表。在影片中，白嘉轩仍然是个正面性大于负面性的形象，他代表的是“传统文化”而不是“封建礼教”，虽然这个传统文化本身就包含着封建礼教对女性的歧视。

为什么会出现这种情况呢？这就牵涉到改编的难度了。王导演一直在强调这个难度，不仅在诸多场合反复宣讲，甚至在宣传片中直接打出“最难拍的中国电影”的整幅字幕。这个问题我们后面还会更详细地讨论，这里只指出其中的一点，就是在小说原著中严重短缺着能让电影编导完成这种价值标尺转换的逻辑前提。小说中的田小娥，除了奸情再无其他有意义的“行为”，确确实实是“除了奸情不会再有什么更深更多的因素令人思索”。在“白鹿原”上由历史巨变而引发的风云际会、群雄逐鹿当中，她不属于其中的任何一方，是个跟任何一方都毫无牵连的局外人。虽然与她有奸情的那些男人们都分别属于其中的某一方，但是她与这些男人们的关系却仅限于奸情。对于她来说，他们的属性仅仅是男人。她不在意他们的身份，甚至不在意他们的辈分，当然更不在意他们属于哪一伙哪一派。即使是对黑娃，无论他是闹农会还是当土匪，她都既不支持也不反对，只是作为他的女人跟着他过日子而已。陈忠实在这一点上做得太干净，以至于王编导再怎么想改变田小娥这种历史局外人的身份都无从下手了。结果，他对田小娥的去负面化所达到的效果，也仅限于对奸情的去负面化，即她是个讲情义的女人，从而体现了王编导那个"你怎么对我，我就怎么对你"的"常识"。田小娥与白孝文的奸情，本来是出于帮鹿子霖去害白孝文（这是她对鹿子霖的好），也确实把白孝文害得不轻，但是因为白孝文被害得不轻之后仍然对她好，所以后来她也对他好了。这可真是"最基础的常识"啊！

除此而外，王编导想在田小娥身上"种"的东西，要么没种上，要么种上了以后颗粒无收。

"土地与人的关系"呢？不见了。田小娥根本不种地。又或者，她是把自己的身体当成土地（生产资料）在使用着？

一部电影怎么会出现"难拍"的问题？

文学是有难度的写作。不同的作品，写作的难度有高低之分，小说《白鹿原》的写作难度显然是比较高的。但作品完成之后，无论是出于抱怨，还是为了标榜，作者也只能谈论一下写作过程的辛苦，和付出的努力，却不会宣称这是一部多么难写的——何况是"最难写"的——小说。道理很简单：那是你自己的选择！更何况这个难度之高低，是应该由别人（批评家、读者）来估量的，是一种客观的评价，不是作者自己的主观感受。一部中等难度的作品，你写起来却觉得很吃力，那是你自己的问题。要么你本来就二把刀，要么这个选材不是你的强项。拍电影也一样。你可以说没有一部电影是好拍的，也可以说没有一部电影是难拍的。最起码，有没有难度，难到什么程度，要由影评家、观众来说，而且即使真有相当的难度，那也与对影片质量的评价无关，最多只能作为对失败的创作者一个未可深责的因素。所以，当电影《白鹿原》的宣传片竟然打出“最难拍的中国电影”的整幅字幕时，就不仅是宣传方是不是还知道脸红的问题，而是一个挑战公众常识的问题了。

拍《白鹿原》当然有难度。若干位技艺一流的导演知难而退了，而名头远没有他们响亮的王导演迎难而上，好啊，其志可嘉，其情可敬！但是，这“可嘉”、“可敬”已经包含着一个前提，就是王导演既然接下了这个活儿，想必早已度量过自己的能力，有信心把它拿下来。那么，此后该做和能做的，就是拿出你的本事来，好好干，把活儿做好，这时候再叫苦叫累叫难，晚了，还不如当初就别接这个活儿。反过来，以王导演过往的实绩看，他敢接这个活儿，恰恰说明这部片子的难度再高也到不了那个“最”。就拿小说原著水平属于同一档次的改编影片比，它一定比《红旗谱》难拍？一定比《芙蓉镇》难拍？未必。

文学是有边界的写作，电影也有个审查问题，这都是创作者在创作之初就应该考虑在内的因素。小说已经出版了，还得了茅奖，表明它的既有表达处在界内。电影审查会有某些不同，某些方面可能更严苛一些，那是电影编导在接活之初就该考虑的问题，就该想到你有没有足够的智慧把那些可能被判出界的球打到界内。王编导送审的剧本通过了，说明这方面的问题基本上已经解决了，至少是解决这个问题的方向大体清楚了。那么，还有什么难的呢？

中国的电影审查是一种即兴活动，不以条文为凭，也不以文字为据，其过程均属机密，自己不公布，送审方亦不得公布。这种办法多数时候对审查方有利，但这回恐怕倒把自己放在有苦难言之地了。我并不想替他鸣冤叫屈，但网上有人将公映的《白鹿原》竟如此支离破碎归咎于审查，我却是不信。以我对小说原著的估量，要使改编摄制的电影能够通过，内涵受一点损伤可能在所难免，但要为此而删节到连故事都讲不清楚，绝不至于。制片方所说原来那4个多小时的版本就不要说了，那恐怕只能叫素材，不能叫版本。就以在国外电影节上得了个小奖的220分钟版为参照系吧，对比目前的公映版，若说那短缺了的一个多小时的内容，都是因为通不过审查才剪掉的，谁爱信谁信，反正我不信。那么，王导演为什么要把公映版弄成现在这种样子呢？我没有看过其他版本，但我愿意冒点风险玩一次猜谜游戏。而且我预计国内迟早会出现某种"完整版"的影碟，那时就可验证一下我猜得对不对了。

有两种可能。第一种可能不具有文学或艺术方面的意义，但是应该提到。发行方自己看出了这是一部观赏性一般的影片，不得不考虑院线的接受能力。因为时长而大幅提高票价是不可能的，那只会使观众更少。保持与其他影片相同或相近的票价而时长却超过其他影片太多，院线也不会接受，于是就只能剪成现在这样。

第二种可能更有意义，实际上也是这部影片之所以难拍的真正原因。小说《白鹿原》全书共34章，书中的田小娥死于第19章。按章数说，全书刚过一半，她就出局了。而按故事说，构成小说《白鹿原》的那幅波澜壮阔的历史画卷才刚刚展开，使小说《白鹿原》成为一部有重要价值的作品的那些意蕴才初露端倪，那些愈益尖锐激烈的矛盾冲突，那些更加令人震撼又发人深省的故事，都是在没有了田小娥以后发生的。既然王导演要拍的电影仍然是《白鹿原》，并不是有人戏称的《田小娥传》，那么在田小娥被杀死以后，他还得把小说中原有的那些故事接着讲下去。问题是田小娥在小说中只是个次要人物，没了就没了，而在影片中已经成了主要人物、女一号的田小娥，没了就坏了。按张雨绮的说法（显然某种程度上代表了影片创作者的想法），是田小娥的情欲在推动剧情的发展，那么没有了田小娥以后的剧情，靠什么来推动呢？而失去了推动力的剧情，又怎能不脉络混乱、支离破碎呢？当然，我们也可以不拿这个话太当真，仅视为一个不靠谱的宣传秀，而且实际上也只需直截了当地指出一个最简单的事实：任何一部影片，如果它的主人公在剧情刚刚过半时就死掉了，又无法作为鬼魂继续出现，它不成为世界上最难拍的电影才怪呢。

这个难，是编导自己弄出来的！

至于什么“大尺度”的“激情戏”，纯属扯淡。众所周知，中国的电影审查在这方面最挑剔，也最没准儿。明知对小说的改编在内涵方面存在着不少难点，却偏要在这上头故意跟审查方逗闷子玩儿，那不是没事找事还能是什么？实际上，小说中的那些性描写，本来就可有可无，而就其本身来讲，写得也并不成功，甚至无妨说相当粗糙。不怕不识货，就怕货比货，这个是可以比出来的。但话说回来，可有可无也好，成不成功也好，只要作家愿意小说里有这些，他就有权让它出现或保留在小说里，出版者认可就行。小说《白鹿原》中的性描写就是这么个结果。出版以后，它让有些人很喜欢，也让有些人不喜欢，都很正常，无非是萝卜青菜各有所爱。它究竟是给作品增色了几分还是减色了几分，亦自是见仁见智。事实上它对本书能否获得茅奖并无重要的影响。知情者都了解，茅奖之所以特别指定授予当时尚未出版的“修订版”，性描写只是其中的一个次要因素。电影《白鹿原》在“大尺度”、“激情戏”上作秀，无非是要寻找一个媚俗的卖点，而在宣传上却不惜过甚其词，弄得好像没有了这些玩意儿，《白鹿原》就不成其为《白鹿原》了，实际上是对小说的歪曲和伤害。

然而，在另一些地方，影片宣传为了论证那个“最难拍”，又信口开河地抬高小说《白鹿原》，似乎只有它才是建国以来最好的小说，甚至是当代小说中惟一的经典，以至于引发了一场关于这部小说够不够经典、有没有经典性的争议。也正是在这种语境下，诱使或逼使陈忠实说出了“我的《白鹿原》里是极力歌颂共产党的”那个话，却又被影片的宣传方拿来到处张扬。看起来，中国真是一个极有特色的国度，在它的特别国情里，拍摄一部电影有诸多的禁忌，但在宣传一部电影时，却随便怎么说都行，说得越离谱越出效果。

底线是在哪里失守的？

公平地说，这个怪不到人家王编导。

小说《白鹿原》问世之初，确实有过一些争议，但谈不上如何“激烈”，实际上只是一些不同看法的各抒己见，各自把观点摆出来，道理讲出来，也就完了，并没有多少相互之间的驳难与交锋。那时候文学批评的风气还比较正，而这部作品的历史观、倾向性又没有多少太过复杂之处，时间不长，就整个批评界（哨兵除外）来说，很快、很容易地就在对它的总体评价上有了基本共识，包括对它的这一方面或那一方面提出批评表示不满的批评家，都承认它是当时条件下的一部不可多得的好作品，是一段时间以来的上乘之作。没有一位严肃的批评家，一篇严肃的批评文章，认为它就是一部经典，正如也没人全面否定它。一些涉及历史观、倾向性的批评不谓不尖锐，但并没有弄到让作者不得不以“我的《白鹿原》里是极力歌颂共产党的”来自辩的程度。小说获得茅奖之后，没有认真的批评家说它根本不够格，正如也没人说它在历届获奖作品中排第一。评奖过程确实有过一些波折，但那与其说是因为对参评作品有不同评价，还不如说是因为对奖项本身的价值取向有不同理解。议论最多的倒是那个“修订版”——这是世界上首次出现一个严肃的奖项将一个文学大奖授予一部尚未出版的作品。20 年过去了，出现了什么新情况需要对已有的共识进行重新评价吗？没有。当然，这里没有把出现了一部改编得并不成功（也不是很失败）的电影算在内。我认为，仅仅因为电影没有改编好就回过头去要求对原著重新评价，是件很荒唐的事；而仅仅因为出了一部改编得不成功的电影，就把一部从来没人认为是经典的小说抬高为经典，纯属闹剧。

但是，仅仅嘲笑影片宣传方无端制造这种闹剧是远远不够的，我们更应该认真反思的是文学伦理的失范。在正常的文学伦理规范下，“经典”是个有确切定义的概念，比如批评界谈到诺贝尔文学奖时，指出近十几年来它的获奖作家、作品中缺少真正的大师和经典，就是对这一概念的恰当使用。随随便便就说某一个作品是经典，是要被人耻笑的——这个人的眼格怎么这样浅？在这样的正常状态下，电影《白鹿原》的宣传方，恐怕未必有冒着被天下人耻笑的胆量，硬要把小说原著捧为经典。正因为文学伦理已经失范，他们才敢想说什么就说什么，想怎么说就怎么说。公平地说，在信口开河、指鹿为马的众声喧哗里，被捧为经典的中国小说，《白鹿原》远不是第一部，倒是很可能是最好的一部。而在这个众声喧哗中最有“华彩乐章”意味的，是那些“红色经典”。

本来离经典差着十万八千里，加一个副词，“红色”就成了可以大幅提高蛋白质含量的三聚氰胺，几部“三突出”的样板戏，不无可取之处的电影《闪闪的红星》乃至《英雄虎胆》，纷纷成了“红色经典”。不知道宣传方有意张扬“我的《白鹿原》里是极力歌颂共产党的”，是不是一种策略——万一够不上经典，将就个红色经典也好嘛。

陈忠实说的是实话。虽然小说中的朱先生有言：“看来都不是君子！”但是在涉及共产党和国民党的斗争时，作者的立场“绝不是中立”的。他毫不含糊地写出了腐败的国民党的最后败亡，和主张民主、自由、平等的共产党的最后胜利，正如一首歌里所唱：“向着法西斯蒂开火，让一切不民主的制度死亡！”不错，《白鹿原》是一部主要写政治的小说。说它写的是“历史和文化”，那也是政治的历史和政治的文化，只不过它那个政治不是两党政治，也不是阶级斗争的政治，倒是更接近于孙中山那个“治理众人之事”的政治。用陈忠实的表述方式来讲，就是帝制崩溃以后，中国怎样治理。民元伊始，民主、共和、宪政，都是一些理论上的选项，袁世凯是当时对这些选项都有相当了解（如果不是最了解）的政治家，可是他通过自己的实践所得出的结论，却是中国不能没有皇帝。于是他让自己当了皇帝，然后听到整个中国发出了一致的吼声：中国不要皇帝！转眼之间，他的王朝和他本人一起烟消云散。从此以后，中国就开始在这两难之间试图寻找一条属于自己的道路：是建立一个没有皇帝的朝廷？还是拥戴一个不穿龙袍的皇帝？这才是《白鹿原》的题旨，也正是它的价值之所在，而这种价值之得以确立，则在于陈忠实按他自己的理解，忠实地记载了这个历史过程中的一个大的段落，故事终止于这个段落的结束，而不是那个问题的最后解决。他同样忠实于自己的局限，没有试图为那个尚未到来的最后解决提供某种答案——连一个猜想都没有！

当然，这个答案不可能在“土地样”的田小娥身上找到，不可能在“田小娥式”的土地上找到，也不可能在“文化”上找到。

曾几何时，我们的文学生态里泛滥着关于“文化”的陈词滥调，仿佛什么都能归属于文化，而文化又什么都能解释，甚至什么都能解决。小说《白鹿原》里那些地域性的风土人情描写，确实为作品的生动性、丰富性增色不少，但无助于解决它所提出的问题，甚至无助于推动那个历史进程的演变。在电影《白鹿原》的宣传中，“秦腔”和“麦浪”，都被提升到文化的“高度”来宣扬，仿佛这就是衡量一部电影“文化含量”的终极指标了。不错，作为电影艺术的表现手段，它们不失为相当精彩的单项成果，前者是很有听觉冲击力的音乐，后者是很有视觉冲击力的画面，但也仅此而已。如果不是作为电影音乐，文化意义上的秦腔原是一种地方戏曲，和大多数地方戏曲一样，正面临着无可挽回的衰落。至于那片麦浪，稍有“最基础的常识”的人都能看出，那不是20世纪20、30年代的麦浪——那时候的小麦亩产远没有这么高。所以它再好看也只不过是好看。如果你因此想到马克思主义关于生产力决定生产关系、经济基础决定上层建筑的论断，那后果真是不堪设想。倘若当年的土地真有那么慷慨,一亩地能提供360斤而不是120斤小麦,那些发生在“白鹿原”上的事,还会是这种样子吗?

在我们的文学生态里,也弥漫着关于土地的呢喃碎语。对于农民、农村、农业来说,土地确实是一个带有根本性的问题。也正因为如此,才有人喜欢将它抒情化,一说到农民,就离不开农民对土地的“深厚感情”,而一说到这种“深厚感情”,就只剩下了农民对土地的热爱、感恩和依恋。其实,稍有“最基础常识”的人都知道,农民和土地的关系,远不只是个感情问题,而且即使仅就感情而言,强烈希望挣脱土地对自身束缚的农民亦不在少数。从小说《白鹿原》中,看得出作者对土地问题做过认真的思考,也看得出他下笔时的谨慎。在绝大部分篇幅中,作者对土地仅止于客观的描写,直到临近结尾时,才很有节制地把它作为一个问题提出来,那就是白嘉轩听从了朱先生的指点迷津,及时卖掉了所有的土地,从而避免了土改中被划为地主的噩运,同时也失去了他在乡土社会中保持支配地位的最后可能。小说的叙述到此结束,它留下了足够的空白让读者去想象和思考,比如在一个全体农民都不再是土地所有者的乡土社会里,靠什么来维持它的稳定?什么人最容易取得这个乡土社会的支配地位?

田小娥?

确确实实,是到了关注一下那些“最基础的常识”的时候了。

●【直　言】

《现代汉语词典》规范质疑

江　枫

《现代汉语词典》(下称"现汉")收录外文词语,当然违法,而且未发之处,非此一端,所违之法,亦非一宗,既违《文字法》,且违《消费者权益保障法》。但是,不能孤立看待。这是百年来汉字拼音化与反拼音化斗争的继续。

一、传播错误理论,为拼音化张目

以"文字"为例,1429页释作:记录语言的符号。既不符合事实,也有悖于逻辑。记录语言的符号,不都是文字,如速记符号,文字,又不都是记录语言的符号,从甲骨文的象形字,到近现代新创的会意字氕、氘、氚之类,都是显然的明证,更不要说纳西族的东巴情景字。

再如“词”,据211页释义:是语言里最小的可以自由运用的单位。则是把西方拼音文字语法观念强加给汉语汉字。事实上,汉语汉字的最小单位是字,而不是词。汉字之有字典,汉语成语之有字里行间、字斟句酌、字正腔圆(1730—1731页)之说,都可以为证。所有的词都由字构成,而且均有理据。而强调词不可分,再把成语混同于词,已造成恶劣后果,致使我国语言学博导居然能把“有违初衷”当作“事与愿违”使用。

“现汉”不惜歪曲“训诂”。本义解释古书文字,“现汉”却说是“对古书字句做解释。”增一“句”字就模糊了“字”为文本的独立价值,并称“训诂学”为“语言学的一个分支”,就是颠倒历史了。

更荒唐的是:87页称,表意文字,是“用符号来表示词或词素的文字,如古埃及文字、楔形文字和我国殷商时期的甲骨文字等”。似乎,其他如殷商以后、周秦以来的汉字,都不表意!87页“表音文字:用字母来表示语音的文字”。似乎,表音就不表意。但是,不表意,便不是文字!所有的拼音文字,拼写成字都不为表音,而一定是也只能是,为了表意!

二、越来越多的音译词

1997年“修订本”还没有敢收“派对”,第5版就收了,第5版还没有收的“嘉年华”,却成了第6版的规范汉语。如果《康熙字典》之后,都采取这种方针,中国字书就很可能充斥着:淡巴菰、普列玺天德、德律风,等等,说不定还会有“米希米系”、“巴格雅鲁”……辞书,不是语言的被动记录,还有规范的职责,所以,以往,有了“烟草”便不收“淡巴菰”,有了“电话”就不收“德律风”……而“现汉”,有了“聚会”,“三点式泳装”,“狂欢节”,还偏要收“派对”、“比基尼”,“嘉年华”……

收词,貌似随意,却完全蓄意。

三、从根本上摧残汉字

汉字优越在于经济有效、构造均有理据。广收音译词，就会形成冲击。再以“嘉年华”为例，“现汉”收录之前 carnival 早有恰当译名，“狂欢节”，其他转义皆由此衍生。Carnival 众多释义之一，是“狂欢节，嘉年华会”。“嘉年华会”，是音义兼顾的汉译。嘉年华合在一起，当为：美好岁月。而会，可理解为聚会、庙会。而把“嘉年华”当作一个规范词，三个字便失去其本义而变成为录音符号。长此以往，当汉字全都蜕化成“记录语言的符号”，拼音化就水到渠成了。既然汉字都是录音符号，何必费事写成方块，干脆，不如都用 ABC！

四、方言充作普通话

“现汉”自称“以推广普通话、促进汉语规范化为宗旨”，实际上是推广北京土话，并且混淆了语和文的区别。再以“比基尼”为例，“修订本”、“第5版”和“第6版”的释义几乎完全相同，都把别种辞书所称“短裤”改成“裤衩”，唯独“第6版”，把先前两版的“裤衩”改写成“裤衩儿”。再如“煤核儿”之标注为“meihur 煤胡儿”，等等。这种以编写者自家方言为规范读音的做法，已引起个别不同方言如粤语使用者的反感，造成了我国民族内部的语言纷争与地方族群之间的不和，也难成普通。

五、释等于不释，以讹传讹

如“法西斯主义”，“一种最反动最野蛮的独裁制度和思想体系”。而“纳粹”，“德国民族社会主义工人党，是以希特勒为头子的最反动的法西斯主义政党”。那么,两相比较,谁更“最”?把简称“国社党”的“德国国家社会主义工人党”,改称“德国民族社会主义工人党”,是缺乏历史常识,但作为出版物,却又是在传播错讹知识。

还有一种以讹传讹,如“恼羞成怒”,据“现汉”说,是“由于羞愧和恼恨而发怒”,而“恼”,就是“怒”,这就等于说,“由于羞愧恼怒而恼怒”。显然,这是成语“老羞成怒”的讹传。

最严重的是,自我殖民地化。

“现汉”自称:“遵循促进现代汉语规范化的一贯宗旨……”但是,翻阅过几个版本,就不难明白,其一贯宗旨,就是要把方块汉字稳稳当当送进历史博物馆,同时,以逐步蚕食的方式用越来越多的录音符号排挤自有理据的汉字词语。如上所述,造字构词自有理据因而好学好记的汉字词语,将逐渐蜕变成外国人好认好记而中国人必须死记硬背的录音符号排列组合。

所谓“西文字母开头的词语”在“修订本”中,一开始只有 39 条。第 5 版便扩充 4.5 倍,有 182 条;第 6 版,收词就达到了 239 条。看来,所谓“字母开头”不过是个幌子,其目的,并不在用。难道真有人会到“现汉”去查 WC,去查 TNT?

1752 页上的 ED,本来,不同语境下有不同语义,之一是 erectile dysfunction,“现汉”的释义却只选用一条,“男性勃起功能障碍”,废话,两字就够:阳痿。有人说 PM2.5 不可译。但是,除非中国没有,只要有,就可译!何况 PM 并非新词,我译:“微粒 2.5”或“浮尘 2.5”。我还敢说:绝对正确!但是,“现汉”在 1754 页上却用废话给它写了 4 行释义。

还有什么外语是不可收的?为“西文字母开头的词语”在“现汉”中开辟一块不断膨胀的殖民地,只有象征意义,象征方块汉字正被逐渐阉割,拼音化的脚步正日甚一日向前推移。同时,也暴露出现汉编撰者所追求的目标、所塑造的规范:汉字的拉丁化,拉丁化的汉字。

据江蓝生诡辩:“文字法没禁止使用字母词,还说了需使用时,用通用语言文字作必要注释,《现汉》就是贯彻规定,用规范的文字给字母词做解释。"请问,是谁需要?再请问,那些外语词和释义,全都是"注释"?请读"现汉"1704页:【注释】①【动】注解:注解古籍①。②【名】注解:难懂的字,都有注解②。同页【注解】①用文字来解释字句;②解释字句的文字。前副院长啊前副院长,"现汉"是在为谁作注?何况,私收HSK,PCS,WSK之类不中不外的符号可也是明令禁止的啊!

有人说汉语本不纯洁,捍卫从何谈起!是不懂语言的纯洁是个动态概念。不得不用德律风时,汉语的纯洁性受到冲击,到以电话称之,受损的纯洁便得到弥补。捍卫,是个动态的过程。维护汉字的纯洁,便是维护汉字作为造字构词皆有理据、以形表意方块字的固有特性。

《音乐之光》涉嫌严重抄袭

项兆斌

施慧著《音乐之光》,云南人民出版社 2010 年 12 月出版,35 万字,获第七届云南文学艺术创作基金奖二等奖(“云南文学艺术创作基金奖”是云南最高文学奖项)。该书主序作者秦咏诚先生在序言《用生命的激情点燃音乐之光》中说:“《音乐之光》是一本难得的佳作,具有很高的收藏价值。”施慧在序末特别注明:“秦咏诚,中国著名资深作曲家、中国音乐家俱乐部名誉主席、原沈阳音乐学院院长。”晓雪在序言《让音乐之光照耀一生》(载 2011 年 7 月 4 日《文艺报》)中说:“根据我的阅读范围,像这样努力熔东西方文化于一炉,哲理诗趣于一体,集中写了 30 位西方音乐家的书,在全国还是第一部。”

据施慧自己说,他已将《音乐之光》等著作赠送包括美国国会图书馆在内的国外50个国家级图书馆以及全国艺术类大专院校图书馆。另外，据查证，获施慧赠《音乐之光》等著作的还包括中国国家图书馆、中国现代文学馆、上海图书馆、台湾“中央图书馆”、澳门中央图书馆在内的数十家国家级、省级图书馆；还包括北大、清华、复旦、中山大学在内的国内数十家知名大学图书馆。

《音乐之光》323页，以彩色图文形式刊出了该书辑入的施慧《现代音乐大师斯特拉文斯基》，2010年8月获中国音乐文学学会、中国广播电视学会等主办的21世纪华人音乐颁奖大会音乐论文一等奖。

《音乐之光》到底是一部什么书？好在哪里？

经过认真阅读和调查研究，我发现《音乐之光》是一部肆意抄袭、剽窃别人成果的著作，是一部资料堆积、严重抄袭的低劣之作。

如此抄袭的“专著”

《音乐之光》的基本内容是介绍30位西方音乐家（每篇一人）的生平事迹包括作品赏析。名人的生平事迹和佚文趣事，任何作者均不可能创作或想象出来，只能是从前人作品中抄写或改写，若原文抄写，必须使用引号注明引自何处，若据原文改写，应当详细注明资料来源。《音乐之光》30篇文章中主要内容明显是抄写或改写而来，不可能是原创。单篇串联、介绍名人生平事迹的书，不管文词如何花哨，均属编撰类。在书店名人书架上，此类书比比皆是。同一个名人的生平事迹，在不同的书里，内容往往大同小异。这类非原创的图书，封面所署创作方式均是“编著”或“编撰”，且书末列有参考书目。在《音乐之光》封面上署着“施慧著”，书末也未列出资料来源的“参考书目”。该书不能用“著”，只能用“编著”或“编撰”，这对作者而言是良知，对出版社编辑而言是规则和常识。认可施慧抄袭之作《音乐之光》为“著”，而非“编著”或“编撰”，出版社和该书责任编辑负有不可推卸的责任。

见下表：

抄袭赵丽宏作品

2002 年 8 月福建教育出版社 赵丽宏《莫扎特造访》	2010 年云南人民出版社 施慧《音乐之光》
18 页 14 行～19 页 4 行：记得很多年前，在一些苦闷的日子里，我把自己关在屋子里，一遍又一遍倾听莫扎特的钢琴协奏曲，从他儿时创作的第一钢琴协奏曲，一直到他晚年写的第 27 钢琴协奏曲，听这些优美的钢琴曲，如同沿着一条迂回在幽谷中的溪涧散步，清凉晶莹的流水洗濯着我的疲惫的双脚，驱散了我心头的烦恼。	**13 页 2 段**：记得很多年前，在一些苦闷的日子里，我一个人在房子里，一遍又一遍地聆听莫扎特的钢琴协奏曲，从他儿时创作的第一钢琴协奏曲，一直到他后期的《第 27 钢琴协奏曲》。莫扎特的钢琴曲如同一条迂回在幽谷中的溪水，清凉晶莹的溪水飞溅在我疲惫的双脚上，驱散了我心头的烦恼。
23 页 2 段：听莫扎特的音乐，你可以坐下来，静静地欣赏，犹如面对着水色潋滟、风光旖旎的湖水。你会情不自禁地陶醉在他的音乐中，让想象之翼作彩色的翔舞……	**9 页头段头 3 行**：听莫扎特的音乐，你可以坐下来，静静地欣赏，犹如面对着水色潋滟、风光旖旎的湖水。你会情不自禁地陶醉在音乐的旋律中，让想象之翼作彩色的飞翔……
100 页第二段：《我的祖国》首演时，斯梅塔纳坐在听众席上，他听不见自己描绘的这条母亲河的涛声，但他能看到周围的人们激动的神情，能看到他们眼角晶莹的泪光。当所有的人都站起来向他欢呼时，他的视野一片模糊。他闭上眼睛，听不见人们的鼓掌和喝彩，心里一片宁静。这是经历了大悲大喜之后的宁静，他知道，他在沉寂中倾吐的爱和激情，他的同胞们听懂了，也感动了。对一个音乐家来说，还有什么比这更令人欣慰的呢？	**316 页末**：《我的祖国》首演时，斯梅塔纳坐在听众席上，他听不见自己描绘的这条母亲河的涛声，但他能看到周围的人们激动的神情，能看到他们眼角晶莹的泪光。当所有的人都站起来向他欢呼时，他的视野一片模糊。他闭上眼睛，听不见人们的鼓掌和喝彩，心里一片宁静。这是经历了大悲大喜之后的宁静，他知道，他在沉寂中倾吐的爱和激情，他的同胞们听懂了，也感动了。对一个音乐家来说，还有什么比这更令人欣慰的呢？
120 末～121 页头：莫扎特往往是漫不经心地站在我的面前，双手合抱在胸前，肩膀斜倚着一堵未经粉刷的砖墙，他微笑着凝视我们全家，把我们带进了他用光芒四射的音符建造的美妙天堂。	**9 页 3、4、5 行**：这时莫扎特会漫不经心地走在你的面前，双手合抱在胸前，微笑着凝视着你，把你带进他用光芒四射的音符建造的美妙天堂。

（续表）

2002 年 8 月福建教育出版社 赵丽宏《莫扎特造访》	2010 年云南人民出版社 施慧《音乐之光》
123 页 4 段："单簧管如同一个步履蹒跚的旅人，尽管疲倦劳顿，却依然保持着优雅的姿态。提琴们犹如一群白衣少女，在他身后翩翩起舞""他们的脚步声汇合成和谐沉稳的节奏……""在单簧管优雅而踉跄的步履中闭上眼睛，我看见了那个吹单簧管的音乐家，他忘情地吹着，陶醉在一颗高贵的心赠予他的友情的歌声里，温暖的烛光随着音乐的旋律在他的脸上晃动。"	**14 页 2 段**："单簧管如同一个步履蹒跚的旅人，尽管疲倦劳顿，提琴们犹如一群白衣少女，在他身后翩翩起舞，他们的脚步声汇合起和谐沉稳的节奏……""在单簧管优雅而踉跄的步履中，我仿佛看到了那个吹单簧管的施塔德勒音乐家，他忘情地吹着，陶醉在一颗高贵的心赠予他的友情的歌声里，温暖的烛光随着音乐的旋律在他的脸上晃动。"
222 页末和 223 页头：他时而用灰色涂抹晴空，时而用阳光驱散阴云，时而用风描绘冬的严厉，时而用雨叙述春的温柔……	**96 页二段头两行**：他时而用灰色涂抹晴空，时而用阳光驱散阴云，时而用风描绘冬的严厉，时而用雨叙述春的柔和……
222 页 14～17 行："当欢乐像轻烟一样消散的时候，当忧郁像浓雾一样弥漫的时候，当太阳隐藏进云海，当星星暗淡在天空……" **222 页 21～23 行**："他流着泪，那些悲怆的泪水，竟像晶莹的珍珠，滚着，碰撞着，发出不可思议的动人的声音……"	**105 页 4、5 段**：当欢乐像轻烟一样消散的时候，当忧郁像浓雾一样弥漫的时候，当太阳隐藏进云海，当星星暗淡在天空…… 他流着泪，那些悲怆的泪水，竟像晶莹的珍珠，滚着，碰撞着，发出不可思议的动人的声音
（对比较多，下略） 20 页 6～9 行	**（对比较多，下略）** 179 页末
66 页末段	17 页头段
41 页 16～21 行	223 页 14～18 行
71 页二段	280 页末
97 页二段	315 页中部

抄袭肖复兴作品

2000 年上海学林出版社 肖复兴《音乐笔记》	2010 年云南人民出版社 施慧《音乐之光》
368～373 页：正因为这样，在他创作的最后一部《第九交响曲中》中，既有庄严的第一乐章的快板，也有如歌的第三乐章的慢板，更有第四乐章那浑然一体高亢而情深的《欢乐颂》。听这样的音乐实在是灵魂的颤动，是心与心的碰撞，是感情世界的宣泄，是人与宇宙融为一体的升华。	**25 页头段 9 行**：正因为这样，《第九交响曲中》中，既有庄严的第一乐章的快板，也有如歌的第三乐章的慢板，更有第四乐章那浑然一体高亢而情深的《欢乐颂》。听这样的音乐实在是灵魂的颤动，是心与心的碰撞，是人与宇宙融为一体的升华。

抄袭鲍尔吉·原野作品

2002 年 1 月河北教育出版社 鲍尔吉·原野《青草课本》	2010 年云南人民出版社 施慧《音乐之光》
44 页 9～10 行：《月光》似散步，似大滴的泪珠悄无声息地落在膝上，似纯洁的少女在山间的流泉下洗浴。	**23 页 12 行：**“月光”似散步，似天空细碎的雨滴悄无声息地落在身上，似纯洁少女在山间的流泉下洗浴。

抄袭名家名作中的精彩段落
（抄袭张长作品）

2002 年河北教育出版社 张长《另一种阳光》	2010 年云南人民出版社 施慧《音乐之光》
171 页 1、2 段：天才的莫扎特第一个音符是 1762 年开始创作《D 大调小步舞曲和四重奏》时写下的。那时他才六岁。1791 年，35 岁的莫扎特写完了《A 大调单簧管协奏曲》，在划上最后一个休止符后不久，这位用音乐诠释世界的思想家终因心力衰竭而英年早逝，给全人类留下了无法估量的精神财富。	**13 页末两段：**天才的莫扎特第一个音符是 1762 年开始创作《D 大调小步舞曲和四重奏》（作品 K1）时写下的。那时他六岁。1791 年，35 岁的莫扎特写完了《A 大调单簧管协奏曲》（作品 K622），在划上最后一个休止符后不久，这位用音乐诠释世界的思想家终因心力衰竭而英年早逝，给全人类留下了无比丰厚的精神财富。
97 页第二句开始～98 页头：俄罗斯的文学艺术作品中，总有一种淡淡的忧伤。……而音乐上最具代表性的就是柴可夫斯基了，他的作品《如歌的行板》、《云雀之歌》、《船歌》、《天鹅湖》……由小到大，直到《第六交响曲》（《悲怆》），柴可夫斯基的这种忧伤感总是挥之不去。	**96 页 1、2 段：**俄罗斯的文学艺术作品中，总有一种淡淡的忧伤。……而音乐上最具代表性的就是柴可夫斯基了，他的作品《如歌的行板》、《云雀之歌》、《船歌》、《天鹅湖》……由小到大，直到《第六交响曲》（《悲怆》），柴可夫斯基的这种忧伤感总是挥之不去。

抄袭名家精短散文名篇
（抄袭王开林作品）

王开林《海水也冷却不了的心灵》（发表于《散文》2002 年 9 期。《读者》2003 年 4 期转载，《2002 年散文精品》［百花文艺出版社］收录）第二章（莫扎特）：	2010 年云南人民出版社施慧《音乐之光》11 页 16 行～末行

（续表）

曾几何时，他与歌艺出众的美女阿罗伊加情投意合（真是一对璧偶），可莫扎特的父亲并不这样认为，他指望儿子名满天下，将来迎娶一位大家闺秀。 那位不容有失的父亲翻手为云，一封急信使蔚蓝的地中海黯然失色，悄然落潮。莫扎特满腔孝忱，他松开了阿罗伊加苦苦挽留的纤纤素手，唇边的香吻也不及细细品味，便匆匆登上了北归的马车。	曾几何时，他与歌艺出众的美女阿罗伊加情投意合，可莫扎特的父亲并不认可，他指望儿子名满天下，将来迎娶一位大家闺秀。莫扎特难违父亲，他松开了阿罗伊加苦苦挽留的纤纤细手，连唇边的香吻也来不及细细品味，便匆匆登上了北归的马车。

《音乐之光》最严重的抄袭，如果仅按字数而论，是对别人原作肆无忌惮地大篇幅抄袭。据现有资料查证，按字数统计，《音乐之光》抄袭最多的是肖复兴、高远、侯珅（海伦）、施坊舆及李峥的作品。

抄袭肖复兴作品约 13 300 字

肖复兴自 1996 年出版《最后的海菲兹》，此后又有《只为聆听而存在》《音乐笔记》《音乐欣赏十五讲》等多部音乐散文集奉献给读者。笔者已发现《音乐之光》抄袭了肖复兴作品约 13 300 字。解析于下：

1.《音乐之光》1—8 页《巴赫笔记》约 2 400 字，分别抄袭自 2002 年 2 月河北教育出版社《只为聆听而存在》64 页《小溪巴赫》一章约 800 字，129 页《巴赫与亨德尔》一章约 500 字；2000 年上海学林出版社肖复兴散文集《音乐笔记》68 页《忽然洞开的窗子》一章约 400 字，75 页《巴赫笔记》一章约 700 字。

2.《音乐之光》9、14、16 页《聆听莫扎特》约 1 100 字，其中抄袭自《音乐笔记》中 157 页《我与莫扎特》一章 800 字，162 页《关于莫扎特》一章约 300 字

3.《音乐之光》281、287、288 页《富于感情色彩的蒙特威尔第》，抄袭自肖复兴《音乐笔记》193 页《蒙特威尔第的旋律》一章约 800 字。

4.《音乐之光》63、68、69 页《浪漫主义作曲家舒伯特》抄袭自《音乐笔记》216 页《设想舒伯特》一章约 1 000 字。

5.《音乐之光》135 页《浪漫主义音乐家》第 2、3 段抄袭自肖复兴《只为聆听而存在》159 页《李斯特之死》一章约 700 字。

6.《音乐之光》146、147 页《不要再复制肖邦》抄袭自肖复兴《音乐笔记》90 页《聆听肖邦》一章约 1 000 字。

7.《音乐之光》54—58 页《永远的勃拉姆斯》,抄袭自《音乐笔记》108 页《勃拉姆斯笔记》一章约 1 500 字。

8.《音乐之光》216、217、220、224 页《德彪西札记》约 1 500 字,分别抄袭肖复兴《音乐笔记》121 页《德彪西札记》一章约 1 000 字和 2007 年学林出版社肖复兴《春天去看肖邦》58 页《牧神午后》一章约 500 字。

9.《音乐之光》172—173 页《说说马勒》,抄袭肖复兴《只为聆听而存在》179 页《马勒札记》一章约 1 000 字。

10.《音乐之光》270—271 页《追求完美的拉威尔》,抄袭自肖复兴《音乐笔记》169 页《音乐的良心——走近拉威尔》一章约 550 字。

11.《音乐之光》123、129 页《德沃夏克音乐的民族个性》,抄袭《音乐笔记》127—131 页《德沃夏克的鸽子》约 550 字。

12.《音乐之光》202、203 页《走近理查・斯特劳斯》,抄袭自《音乐笔记》232 页《死与净化》一章约 200 字。

13.《音乐之光》250、257、259 页《音乐画家西贝柳斯》,抄袭自肖复兴《春天去看肖邦》51 页《西贝柳斯的声音》一章约 900 字。

大篇幅抄袭高远作品约 11 000 字

已查证《音乐之光》有七篇文章,抄袭自高远散文集《情怀巴黎——走入法国音乐家的情感家园》。高远音乐散文,就音乐而论,观点独到,别具

一格，引起读者心灵共鸣。如《音乐之光》216页《德彪西札记》抄袭高远《海与风的对话——寻访德彪西》中的一段（《情怀巴黎——走入法国音乐家的情感家园》第9页；引文略）

《音乐之光》抄袭高远作品解析于下：

1.《音乐之光》26页《走进瓦格纳的音乐世界》约1 600字抄袭自《情怀巴黎——走入法国音乐家的情感家园（以下简称〈情怀巴黎〉）》中《逃债到花都——漫谈瓦格纳》一文，该书第122、123、124页。

2.《音乐之光》130页《浪漫主义音乐家李施特》约2 500字抄袭自《情怀巴黎》中《巴黎梦，蝶恋花——李斯特的第二故乡》一文，该书第105、106、107、109、110、111页。

3.《音乐之光》161页《意大利的歌剧英雄（解读威尔第）》约800字抄袭自《情怀巴黎》中《诞生在巴黎的"茶花女"——话说威尔第》一文，该书第132、133、134页。

4.《音乐之光》152 页《现代音乐大师斯特拉文斯基》约 1 000 字抄袭自《情怀巴黎》中《香榭丽舍剧院话春之祭——斯特拉文斯基在法国》一文，该书第 112、113、114、116 页。

5.《音乐之光》204 页《柏辽兹，注定是一位永远不得宠的人》约 2 100 字抄袭自《情怀巴黎》中《白衣天使的红色恋人——弃医从乐柏辽兹》一文，该书第 59、60、61、62、63、64 页。

6.《音乐之光》216 页《德彪西札记》约 2 300 字抄袭自《情怀巴黎》中《海与风的对话——寻访德彪西》一文，该书第 1、2、3、4、5、6、8、9 页。

7.《音乐之光》216 页《追求完美艺术的拉威尔》约 700 字抄袭自高远《情怀巴黎》中《从蒙马特走来——莫里茨·拉威尔》一文，该书第 17、18 页。

特别指出，2010 年 8 月获中国音乐文学学会、中国广播电视学会等主办的 21 世纪华人音乐论文一等奖的施慧的《现代音乐学大师斯特拉文斯基》(《音乐之光》152 页)，其中约 1 000 字抄袭自高远《情怀巴黎》中《香榭丽舍剧院话春之祭——斯特拉文斯基在法国》一文。

抄袭侯珅文章约 7 100 字

笔者发现《音乐之光》中有 6 篇文章抄袭了侯珅(音乐学硕士，笔名“海伦”)发表在北京三联书店出版的古典音乐杂志《爱乐》中的相关文章，其抄袭都是以整段或整篇缩减的方式进行。如该书《深邃优美的作曲家圣-桑》，自 242 页开始至 244 页第三段的作曲家生平描述，除了最开始的 3 行零 6 个字(抄袭作者林喆的文字)外，其他 2 100 字均抄袭自侯珅文章，可以说是把 3 900 字的原文做了减缩，整段的文章一字未动。将《音乐之光》抄袭侯珅作品解析如下：

1.《音乐之光》第 26 页《走进瓦格纳的音乐世界》

第 26 页第一段至 27 页第三段，整段抄袭《爱乐》2006 年第 2 期海伦《理查德·瓦格纳》(原文 4 000 字)第 32—34 页，共约 1 150 字。

2.《音乐之光》第 70 页《音乐诗人舒曼》

第 70 页第二段至 74 页第一段，整篇减缩抄袭《爱乐》2006 年第 8 期海伦《罗伯特·舒曼》(原文 3 100 字)第 32—34 页，共约 1 520 字。

3.《音乐之光》第 106 页《多才多艺的门德尔松》

第 106 页第二段至 107 页第二段，整段抄袭《爱乐》2005 年第 11 期海伦《费利克斯·门德尔松》第 34—36 页，共约 750 字。

4.《音乐之光》第 204 页《柏辽兹，注定是一位永远不得宠的人》

第 214 页第二段，整段抄袭《爱乐》2003 年第 12 期海伦《埃克托·柏辽兹》第 108—111 页，共约 450 字。

5.《音乐之光》第 242 页《深邃优美的作曲家圣-桑》

第 242 页第一段第 4 行起至 244 页第三段，整篇缩减抄袭《爱乐》2005 年第 12 期海伦《卡米尔·圣-桑》(原文 3 900 字)第 28—30 页，共约 2 100字。

6.《音乐之光》第 312 页《民族音乐之父斯美塔纳》

第 312 页第一段至 315 页第一段，整段抄袭《爱乐》2006 年第 7 期海伦《贝德里希·斯美塔那》(原文 3 000 字)第 28—30 页，共约 1 100 字。

抄袭施坊舆、李峥(李怛)、林喆、赵元番发表在《爱乐》杂志文章共计约 20 000 字

除《音乐之光》外，施慧还有其他抄袭。2012 年 7 月 25 号中国作家网转自云网(记者唐丽娜)报道："7 月 18 日，集医、文、艺于一身的我省著名学者施慧的《施慧文集·艺术卷》及《散文卷》在昆明首发。""座谈会上……云南人民出版社副社长李银和发言说……施慧先生已经出版了 20 多部文

集，他的每部作品都是他一生的心血，他的每篇文章，都有着他对中国传统文化的理解和诠释。”施慧20多部著作（包括医著），当然会有一些好的作品，但其中会不会有抄袭的内容呢？其中会不会有以抄袭文字为主的书呢？据查证，今年7月18日昆明首发的《施慧文集·艺术卷》及《散文卷》，均与抄袭脱不净关系。前者《艺术卷》内辑有《音乐之光》的30篇文章，其抄袭的严重性自不用说，后者《散文卷》中《故乡之秋》，从题目到文中不少精彩句子，却是施慧抄袭自郁达夫《故都的秋》来的。

2004年施慧出版《音乐札记》，郑千山先生所作序言《无疆界的语言》，质疑施慧快速出版著作内有玄机：“施慧拿出一大摞有关音乐的书稿要我作序时，我真的惊讶万状：这些涉及中外名乐的长篇阔论，足有10余万字之多……俗话说‘板凳要坐十年冷’，施慧君半年左右居然就弄出了这么多，应该说是一个奇迹……序催得急，而施慧从书中大段摘录整合的有关音乐专业知识的部分，我一时又不能完全看懂！”

难怪8月20日晚，我向郑千山先生通报施慧《音乐之光》有严重抄袭时，他不无感叹地说：“早前我为施慧的两本书作序，先后在序中警示过他不要走‘摘录、整合’的道路，可惜他没有听进去，真为他惋惜！”

施慧的抄袭，受到了被抄袭作者的一致谴责。

作家张长说：“施慧胆子真大，抄袭了我的书还敢送一本《音乐之光》给我！”赵丽宏说：“施慧将这些文字放在自己的作品中，不说明出处，确实是不诚实的抄袭和剽窃。这样做，其实也是愚蠢的自毁，得不偿失，为写作者所不齿。谢谢你为此事费心，也是尽一个文学批评家的责任。”肖复兴说：“随手翻开《音乐之光》开篇第一页的《巴赫笔记》，从第一个字、第一个句子就是抄我的。以后是拼贴的抄，大多抄我《小溪巴赫》《那一晚忽然洞开的窗子》《巴赫与亨德尔》《巴赫笔记》四篇中的段落和句子。从没有见过这样抄的！”王开林说：“经比对后，施惠的抄袭行为成立！”鲍吉尔·原野说：“施慧的《音乐之光》抄袭了我的《百遍月光》一文，共三段，我谴责这种侵权行为。”旅法青年艺术家高远电话上对我说:“我花了整整四年时间,数十次到这些音乐家当年巴黎居所采风,然后有感而发写成的。这本书是我四年心血的结晶,万想不到会被施慧抄袭了其中七篇文章约11 000字。不能因为我在国外就如此大幅度抄袭我的东西,感谢你,支持你!”侯珅女士说:“《音乐之光》有关圣-桑、瓦格纳、舒曼、门德尔松、柏辽兹和斯美塔那的各章中,都是整段抄袭我的作品,这种抄袭手段真的是前所未见,其行为极其恶劣。”

笔者在此申明:虽然施慧抄袭如此严重,但面对35万字的《音乐之光》和50万字的《施慧文集·艺术卷》而言,不过是冰山之一角。《音乐之光》和《施慧文集·艺术卷》到底抄袭了多少人的作品,施慧在暗处,读者在明处,只有施慧君心知肚明了。要把此两部书的绝大部分抄袭查出,属于一个庞大的工程,绝不是个人能胜任的。我因为先前读过张长、赵丽宏、肖复兴、王开林、鲍吉尔·原野及高远等人的部分音乐散文,又由于日前获施慧赠书,才得以发现该书的严重抄袭问题!但笔者相信随着时间推移、调查深入,新闻媒体的介入,读者、学者关注度的社会层面的扩大,施慧《音乐之光》、《施慧文集·艺术卷》等著作的主要抄袭事实,将会大白于天下。在盛行“天下文章一大抄”的当下,对施慧抄袭的揭露批评,对国内经久不衰、甚至愈演愈烈的抄袭风当是迎头棒击,对走原创道路的广大作者将是有力的支持。

论述至此,让人百思不得其解的是:职业为人们敬仰的悬壶济世的中医师施慧,为何会如此热衷于跻身文坛?年近七旬的他(1943年生),为什么会为获取名利疯狂炮制“文学”?他难道不懂抄袭剽窃是最不道德的勾当吗?我们的文坛是什么时候堕落为冒险家的乐园,让施慧一类人乐此不疲,总想到此捞上一把?当今恶劣的社会风气和腐败的文艺土壤与这事有着多少千丝万缕密不可分的联系?为什么会屡屡出现长有抄袭毒瘤的作品或坏作品获奖?对《音乐之光》给予好评或奖项的学者、专家、领导竟也无一人能区分、察觉这些问题，这反映了时下的评奖制度与机构存在很大的漏洞，竟会让施慧抄袭之作《现代音乐学大师斯特拉文斯基》（论文）和《音乐之光》一路绿灯，畅行无阻，轻而易举地获取奖项。当《音乐之光》的严重抄袭问题暴露出来后，作为文坛和相关的出版机构、评奖机构应当从中吸取什么教训？

中国秦腔忧思录(上)

西 堃

■ 秦腔在漫长的历史岁月中形成了带有明显地域特色的艺术风格,其丰富多彩的唱腔、变化无穷的韵味、繁杂的表演程式、2740多个剧目,以及兼容绘画、舞蹈、杂技、雕塑、剪贴等艺术门类,使它成为传统文化极其重要的组成部分。

■ 秦腔要发展,权力归位是很重要的,情为艺术所系、利为演员所谋、权为事业所用,是秦腔传承和发展的必要条件,倘若无视眼前权不正用的风气,受损害的不只是秦腔爱好者,更重要的是那些毕其一生为秦腔献身的演员和秦腔艺术本身。

秦腔是我国最古老的剧种之一,"形成于秦,精进于汉,昌盛于唐,完整于元,成熟于明,广播于清",为中国戏曲之宗祖,豫剧、河南梆子、河北梆子、晋剧、陇剧等都是从她的腹腔里孕育出来的地方剧种。她曾作为"国剧""国粹"艺术的历史要比现代京剧长得多,唐玄宗在长安梨园首倡之戏曲,即为秦腔;明末起义军领袖李自成把秦腔作为"军戏"在军中传唱。明

清及新中国立都北京，京剧坐上中国戏曲头把交椅，但就流行的地域来说，秦腔还是第一位的，整个西北地区，从陕西渭南，到新疆克拉玛依，中国三百多万平方公里广袤土地上风行的戏曲艺术是秦腔。

秦腔在漫长的历史岁月中形成了带有明显地域特色的艺术风格，其丰富多彩的唱腔、变化无穷的韵味、繁杂的表演程式、2 740 多个剧目，以及兼容绘画、舞蹈、杂技、雕塑、剪贴等艺术门类，使它成为传统文化极其重要的组成部分，无论是对于热爱秦腔的每一个西部人，还是整个中华民族来说，秦腔的传承和发扬都是举足轻重、非常重要的。

20 世纪七八十年代，秦腔达到了它在 20 世纪的第二个辉煌顶点（第一次兴隆是在二三十年代）后便一路下沉，二十余年的市场经济冲击之后，秦腔的观众开始回归，一些青年也开始从现代音乐娱乐场所走进戏场，走上秦腔表演舞台，西安的住宅小区，兰州黄河之滨，西宁、银川、咸阳、宝鸡、天水、固原等城市大大小小的秦腔班社汇成一支浩荡的文化艺术之旅，唱响了西北人物质生活丰盈后心中的念想。然而，与众多民间秦腔社团、自乐班蓬勃发展的势头构成明显对比的是：秦腔的专业队伍和演员的境况令人担忧，秦腔作为文化事业的前景，在国家日益强盛、社会财富日益积聚的情况变得暗淡起来，一些问题到了刻不容缓、亟须解决的境地。

专业院团：冰火两重天

专业秦腔演出团体是西北地区各级政府为发展秦腔艺术事业而设立的文化事业单位，承担着传播秦腔知识、展示秦腔魅力、培养秦腔人才、弘扬秦腔艺术的历史使命，他们因此也得到了政府和人民的赞许。这是秦腔艺术的一段光辉历史。由于党和政府的高度重视，演职人员在工作和生活的各个方面都是舒心快乐的，职业是万人仰慕的崇高，待遇是按能按职分配的公正，晋升是由贡献和才华决定的公平，所有演出费用和工资报酬由政府全额拨付，这在当时并不显得有多优越，然而，对于今天在最基层从事秦腔事业的人来说，则像人间天堂一样让其羡慕不已。今天，省级秦腔剧院与市县秦剧团同为政府文化行政机关管理的事业单位（有些省区已经改为国有文化企业），有着相同的身份，只是因为级别不同，各自的命运和境遇是天壤之别。

近十年来，省级秦剧院团是躺着身子吃饭，市级剧团尽管为差额事业单位，但也是养尊处优，而县级秦腔剧团则在风雨飘摇中苦苦挣扎，相当一部分已经寿终正寝、不复存在了。省级秦剧院团均为全额拨款单位，就是一年不演一场，演员的工资待遇由省级财政全额拨付。省秦腔院团在省会城市没有多少社会公益性演出，如果有，一般是由政府安排，政府支付演出费用。省级院团的商业性演出也比较少，一本戏在一万元以上（陕西省戏曲研究院一本戏在四万到六万之间，重点剧目一场在二十万元以上），食宿费用另算。这样高昂的戏价一般的民间庙会承担不起，只有大型企业和地方政府因为某种庆典或节会才会请省级秦腔院团出场，但这样的演出次数很少。省级院团一年中的大多时间在悠闲自在中度过。

市级秦剧团大多数是差额事业单位，有的接近百分之百，有的百分之七八十，也有全额拨款的。这些剧团因为衣食无忧，下乡演出比较少，一年最多一二百场，戏价在每本戏三千到六千之间。演员一年当中有三分之一的时间在放假休息，不排新戏，吃老本过日子，且过得很舒坦。某市秦剧团现在能够演出的整本戏只有二十本左右，不及一些县剧团的一半。市级秦剧团的编制一般为百人左右，浩浩荡荡，开出去是一支规模宏大的队伍，但是开出的时间与其得到的待遇极不相称。

眼下最凄惨的是县秦剧团。好一点的县剧团，财政一年给二十万，大多是几万元，有的县一分不给。甘肃省某县秦剧团在省内外有相当的名气和人气，一年的演出在五百场以上，可谓在各级秦剧院团中首屈一指，十分红火，但是，这是表象，除了他们有几位在全国秦腔名流中不亚于任何人的出类拔萃的演员外，他们别无他物，他们像一群候鸟一样四季奔波。奔波的动机是生存。这个剧团只有七个人的编制。七个人可以唱一台皮影戏，而舞台大戏仅乐队就远远超过七个人。尽管苦不堪言，但其他县剧团对他们是无比羡慕的，因为他们的名声远播，因为他们有戏可唱，因为他们还可以通过艰辛的付出养家糊口。

有二十万元还不错，相当数量的县剧团没有经费，只有一个空牌子，演员是临时凑到一起的。为了占领农村和城郊演出市场，这些剧团排练省市剧团没有的剧目，或者省市剧团不会演唱的老戏老腔，供演出组织单位挑选。就这样那些戏校刚毕业的小青年的日工资不到二十元，远不如干其他事，但为什么要如此心酸的坚守？——源于学了这门艺术，源于对秦腔爱不释怀，源于幻想着秦腔在不久的将来会有一个好的转机——政府像重视基础教育一样重视秦腔艺术事业。

一个十四五岁的热爱秦腔的孩子在县剧团边学边演出，月收入是三百元，而那些秦腔名角在私人堂会或企业庆典上演唱一折是两万元，面对如此的落差，有心人岂止一丁点心酸！

面对省市剧团一些演员的飞扬跋扈、目中无人，望着县剧团演员疲惫佝偻的背影，我心底里的沉重酸楚无以言表。

漂泊的身影：倩影离魂

一面是文化体制改革，一面是原国家事业单位县区秦剧团的倒闭，相当数量的演员成了无家可归的蝴蝶。为了生存，这些生为秦腔艺术的文化人开始了四处漂泊、四海为家的流浪生涯。陕西省西安市将四个秦剧团合并，组建成西安秦腔剧院，这项重大改革使老团焕发出新的生机，创新剧目多了，演员的收入增加了，同时是一些专业演员离开了昔日的舞台。

2010 年 3 月，冠名西安市秦剧团的一个演出团体在甘肃省天水市演出，征服了天水观众的首先是乐队，一把板胡带来的大秦之音，让喜爱秦腔的人们如醉如痴，十余位不曾谋面的演员更让天水人大开眼界，对陕西秦腔的了解也进一步加深，洪亮高邈的嗓音，出神入化的表演，人们有一种久旱逢甘霖的感觉。有老人说，这五天过足了一次戏瘾。饰演刘备的一位女须生，因在《龙凤呈祥》中的精彩表演，使讨厌刘备这个历史人物的观众喜爱起"此刘备"来。还有一个三十岁出头的青年女子演青衣，栩栩如生，活灵活现，而《辕门斩子》中的女元戎更是风华绝妙……

事实上，这个剧团真正的身份不是西安市秦剧团——西安市已没有团，改制组合成"院"了，而是西安音乐舞蹈学院秦腔六团。这就是说，西安音乐舞蹈学院至少有六个秦剧团。这六个专业剧团是怎么产生的，笔者当时无从知晓，从这些演员的专业技能和艺术素养上看，他们不是业余拼凑的。去年年底，一位陕西业内人士介绍说，作为民办高校的西安音乐舞蹈学院双肩扛起传承、发展秦腔艺术事业的重任，一方面培养秦腔后备力量，一方面把那些没有了戏唱的专业演员招至麾下，组建了六个专业演出团体，奔赴西北五省区常年演出。

2009 年秋天，甘肃省武山县秦剧团接纳了一位叫王水仙的旦角演员，她的青衣戏让观众不肯离场，流连忘返。王水仙只在武山县待了几个月，去年又来了一位叫杜金翠的演员，演唱酷似郭明霞，又有自己的典雅、清丽、华贵雍容的个人气质和表演风格。好景不长，杜金翠又飞走了。

王水仙、杜金翠、李玉霞、管小霞，等等，在演技和秦腔艺术综合素养当数一流的顶尖人才在漂泊，她们沉重的飞翔的翅膀上挂满了热爱她们的戏迷的泪水。

一顶凤冠下，多少"彩头"如蜂拥

一位秦腔演员，终其一生从社会上得到的是无数掌声和足以烁金的口碑，这掌声和口碑是非物质的，无法让一位艺术家衣食无忧；他（她）们的生活来源主要靠政府。政府是公正的，把最好的艺术人才集中起来，组成一个个的剧团，对演员个人实行工薪制，高技能的优秀演员高职称，工资待遇相对高一些，这是合理的。从建国初到80年代的三四十年间，演员的评等定级是公正的，尽管陕西省的一级演员数量比西北其他四省区一级演员的总和还要多，但没有人有意见，陕西优秀人才多，名家辈出嘛。这三四十年间演员的重用升迁也是一条健康向上的路径，培养选拔优秀人才是高级剧团的一项重要工作，一个好苗子先进县剧团，省市剧团开始关注，成长起来马上进入市或者省级院团，成为台柱子，级别待遇也上去了。就是说，这三四十年间秦腔艺术人才的使用和晋级是公平公正的。90年代以来特别是近十年来，不良风气开始侵蚀专业剧团，一些演员不是通过过硬的演技和艺术素养争取重要的角色，而是采取为人不齿的种种手段争取主要角色。扮演了众多主角，才有资格申报高级职称。省级戏曲奖，也是评给主角的。有了若干个省级奖，晋升职称就有了"硬件"。怎么样能够担任主要角色？——竞争。拿什么竞争？在众多优秀演员中何以脱颖而出？以往是谁最适合饰演这个角色谁上，今天风气大变，谁跟当权者关系最密切、最铁、最要好，谁就上。怎么样才能与当权者建立最亲密无间、最钢铁、最要好的关系呢？演技和专业素养已不是主要的决定因素，酒色财气很重要。

在那个信仰理想坚定不动摇的时代，各种荣誉是给那些德艺双馨的真正的艺术家的，晋升职称、评奖，也是这些人，各级领导干部真正是见荣誉就让、见困难就上，吃苦在前，享乐给别人。当时演艺圈里的领导干部或某个方面的权威人士、专家，享有奖项和荣誉也是应该的，但是他们高风亮节，把更多的荣誉和高级职称指标给了一线的艺术家。今天这种情况也存在，高风亮节、先人后己的管理者也有，但数量有限。最近一届文华奖，差不多都是剧团团长、副团长榜上有名，没有职务的演员没几个人。难道只有团长们才可以担当文华奖的光环吗？一个剧团主力演员不下十人，否则这个剧团演不了几本大戏；并且一个剧团的日常演出，上舞台最多的不是团长，而是演员，文华奖来了，辛苦在一线的演员后退，团长们上台，这项演员毕生梦寐以求的桂冠落在了官员的头上。

在秦腔艺术领域，陕西省的国家一级演员比较多，陕西省的地市级剧团就有国家一级演员，西安市也不少，其他地市相对少一些，而在甘肃，只有兰州市秦剧团有一级演员，其他市州没有。著名秦腔表演艺术家米新洪先生如果在陕西省，他定当是国家一级演员，因为他是秦腔花脸独一无二的大家，只因为工作在天水市秦剧团，他的职称爬到顶点也就是国家二级演员。这粒响当当的铜豌豆在西北五省名噪数十年，陕西省那些同行的演员对其敬重有加，但给演员加冕职称的官员好像始终没有想到这位花脸行当的一号人物应该戴上一顶国家一级演员的“软乌纱”。

县秦剧团的演员大多没有职称，那些实力毫不逊色于一级演员的一流人才、超一流人才是国家四级演员，即初级职称。目前的状况是：特别优秀的县剧团演员在为生计奔波，睡地板，吃方便面，全力以赴演出，哪有时间学外语（有无必要）？哪有财力拍摄制作个人代表剧目的专辑？哪有时间撰写专业论文？一位非常优秀的正旦演员告诉笔者，她这一生不可能评上三级职称，她们的团长看能不能由市文化部门照顾一个三级职称。团长对我讲，他们这个剧团已经十年没有给过一个晋升三级演员职称的指标了，好像没有人管这个事，他们的请求没有人理会；就是照顾一个，给谁？大家都很辛苦，那些有实力的演员比他付出的多得多，他不忍心把这顶皇冠窃为己有。

天水市秦剧团小生演员石云霄（三级演员）说：职称的事她再也不想，但必须干好本职工作，台下要对得起这份工资，台上要对得起那些赞赏、首肯、期待自己的观众的眼睛。我听得心酸，听出了无奈中的一份悲壮。相对于收入上有保障的石云霄，甘肃陇西县秦剧团的张卫军、何彩兰、杜晓琴、夏文芳等甘肃秦腔名角，他们的一切都是空的（包括四级演员的职称），所有的收入要自己拼命去挣。

国家一级职称的秦腔演员都是一流的顶尖人才吗？回答是否定的。某省秦剧团的一位一级演员，盛名之下其实难副，名为须生演员实为小生，还软绵绵的像牛奶糖果；另一位国家一级的小生演员，一副纯正的娘娘腔，唱起来比哭还难听。这些人的职称是怎么得到的呢？一位业内人士告知我：国家一级演员还都是唱戏的，有些二级演员不唱戏，平时也不见上班，但是人家的职称上去了，这是结果，至于过程，那肯定是异彩纷呈。

泥沙俱下的演艺界，怎一个“乱”字概括。与每一个演员的工作和生活息息相关的高级职称就是挂在天际的一道彩虹，对于那些能力和贡献都很突出又吃苦耐劳、默默奉献、礼贤下士的演员来说无异于登天，而那些“功夫在诗外”的无德无艺的人物则在花丛中窃笑，正是有了这么一个他们如鱼得水的大环境，才如此践踏艺术和艺术家，他们气壮山河的一句话是，“识时务者为俊杰”，也是，这些识时务者走了一条不为人齿但很实用的路线，他们名利双收。

光怪陆离的舞台，今为何人设

旧社会想看戏的人去戏园看戏，解放后人们去剧院看戏，今天去哪里？除了西安市的为数不多的剧院每天有专业的剧团的演出，其他地方的剧院一年时间里几乎是天天关门，热爱秦腔的人只有去茶园看业余演员的演出，或者在自乐班周围走一走、转一转。70 年代中后期及 80 年代前期，专业院团每天演出，剧院大门敞开着，票价几毛钱，剧院火爆。90 年代初，陕西名家马友仙等到甘肃天水兰州演出，一张坐票五毛钱，演出不但不亏损，还有得赚，80 年代中后期，专业院团开始歇业，每天演出的大幕不再拉开。今天的现实是省市专业院团只要在本剧院开演，票房收入不够水电费、油彩钱——这是剧团领导的话，也就是关门不演出的理由。

有不少人想掏钱看专业剧团在正规剧院的演出，专业剧团不演出。

财政供养你,你不做事,要你何用?

没有了日常演出,演员何以在社会上建立自己的声誉?——个人打拼。这拼搏以基本的演唱技能为基础,再辅以其他东西,获奖是一个非常重要的途径,拿到省上或秦腔艺术节上的大奖,再组织力量不遗余力地炒作,最好能红遍半个天,这就出名了。有了响当当的名声,不但可以解决职称问题,政府给予的待遇上去了,固定的收入增加了,而且更重要的是在小范围各种形式的请唱多了起来,有些请唱的收入高过工资数倍。这样的活动多起来,便成为社会名流,成为秦腔名旦、名须生,至于是不是真正的最拔尖的秦腔表演艺术家,那就非常次要了。

专业舞台由城市转到了农村庙会,或者城乡文化艺术节。一个秦腔迷一年看不了多少戏,怎么办?看电视。甘肃电视台有个《八大戏台》的栏目,陕西电视台有《秦之声》栏目。甘肃台的《大戏台》每周安排五十分钟,五十分钟能演个啥?《秦之声》不到两个小时,也是浮光掠影,戏迷看得不过瘾。就这么短的时间,因为这个舞台的特殊性,那些身怀绝技的一流演员未必就能登上去。这两个电视舞台是给成名成家的名家名角的,那些有实力、超一流但没有名气——或者说只有民间名望的演员上不去,因为你无名,人家电视台不要你。多少万的观众在看,如果电视编导让一个演员连续出场三次,他(她)就成了秦腔名人,如果时常演出,不出一年他(她)就是秦腔名家——只要基本功足够。这么重要这么特殊的一个舞台,对绝大多数秦腔演员来说是一个光怪陆离的梦,一生都未必能变成现实的梦。

我曾以为陕甘两省就那么二十来位秦腔名家,这些人因为有音像制品,常在电视台上亮相,让我们熟知,成为观众敬仰的名角,其实这是一个误判,更多的好演员我们还没有看到,他(她)们没有音像制品,不曾在《秦之声》、《大戏台》上演出自己的代表剧目。郭明霞走了,她的一些徒弟继承了她的衣钵,但没有掌握她演戏的精髓,嗓音模拟,但行腔不畅,韵味不够,我想郭派秦腔已戛然而止,不料在一个小小县剧团偶然碰到了杜金翠,她不仅把郭明霞的演唱技巧风格完全吸纳，还向前发展了一大步，更加细腻，更加舒缓。王水仙兼备郭明霞、肖玉玲、肖若兰所长，熔三家于一炉，让我们欣喜地看到了秦腔青衣行当中又一名家的喷薄而出。这两位演员在《秦之声》、《大戏台》上没有出现过。那些以振兴秦腔自诩的权威人士和掌权者，不知你们是否知道陕西甘肃两省还有许多名不见经传的实力超群的秦腔演员？

●【争　鸣】

是"幻觉"还是"魔幻"?
——对莫言诺奖授奖词翻译的辨析

郑周明

■ 将 hallucinatory realism 翻译成魔幻现实主义这个并不准确但惯用的词加诸在了莫言身上。这不仅是对诺奖评委们的误会,也是对莫言作品风格的误解,更让国内失去了一次重新审视莫言写作创造新艺术风格的大好机会。从丧失一种新艺术风格或艺术流派的角度而言,这中间的误解该有多严重和遗憾?

■ 魔幻现实主义侧重于神奇现实的客观化、同一化;幻觉现实主义则指向主观状态下觉察到的幻感,自由自主。在莫言的创作轨迹中,我们可以清晰地看到这类艺术风格的运用和变化。

一

10 月 11 日,当瑞典文学院宣布中国作家莫言获得本年度文学奖的瞬间,在场直播的中国媒体爆发了热烈的欢呼,并及时将授奖词翻译成中文传回了国内:"莫言将魔幻现实主义与民间故事、历史与当代社会融合在一起。"这句话当天迅速和莫言这个名字一起占领了所有媒体的头版,而几乎同时瑞典方的原文版本也一同传回国内,在接下来举国热议纷纷的话题期间,许多熟读莫言作品的人恐怕对诺奖冠以"魔幻现实主义"一词感到费解,隐约觉得不妥。的确,诺奖评委会并非使用了这个词,是国内误传了信息。答案就在授奖词原文里,诺贝尔文学奖评委会对莫言的评价并非是"魔幻现实主义"(magic realism)一词,而是一个较新的陌生词组:hallucinatory realism。

媒体还忽视了当天诺奖委员会的另一份具体公报,继续评价莫言:"从历史和社会的视角,莫言用现实和梦幻的融合在作品中创造了一个令人联想的感观世界。”这句话更好地解释了什么是 hallucinatory realism。

查新版《牛津英语大词典》(OED),hallucinatory 的意思是幻觉,和 illusion 表示的想象力幻想不同,前者倾向于社会病理性的幻觉,是出于主观精神状态立场产生的幻觉,这里的“幻”包括幻听、幻视、幻触等,而“觉”则是觉察,放大细微的觉察,具体而言,这个单词可以说是谵妄幻觉,是现代性谵妄文化的典型特征,这个词组也便可以相应译成“幻觉现实主义”(暂定)。它首次出现在媒体上可追溯到 1830 年的伦敦文学期刊《弗雷泽杂志》(Fraser's Magazine),而后随着现代政治社会与个体的分离以及压抑所带来的各种现代性现象而广为使用,并且形成了西方学界所称的谵妄文化(hallucinatory culture)。在经过文学创作深入表现下,hallucinatory realism 这个词组最终以一种艺术风格被收录进 1981 版《牛津二十世纪艺术指南》中,正式与其他超现实主义风格区别了开来。但在中文语境中,长期以来没有具体精确的对应词汇来解释这个词,更主要的原因是 20 世纪 80 年代国内作家广受拉美文学魔幻现实主义风格的影响,并有意识地实践之,于是在普遍评价上,开始定位在了魔幻现实主义这个词语上,无论后来那些作家是否形成自我风格之后,仍然被冠以这个词汇,当然,也包括莫言。

将 hallucinatory realism 翻译成魔幻现实主义固然有误,诚然也不能归咎于翻译人员的失误,在当下文学界的评论指向下,对大量当代作家的定位的确存在一种词汇匮乏的状态,特别是一个作家在三十年时间里不断变化和形成自我风格的过程中,更让评论界的滞后和“失语”不可避免。正因此,诺贝尔文学奖评委会的授奖词,在当时情况下迅速套以魔幻现实主义这个并不准确但惯用的词加诸在了莫言身上。这不仅是对诺奖评委们的误会,也是对莫言作品风格的误解,更让国内失去了一次重新审视莫言写作创造新艺术风格的大好机会。从丧失一种新艺术风格或艺术流派的角度而言,这中间的误解该有多严重和遗憾?

在大量倾向于"消费化"热点的当下,很少有媒体会注重这个问题背后带来的严肃性和研究价值。而在评论界,出于对文学写作的"互文性"影响,也因为长久以来寻求不到一个更准确的词语,便让魔幻现实主义这词大行其道了二十多年,让人难免产生当代华语文学是拉美文学分支的奇怪观感。这同样也是一种现实谵妄。

二

魔幻现实主义和幻觉现实主义存在多大不同?在评论界默认和惰性的场域下,魔幻现实主义一词从拉美文学移植到了国内文坛中。在拉美文学中,魔幻现实主义最早被用于形容马尔克斯的《百年孤独》,在作者独特文化背景的浸染下,小说中的马贡多村庄充满了强烈的神话色彩和宗教象征,伴随着乡村的迷信生活使得主人公的言行无不具备了某种扭曲的怪诞感。更为准确的评述是:"把神奇和怪诞的人物和情节,以及各种超自然的现象插入到反映现实的叙事和描写中,使拉丁美洲现实的政治社会变成了一种现代神话,既有离奇幻想的意境,又有现实主义的情节和场面,人鬼难分,幻觉和现实相混。"古巴作家阿莱霍·卡彭铁尔曾说这种文学风格的重要特征是"神奇现实",拉丁美洲的"神奇"来自玛雅文化和印加文化基因中的鬼怪、巫术、神奇人物和超自然现象,它们共同影响了文本的魔幻怪诞色彩。而马尔克斯本人则根本不同意魔幻现实主义这个定义,他认为自己写的就是现实,拉美文化的现实。是的,在作者本人看来是正常不过的现实,在世界文学的比较中,则拥有了神奇性,魔幻效果。马尔克斯本人也因作品中神奇幻想与现实社会的结合而在1982年获得诺贝尔文学奖的肯定。

从这个文学风格的原初语境来看国内文学,莫言、韩少功、余华、阎连科等一大批成名于20世纪80年代的作家是受到了拉美文学的熏染,并于最初的"新潮小说"之后在现代派分支写作上卓有成就,但以一个魔幻现实主义冠在他们头上,是不准确也不公平的,它模糊了大量细节和作家独特的存在价值。严格来说,他们是在魔幻现实主义的风格或技巧影响下,进行了自我试验,否则我们将无从解释“先锋派”、“寻根派”以及之后新历史写作的源头和价值,80年代作家能够迅速和本土文化基因融合在一起,寻找到自己的方向并分化出不同风格,可以说是不亚于“拉美文学爆炸”的“华语文学爆炸”。而完全的魔幻现实主义,我们只能指向某些作品,而非作家的整体风格,例如贾平凹的《废都》是一部有典型特征的作品,宗教迷信、道家阴阳风水、牛的自言自语等情节可谓“奇异”。多年前的重述神话系列,包括苏童《碧奴》、李锐《人间》、叶兆言《后羿》可说是当代的新尝试。但以真正魔幻效果与社会现实的紧密程度而言,当属藏地文学,西藏文化基因中的宗教传说人神不分,神话世界就是日常生活的一部分,造就了具有典型魔幻现实主义色彩的作品,以阿来《格萨尔王》、范稳《水乳大地》为代表。

显而易见,大量作家已从这个词语中逃脱开来,创造了自己的风格价值,特别是莫言,深入乡土文化、历史边缘的叙事聚焦,抛弃客观神秘因素的影响,放大自我感官的情节,无一不是在宣告着自我风格的形成。那么,今天他获得诺贝尔文学奖这个殊荣,却还是认定他的风格是魔幻现实主义,这岂止是不公平,更抹杀了80年代创作试验的集体成就,简直令他再次“百口莫辩”。

三

魔幻现实主义侧重于神奇现实的客观化、同一化;幻觉现实主义则指向主观状态下觉察到的幻感,自由自主。在莫言的创作轨迹中,我们可以清晰地看到这类艺术风格的运用和变化。《红高粱家族》是莫言早期建立起其艺术风格的代表作,家乡的土壤提供的并非是奇幻的故事,和《透明的红萝卜》里黑孩一样，地方特征赋予主人公的是其独有独享的感受，五官超越了五种感觉所能达到的极限，首次登场的便是“天地间弥漫着高亮的红色粉末，弥漫着高粱酒的香气”。这样的土地培育出了“我奶奶”这般有浓烈血性的女子，她可以对天喊出：“我爱幸福，我爱力量，我爱美，我的身体是我的，我为自己做主，我不怕罪，不怕罚，我不怕进你的十八层地狱。”也因为有这样的女子，家乡的气色是一片红到血色的氛围，它在地方特征上实现了张扬的个性，而这一切魅力是建立在“我奶奶”性格上的家乡。同样，在另一部富有瑰奇想象力的小说《酒国》中，更是把“酒国”的形象建立在了主人公丁钩儿的感受上，酒国的酒和肉孩，能把人带入何种境地中，看丁钩儿在宴席上的幻觉便一览无余：“他的意识脱离了躯壳舒展开翅膀在餐厅里飞翔，它有时摩擦着丝质的窗帘，有时摩擦着红衣姑娘们的樱桃红唇……它像一只霸占地盘的贪婪小野兽，把一切都打上了它的气味印鉴。”而他看到肉孩时，听到了无处不在的哭声，从锅子里到油盐酱醋，江河稻田到集市大街上，短促的排比想象一阵阵将角色的幻听送进读者的耳朵里。就这样，“酒国”的存在被主人公无所不吸收的敏锐感官建立起了细节。

地方文化，以作者独有的观念赋予在角色身上进行阐释，一方面能够迅速实现绵密全面的阅读快感，能够创造与众不同的地方特征，另一方面这种手法运用在重大历史事件时，也极容易产生被架空的历史书写，说到底，这种情况当年也明显集中在了《丰乳肥臀》上，主人公最大的幻觉不是针对蝗灾的想象描述，而是针对外来入侵者的感受，“她的眼睛枯涩，眼皮发粘，眼前模模糊糊地出现了许多稀奇古怪的、从来都没看到过的景象：有脱离了马身蹦跳着的马腿，有头上插着刀子的马驹……最让她吃惊的是：她认为早已死去的司令竟慢慢地爬起来，用膝盖行走着，找到那块从他肩膀上削下来的皮肉，抻展开，贴到伤口上。但那皮肉很快地从伤口上跳下来，往草丛里钻。他逮住它，往地上摔了几下，把它摔死，然后，从身上撕下一块破布，紧紧地裹住了它。”从震惊到麻木到欣赏某些场景，原本坚实的主流历史观念被角色的聚焦和幻觉一点点抽空,在某种荒诞的氛围里,角色大胆构建了属于自己的重大“黑色幽默”。如果说《红高粱》的叙事风格让评论界还无所适从的话,那么《丰乳肥臀》所高扬的风格涉及的内容,轻而易举引爆了不明所以的负面批评。

但此后的莫言,愈加坚信自己的艺术风格,《生死疲劳》中主人公西门闹转世为驴、猪、狗、猴等动物的视角看待世间生活,从人的感官世界转移到动物身上,反复探讨关于土地、强弱、生死的古老命题。《四十一炮》中的少年面对大和尚滔滔不绝自己记忆里的家乡,这和寺庙外举办的狂欢式肉食节形成明显对比,主角依靠对话幻化出了外界病态的欲望,以一己之力衡量集体病症的谵妄现实。多年后,莫言又捡起对历史病态化的叙述,在《檀香刑》这部描写争议较大的作品中,猫腔是听觉上的地方史,而“檀香刑”则是视觉上的人性史,令人眩晕的细节描述并非旨在构建完整的残酷刑罚,作者借用这个“符号”暴露了人性对于历史解释的病态情结。在大多数作品中,莫言正是以这样的直观感觉来反映谵妄的乡土和历史。

许多年前,评论界已经注意到“寻根文学”发展的一大特征,即作家并非在寻“根”,家乡的现实已不是创作所需要面对的内容,造“根”才是最终表现出来的效果。作品中的家乡是借由作家自身的世界观、历史观基础上创造出来的,是每一个有不同感官体验不同主观态度建立起的乡土特征,它们没有什么魔幻或神奇可言,但它们被赋予了七情六欲,被赋予了言说自我特征自我心理的可能,更进一步说,每一个家乡场景,每一次角色出场,都是在建立多元个性的观念世界,它指向了作家自身独特的一种解释,对群像的,对多线历史的,以及谵妄的历史与谵妄的现实之间的微妙关系。而连接其间的幻觉,也许是最本土化的一种叙事风格,一路可从唐传奇到《聊斋志异》循迹。

诺奖评委会授予的词汇并非绝对准确或权威,但它至少可以让评论界相信自身多年来举棋不定的判断是正确的,80 年代成名的许多作家不可能永远活在魔幻现实主义这面旗帜下,独创的文学艺术风格一直在形成中并拥有了形态,如今这份文化自信心倒是不缺了。无论最终是采用哪个专业词汇来命名,它一定是可以代表当代文学自身特征的。更重要的是,如果莫言自己能够寻找到的话,那么它将随着领奖演讲一起被世界文学界讨论和注意。

对于文学界而言,也许这个问题比莫言要重要得多。

再谈鲁迅送火腿的故事

陈福康

当我在10月18日看到《文学报》上作家阎纲整整一版的大作的题目《鲁迅送火腿的故事》时，心里立即就想到了两点：一，明天就是鲁迅先生逝世的日子，报纸发这样的文章，非常好；二，阎先生以前就发表过有关鲁迅送毛主席火腿之事的文章，现在他应该又有新的内容要告诉我们，那太好了。然而，待我读完他的大作，却失望了。因为，这篇文章与大概在四年前我就读到过的他的《鲁迅送给毛泽东的书籍和食物》的内容完全一样。(《文学报》也没说这是旧文重刊。)

而且，阎先生文章虽然正确地认为鲁迅送火腿的故事是一件"具有历史价值的事件"，但他却显然不了解近年来有关此事的重大史料发现，似乎也没有读到我在三年前发表的有关此事的辨析小文，因此，他仍然以为此事"成了文学史上的一桩疑案"，"只好存疑，以待来日"。而更遗憾的是，《文学报》的编辑似乎也忘了，三年前他们在自己的报纸上，就曾经发表过有关此事的误传文章；而当时我写的拙文，就是纠正2009年9月3日《文学报》上王金昌先生发表的《冯雪峰忆旧：鲁迅送毛泽东金华火腿》的错误的。

看来，本人人微言轻，拙文影响太小。但有关鲁迅与毛泽东交往的事可是大事情，不应该误传啊！没有办法，只好再写一次。

三年前，王金昌文章也说"鲁迅先生通过冯雪峰送远在陕北的毛泽东金华火腿一事，众说纷纭，莫衷一是"。他立论的根据，除了他"收藏"的冯雪峰写的材料以外，就是阎纲的《鲁迅送给毛泽东的书籍和食物》和王先金的《毛泽东在陕北》二文；而更重要的文章，例如史纪辛先生发表在2003年第 10 期《鲁迅研究月刊》上的《鲁迅托送金华火腿慰问中共领导人史实再考》,及孔繁玲先生发表在 2004 年第 6 期《党的文献》上的《鲁迅确曾向陕北托送过金华火腿》等文,他都没有看过。

历史研究的工作经验已经反复告诉我们:任何人的回忆,哪怕他记性再好,也不能保证绝对无误;而当时的第一手文献记载、档案著录,方是最可信可靠的。前些年,在中央档案馆工作的史纪辛等同志的文章,披露了新发现的 1936 年 5 月 28 日和 9 月 12 日冯雪峰在上海致陕北党中央的两封密信。这两封极其珍贵的信中明确记载,鲁迅确实送了火腿,而且还送了两次。第一次送了共八只,后因故未能送到;第二次鲁迅坚持又送了四只。因此,冯雪峰等人后来回忆中说的所送火腿的次数和只数等均有不确之处。阎纲文章中写到的王林说的毛泽东"风趣地说:'可以大嚼一顿了!'"似乎也未必可信。因为据推算,第二次火腿送到之时正是鲁迅先生病逝不久(鲁迅逝世的消息是很快就传到陕北的),毛泽东怎么还会有这样"风趣"的心情呢?

在 9 月 12 日的信中,冯雪峰写到他向鲁迅谈及第一次的火腿未送到,"鲁又说再送一点,我因鲁之拥护毛、洛、恩等兄之情难却,故仍将他购的四支火腿交余兄亲自带上"。这里提到的"毛、洛、恩"三人,就是毛泽东、张闻天(洛甫)、周恩来。"余兄"我不知其是谁,从"亲自"二字可见也应是党内地位较高并认识毛、洛、恩等领导同志的人。

阎先生文章的最后还写到:"又过 23 年(按,据文中所说推算,当是 2006 年)读朱正《鲁迅回忆录正误》,认为送火腿的事三处有误:鲁迅当年送往陕北的火腿是一只而不是两只;火腿没有送到陕北的原因,是因为火腿好吃,被西安截留了;火腿夹带书信是莫须有的事。"但现在看来,"三处有误"的倒是《鲁迅回忆录正误》作者自己。第一点的火腿只数,已见上述。第二点,"因为火腿好吃,被西安截留了"当是听信误传。我就决不相信当年党的地下工作者会这样没有觉悟和没有纪律。第三点,朱正先生在 1979

年初版的《鲁迅回忆录正误》中说，火腿是最不适于作夹带工具的，而且当时也没有“夹带”的必要。但后来一位 1936 年从上海赴陕北参加革命的老同志朱正明，看了朱正的说法后撰写文章，证实确有此事，并指出：一，鲁迅送火腿，但在火腿中夹信的未必就是鲁迅本人；二，在艰险的革命斗争中，“有时利用最不适用的工具来夹带东西，倒是最妙的手法”。朱老还指出，朱正没有这种生活和经验，也不了解当年情况，有疑问可理解，但“不能武断”。后来，朱正先生在 1986 年重版《鲁迅回忆录正误》时，附录了朱老此文，表明他“从谏如流”的雅量。（可阎先生在 2006 年还看的是初版？）

因此，鲁迅向中共中央领导人敬送火腿一事是绝无可疑的，现在决不能再说“只好存疑，以待来日”了。但看来包括阎纲先生在内的很多人可能还不知道。因此，尽管我在八年前的 2004 年 9 月《文汇读书周报》上就也已经写过短文纠正有关此事的误说，现在看到阎文后，仍然觉得还应该再写一次。反正，在纪念鲁迅的日子里谈谈这件事还是很有意义的。

●【直　言】

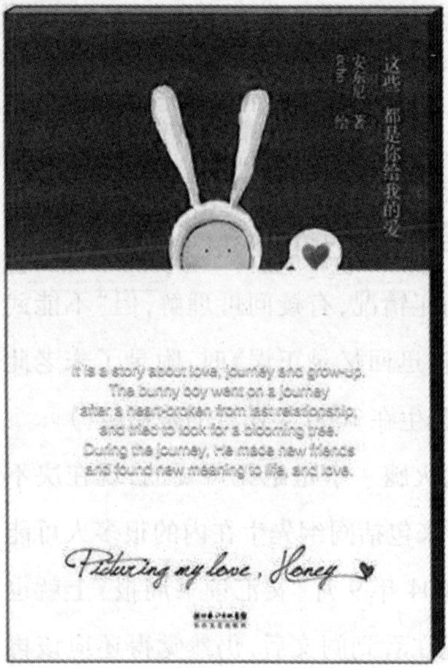

忧伤的“伪治愈”

——评安东尼的《这些都是你给我的爱》Ⅰ、Ⅱ

曾于里

■ 年轻读者一面矫情地诉说着他们这一代人的种种不幸，然后他们却也沉溺于这种淡淡的忧伤情绪之中，因为忧伤可以成为他们拒绝成长、拒绝承担的冠冕堂皇的理由和借口；忧伤，既是一种时代选择，同时也是一种个人选择。甚至到最后，忧伤成了一种标签，一种符号，一种姿态，一种可用来消费的情绪——这也是最世文化作品畅销的重要原因。

一

郭敬明领衔的最世文化作家群占据了青春书籍市场的半壁江山。忧伤是最世作家群作品的根本基调，即便郭敬明、笛安、七堇年、落落风格迥异，所书写的故事也迥然，但他们的作品都有一股淡淡的忧伤情绪。这种忧伤情绪，首先缘于作品主题的暗色调，无论是郭敬明的“小时代三部曲”，还是笛安的“龙城三部曲”，小说充斥的是误会、背叛、命运戏弄、死亡等等；其次是这批年轻写手语言调度方面的刻意追求，他们极擅长于经营那种忧郁绝望的氛围。纵使很多人认为“80后”、“90后”堕落、玩世不恭，然而，他们行为上的“狂”与内心的困顿、精神的虚无不无关系，最世作家群通过炮制一个个悲伤逆流成河的故事，迎合着读者潜在的忧伤情绪，达到了情感上的共鸣。

自然地，有忧伤，必然有治愈。我曾在一篇文章中提到，郭敬明旗下的最世文化有着一条完整的“忧伤”的生产线，包括忧伤情绪的制造，忧伤情绪的治愈，忧伤情绪的抵抗等等，正是得益于这完整的生产线，最世文化才能牢牢占据青春市场的绝对主导地位。而今日想讨论的安东尼，无疑是这条生产线上治愈系作家的典型代表。

安东尼曾在《最小说》开辟专栏讲述自己在澳大利亚的留学生活，但真正虏获大批粉丝还在于2010年与echo合作出版的第一本绘本小说《这些都是你给我的爱》，它不仅在普通读者那里大受欢迎，在业界口碑也不算糟糕。安东尼再接再厉于今年8月出版了《这些都是你给我的爱Ⅱ云治》，继续稳固了其治愈系作家掌门人的称号。那么，首先引人好奇的是，何为治愈系？

治愈系，又称healing系，原是20世纪90年代末于日本流行的一种音乐门类，但它并无什么共通的显著的音乐特性，人们往往把节奏舒缓、放松心情的音乐归到这一门类。渐渐地，治愈系这种风格便在动漫、电影、文学中渗透和蔓延，而不单单指涉音乐。我们感兴趣的是，治愈系的文学作品有哪些特点？

首先看主人公。主人公往往是这么几类：美好的少男少女、儿童或者是小动物，因为他们都具备这样的特征，即单纯、可爱、天真、不谙世事等，作者习惯于用他们的淳朴来反衬现代人和现代生活；

其次是语言。语言必须简短、简单、清晰明了，几乎不用什么繁复句式，但这些都不是最关键的，最关键的点在于语言的细腻度。它体现在对某些微小的、为人们所忽视或者难以用语言准确表达的情愫的捕捉能力，而这些情愫又往往围绕着爱情、孤独、忧伤等关键词；

再者是故事与情节。情节也必须以简单舒缓为主，这并不是说作品中不书写背叛、误会、死亡等，而是说它们并非故事的主干与核心，作者不能纠结于此，它们只是可以被几笔带过的情节点。其实，治愈系文字有几个最常见的故事模式：少男少女美好的邂逅故事；日常家庭生活模式；还有出走——寻找模式。本文将论述的安东尼便属于此类。

综合以上三点便形成了治愈系的整体风格，舒缓而温暖，仿佛微微清风吹过耳畔，潺潺流水流过心间。它能够轻轻拨动你的心弦，让你停下所有躁动的思绪，有所体会，有所释然。故事终了，也许忧伤仍未排解，然而，它已被渐渐化解、淡淡稀释，心灵也似乎一下子轻盈明亮起来。

在对治愈系文学作品的风格有基本的了然后，我们再来观照安东尼的治愈系故事。

二

可以说，安东尼的《这些都是你给我的爱》是极标准的治愈系“产品”，我们具体来看：

故事的主人公也叫安东尼，它是一只兔子，一只拟人化了的兔子，他单纯、可爱，有一些萌和天然呆；他执着地追寻自己内心所期冀的东西；他真心地爱着一个姑娘；他心地善良；他脾气温顺，一路上不管是人还是动物，他都相处良好；他善于倾听，善解人意……总而言之，小兔子安东尼具备了童话故事中美好主人公的一切优点，它和最近走红的麦兜一样，单单性情本身就很“治愈”。

而故事的语言，是相当特殊的，它几乎无标点。这是作家安东尼的一个最显著特点，他的句子，无论长短，都不使用标点，而是用空格表示，并且频繁敲回车键。这种无标点与安妮宝贝那种遍地句号的效果是一致的，贸然地隔断句子内部的联络，造成视觉上和阅读上陌生化，即便很平常的语句，也因此多了那么些别样的文艺气质。安东尼的文字简单，他用字都相当平常，几乎没有生涩词汇，也没有什么奇特譬喻，但是他的优点是细腻，他能够相当精准地把握住一些常人难以用语言表达的忧郁系的情感，他写出不少——读者所谓的“击中红心”的句子，比如“如果你喜欢的人不喜欢你那么就算全世界的人都喜欢你还是会觉得孤独吧”“喜欢和讨厌是反义词么喜欢一朵花就是把她摘下来讨厌一朵花也会把她摘下来”之类的，这使他有“大陆幾米”之称。

到了故事层面，就是常见的出走——寻找模式。第一部中，小兔子安东尼去过马戏团，热带雨林，城市，他与黑眼圈的女明星，黄条纹猫，老头儿，诗人，狐狸，小丑聊天交谈，听他们的人生与故事；到了第二部，小兔子安东尼带领读者游览了一次新西兰，小镇，惠灵顿，汉密尔顿，皇后镇，同样地，他遇到了狐狸里德，诗人，长着鹿角的男孩，安东尼一样耐心地听他们的故事；当然安东尼的旅行有目的，第一部中他是想寻找一棵开满花的树、寻找爱，第二部中他带着自己陶制的两颗心，继续寻找着爱。

作品整体上清新简单，节奏舒缓。小兔子安东尼，以及他一路上遇到的人或者小动物，都简单而善良；他们并不热衷于任何世俗的追求，而是秉持着爱的信念，勇敢而执着地去追寻一种简单的、但内心丰盈的生活。如同那本经典的《小王子》，小王子遇到了狐狸后留下了最精美的篇章，作家安东尼也安排了小兔子安东尼在热带雨林遇到了一只可爱的狐狸，在山顶上遇到了因为心爱的人而变成长颈鹿的男孩——这些也成了这本小书最感人的桥段。无论是小狐狸，还是长着鹿角的男孩，都像《小王子》里的那只小狐狸一样,他们的爱是无果的,然而他们仍然坚持,守望,至死不渝。以上这些都使得安东尼的故事有着强大"治愈"的功能,它让人们在忙碌、贫乏抑或单调的生活中体味到一种久违的轻松与感动。

就这样,安东尼的《这些都是我给你的爱》两本小书,字数加起来8万字不到,却能以高标价叱咤畅销书排行榜。读者的评语几乎都是一致,"安东尼太治愈了""真的击中了我内心中最柔软的部分"。只是,笔者始终有个挥之不去的困惑,安东尼的故事,真的有"治愈"功能?

三

纵然笔者对郭敬明领衔的最世文化的作品并未有好感,但是阅读安东尼《这些都是你给我的爱》的第一部时,还是有种刮目相看之感。虽然模仿《小王子》的痕迹太重,又远不及后者那样富含悲悯情怀和深刻哲理,但是人物的单纯执着,故事的纯粹,某些语言的精辟,某些桥段的精心设置,都能让人收获一种简单而清晰的感动。只是,这种感动并未持续太久,一些缺点在再次阅读中暴露出来。故事的连贯性不足,情节破碎,虽然不能说是拼凑,但是零散。因为作家安东尼对爱的认识本来就是零碎和混沌的,因此他笔下的故事也是零散和混沌的,整个故事只凭着那股"治愈系"的氛围在推动,但由于情节的薄弱,到了故事最后,这氛围便渐若游丝,矫情之味扑面出来。

而这些缺陷到了第二部被彻底放大,如果说第一部是模仿《小王子》,那么安东尼的第二部便是抄袭第一部完成的。第一部小兔子安东尼尚有充足的出行原因,可是到了第二部,则相当牵强,为了出行而出行。小兔子安东尼依然在旅途中遇到了一些不同的人,但是这些人与第一部又是那样地相似,他都遇到对城市、对现代生活进行洋洋洒洒批判的人,他都遇到诗人,遇到狐狸,遇到为爱坚守和付出的人。第二部全文竟然不满三万字,处处可以看出作者构思的窘迫,能写的该写的他都写在第一部了,这时他不得不拼命设计让安东尼遇到一些什么人什么事,奈何太阳底下无新鲜事,只能勉为其难地将故事行进下去。而第一部语言上的优点,在第二部中却又不幸丧失了。虽然仍旧有一些出彩的地方,但多数直白,无趣,不过是把冗长无味的白开水文分开空格而已,像 211 页那种矫情得让人厌烦的陈词滥调比比皆是。

我一直有这样一个观点,弥漫于年轻一代的忧伤情绪,其产生的直接原因确实是他们置身于这个"断裂"时代精神上的过分负荷(比如学业压力、工作压力、社会不公、社会竞争等等),但是最根本的原因在于年轻一代人的自恋。这个自恋并不仅仅指心理学上自恋,我这里运用它,赋予它某些社会学内涵,意指个体对自我事务的超级关注以及对外部事务(即社会公共事务)的冷漠。换言之,即个体"蜷缩在自身生存的内部,以私我的情感、原欲和利害为其全部世界,社会、历史和精神性被封闭在个体生存之外"(李静)。当个体陷入自恋,那么对自我事务的超级关注,以及外部事务对其的施压,这两股力量将产生冲突和龃龉,导致自我认同的障碍,忧伤情绪便油然而生,并且"因自恋仅纠缠于自身,故在没有外部力量介入之际,在只身面对逆境之际,随时都可感到气力不支甚而崩溃"(吉尔·利波维茨基)。因此,自恋与忧伤息息相关,甚至可以说自恋是忧伤的源头。时下年轻一代人喜欢发一些老气横秋的忧伤言论,但细究一下,触动他们忧伤情绪的常常是发生在自己狭小圈子里各种鸡毛蒜皮的小事。因此,如果真正企图治愈年轻一代人的忧伤,应该做的是鼓励他们走出个人小圈子、积极参与外部事务,通过对责任和义务的承担渐渐实现心智的成熟,并从中建立起个人精神世界的理想支柱。

显然,作家安东尼没有这样做,退一步话说,即便安东尼真的意识到他的读者的忧伤来源,他也不会这样去写他的治愈系作品。为什么?问题的症结在于,安东尼的读者们是否真的想治愈他们的忧伤?虽然他们常常在各种媒介上书写一些郭敬明式的忧伤句子，是否证明他们迫不及待想摆脱这股忧伤？恰恰相反，年轻读者一面矫情地诉说着他们这一代人的种种不幸，然后他们却也沉溺于这种淡淡的忧伤情绪之中，因为忧伤可以成为他们拒绝成长、拒绝承担的冠冕堂皇的理由和借口；忧伤，既是一种时代选择，同时也是一种个人选择。甚至到最后，忧伤成了一种标签，一种符号，一种姿态，一种可用来消费的情绪——这也是最世文化作品畅销的重要原因。所以，即便《这些都是你给我的爱》第二部水准大幅下降，有拼凑之嫌，但是丝毫不妨碍它再次受到读者的热捧，读者企图感受的那些廉价的温暖、感动或者忧伤，这里都有，而安东尼说他不知道这本书还会有多少续集，即便他可能意识到自己第二部已经文思窘迫，笔力生涩，但是他仍有勇气宣称他要写下去，因为他有读者。如同忧伤已渐渐成为一种可供消费的情绪，治愈系也一样，那简单的人物，简单的故事，某些“击中红心”的句子，既明媚又忧伤的主题，哇塞，多么小清新，多么童话。读这样的故事，自己仿佛也单纯、明亮、忧伤起来了——这种感觉多迷人！

这便是治愈系的真相，这便是安东尼畅销的秘密！

诚挚地面对诚挚

——也论散文的诚挚性兼与孙仁歌、桑永海先生商榷之

杨永康

先看到孙仁歌先生《置疑格致散文的诚挚性》,又看到桑永海先生《散文是否可以虚构》。孙文既置疑了格致散文的虚构性,又置疑了格致散文的诚挚性,进而置疑了格致散文的正当性。孙先生置疑道:“格致到底是在写散文,还是在进行自由的心理探秘实验?”“如果写的是散文,那么读者的阅读却很隔,无论是在感情上,还是在文体意识上,都很难与作者实现直接的碰撞与融合”;“如果是在进行自由的心理探秘实验,那么又何必要打上散文的标签?与其拎着散文灭散文,倒还不如撇开散文、自创一种文体进行心理层面的探秘与呈示,为此,或许更为息事,也更为宁人一些”。我觉得孙先生的说法确有值得商榷之处。比如,所谓的“隔”与“不隔”,很明显《转身》还没有“隔”到孙先生说的“很难与作者实现直接的碰撞与融合”那一步。更重要的是孙先生完全把“进行自由的心理探秘实验”与散文的创新,把散文的创新、“进行自由的心理探秘实验”与“散文”这种文体对立起来了。散文这种文体的生命力与丰富性既在于它的创新,又在它的包容性。一方面散文的创新肯定脱不开散文的实验,另一方面作家既可进行自由地“内”探秘,也可进行自由地“外”探秘,也可由内而外由外而内地探秘。当然也可不探秘。

帕慕克的一段话可以作很好的反证:“四十年来,我一直在阅读小说。我知道,我们可以对小说采取多种姿态,我们可以采取多种方式把我们的灵魂投入到小说之中,既可以轻松地,也可以严肃地对待。”阅读小说可以采取多种方式把我们的灵魂投入到小说之中,阅读散文当然也可以采取多种方式把我们的灵魂投入到散文之中。我想只要我们在读那些“进行自由

的心理探秘实验”作品的时候“采取多种方式把我们的灵魂”投入其中，通往作品与作家心灵的秘密通道一定会释然打开，一旦通往作品与作家心灵的秘密通道释然打开，“碰撞与融合”肯定是自然而然的了，至少没有孙先生说得那么难了。

如果我们跳脱开来看，孙先生提出的大命题还是对的，即散文的诚挚性问题不容置疑。我想它既包含孙先生提出的诚挚地面对读者——“散文就是作者向读者打开心灵的一扇门，能与读者实现直接的交流并发生情感上的碰撞”，更应该包含作家必须诚挚地面对自己的心灵，即散文作家们必须诚挚地面对诚挚。如果我们的文字不能诚挚地面对自己的心灵，那我们的文字就一无是处了。我正是从此意义上赞成诚挚性的。我想无论多么苛求的批评家，多么苛求的读者，肯定无法抗拒诚挚与诚挚的心灵。如果作家能诚挚地面对自己的心灵，他肯定能诚挚地面对许多个心灵，许多个诚挚的心灵，许多个诚挚。能诚挚地面对许多个心灵，许多个诚挚的心灵，许多个诚挚，其诚挚性应该就毋庸再置疑、质疑了。

联系到桑永海先生的质疑，我觉得真正要质疑的不是散文能否“虚构”，而是心灵的诚挚性。这意味着我们必须理直气壮地反对“虚构”，因为它颠覆的不是虚构本身，而是心灵本身。从此意义上说我们应该对“虚构”充满敬畏与恐惧才对，而非像桑先生所引证的那样“有时出一点意外，加入想象、夸张，甚至来点虚构，只要情真意切，而不是矫情、做作、虚假，我们也不必大惊小怪”。桑文引用鲁迅先生一句话作为佐证，实际上是断章取义并曲解了鲁迅先生的意思。鲁迅先生说：“散文的体裁是大可以随便的，有破绽也不妨。”鲁迅先生接着说：“而一有破绽，便破灭到不可收拾了。”这里的“破灭”与前文的“幻灭之感”是一个意思，即文学的真实消失了。鲁迅先生在此文中举了《阅微草堂笔记》“竭力只写事状，而避去心思和密语”的例子，是说“靠事实来取得真实性”是靠不住的，一旦“与事实相左”，那文学的“真实性也随即幻灭”。显然鲁迅先生在强调一种比“第一人称文学”、比

“日记体文学”更深刻的真实性，我理解就是“心思和密语”的真实性，这差不多就是我上面竭力强调的作家必须诚挚地面对自己的心灵，作家们必须诚挚地面对诚挚。

无论是孙先生的文也好，还是桑先生的文也好，都多多少少放大了“虚构”的作用，散文既不会赖“虚构”以生，也不会赖“虚构”以死。虚构既不是格致散文的全部，也不是散文的全部，虚构更非诚挚性与心灵的全部，就如同《转身》并非格致的全部，格致并非散文的全部一样。本雅明在说到波德莱尔的时候说：“他们并不为阶级和任何集团而生存，波德莱尔总是意识到这种人群的存在，虽然它并未被用作他哪一部作品的模特儿，但它作为一种隐蔽的形象在他的创造性上留下了烙印。”诚挚的心灵应该就是我们留给我们自己文字的“最深烙印”与“最隐蔽形象”。它既揭示出散文“最深处的美”，也揭示出创造性心灵与创造性“最深处的美”。

孙先生在文末断言：“如果说格致的散文就是一种散文，那么以当下乃至今后相当长一个时期的文化生态论，充其量只能算是一种自我实验品，任你怎么捧，也捧不上名正言顺的散文殿堂，因为‘新散文’的‘新’实在太过了。至于何时才能赢得文学史的‘橄榄枝’，或许不要50年，或许过了50年以后还有人跟你较真，除非那时候文学真的死了，文坛随之也就‘闲话关闭’了。”

我想散文还得往前走。继续往前走，就需要一些义无反顾的“自我实验品”，也许用不了孙先生说的50年，又有新的格致，或者新的格格致出现。我想那时候比现在更容易看得清曾困扰我们的虚构与诚挚性，更容易看得清那个我们共同热爱的文学，无论它死了还是活着。唯一正确的态度是像康德说的那样：“把作家们的作品看作一个不断生长的过程，让生动的火焰在过去的干柴和逝去的生活的灰烬上持续地燃烧。”评论家就是化学家，而批评家则是炼金术士。前者仅有木柴和灰烬作为分析的对象，后者则关心火焰本身的奥秘。是的，最重要的是火焰本身的奥秘而非木柴与灰烬的奥秘。

文章就要调皮

孙香我

沈从文的儿子沈龙朱回忆:“过去,爸爸有些文章是不太愿意给妈妈看的。好像好多作家都是,不太愿意让自己的老伴看,怕管得太严了。看了,她要唠叨唠叨,不听又不行,听了又违背自己原来的想法。照老伴意见一改,文章不太调皮了,也不太自由了。”沈龙朱还又讲了一件有趣的事:“我弟弟沈虎雏小学四年级的时候曾写过一篇文章,叫做《我的后妈》。这个作文真是没有道理,因为我们的妈妈、爸爸在那里,都是亲的,不是后妈。但是弟弟就编了这样一篇作文,完全是瞎编的。弟弟写这么一篇东西,爸爸妈妈都高兴极了。父亲夸奖弟弟说,这个想象太好玩了。因为弟弟老听故事里讲后妈怎么怎么坏,他就把想象出来的东西写成了作文,他的编造能力获得了父母的认可。在亲妈面前,编后妈的故事,多好玩啊!很难想象,类似情况发生在别人家里说不定孩子还会挨揍呢!但我父亲的态度完全相反。”沈从文把这篇作文到处拿给别人看,夸奖儿子“写得太好玩了”,因为这恰好符合了沈从文一贯的主张:“你做人要老老实实,但写文章就是要调皮。”

原来“文章就是要调皮”的啊。经沈从文这么一点拨,我们再细细一回想,发现我们读过的许多好文章真的是蛮调皮的呢。《论语》是千古一部好文章吧,“叶公问孔子于子路,子路不对。子曰:‘女奚不曰,其为人也,发愤忘食,乐以忘忧,不知老之将至云尔。’”“子贡曰:‘有美玉于斯,韫椟而藏诸?求善贾而沽诸?’子曰:‘沽之哉!沽之哉!我待贾者也。’”你看看,圣人也调皮呢。《五柳先生传》写得多好玩,开头便是一句“先生不知何许人也”,陶渊明也够调皮的吧。再看欧阳修,一篇《醉翁亭记》皆用一个“也”字结句,从开头一句“环滁皆山也”,到结尾一句“太守谓谁,庐陵欧阳修也”,四百来字一篇文章,一口气二十一个“也”字,从头“也”到尾,从头调皮到尾。至于主张文章要调皮的沈从文,就连那部《中国古代服饰研究》亦可看到他不时的调皮,更别说他那些好看得不得了的小说散文了。

可不可以这样说呢:好文章各有各好,会调皮是其一好;臭文章各有各臭,不调皮是其一臭。常看到如今一些大家名家的时文大作,文章有模有样,道理千真万确,可我们就是读不下去,为什么呢,怕就是该调皮时他不肯调皮,不敢调皮,不会调皮,一篇大作从头到尾,脸孔摆着,架子端着,拿腔拿调,煞有介事,读者哪个吃你这一套啊,只好敬而远之了。俗话常说,调皮的孩子聪明,要我们读者说,调皮的文章也好看。不过也不要会错意,调皮不是轻薄,不是油滑,不是下作。所谓文章要调皮,就是要有真性情,真幽默,真趣味。所以呢,调皮文章真不是个个都做得出的,这就像那些官样文章、道学文章,也不是人人都会做的,也要一套本领,也要一副面孔。说到底,也就是什么样的人做什么样的文章罢了,勉强不来。

人一长大,就不敢调皮了,写篇把小文章,也不敢略写胸臆略抒性情,也一定要装模作样装腔作势,说是成熟,其实可怜。不说孔圣人不说陶渊明不说欧阳修,沈从文那样的老实做人调皮作文,也不容易看到了,如今我们看得多的怕是俨然作文下作做人吧?噫。

新诗评论：怎的都不谈格律

王志清

岂非咄咄怪事！当下新诗评论，几乎都不谈格律。

笔者以为问题是两个方面的：一是当下新诗没有格律，因而也就没有格律可谈；二是评论者原本就不懂格律，也谈不出格律来。

正因为诗歌批评不需要讲格律，而使诗歌批评呈现出“简易化”和“概念化”的倾向。这给人的错觉是：诗评太好写啦！不外是表现了什么、反映了什么、歌颂了什么、鞭挞了什么之类的套话，或者诸如直抒胸臆、托物言志、婉转曲折、含蓄蕴藉、诗意阳刚、艺术冲击力、心灵震撼之类的混话，因此，诗歌批评中出现无中生有、无端拔高、千人一面的现象，也就很正常了。

应该说，这样的诗歌评论充斥报纸杂志，是诗歌的灾难。

舶来的欧诗，没有格律吗？

新诗是舶来的，中国新诗是以对欧洲诗歌的仿作而诞生的，这一点是没有多少争论的。而中国新诗起步所仿效的欧洲舶来诗，是有格律的，这也是明摆的事实。以当时中国翻译家所译的歌德《流浪者之夜歌》为例。此诗发表一百多年来，据不完全统计已被谱成一百多种曲子，其中不乏舒伯特、李斯特、鲁宾斯坦等作曲大师。可见这是一首欧洲经典诗。此诗在中国就有十多种汉译。

郭沫若译作：“一切的山之顶，/沉静，/一切的树梢，/全不见，/些儿风影；/小鸟们在林中无声。/少时顷，你快，/快也安静。”

宗白华译作：“一切的山峰上，/是寂静，/一切的树梢中，/感不到/些微的风,/森林中的众鸟无音,/等着吧,你不久,/也将得到安宁。”

梁宗岱译作:“一切的峰顶,/沉静,/一切的树尖,/全不见/丝儿风影。/小鸟儿在林间无声。/等着吧:俄顷/你也要安静。”

钱春绮译作:“群峰一片/沉寂,/树梢微风/敛迹。/林中栖鸟/缄默,/稍待你也/安息。”

此四译作中,前三者用韵,音步,基本上是一致的,甚至用语也极其相似(另:朱湘也有译作,是从英文转译过来的,与前三个译作用韵乃至用语都很接近),简直可以用大同小异来形容。这三首译作,都是8行,都是37个字,每行的音节数与原诗基本相等,都是长短不等的句式,都讲究参差起伏的韵律感。面目迥异的是钱春绮的译作。钱作舍形求神,以意为上。其所用韵,也不同于与前三者的“中东韵”,而用“衣欺韵”(以通押的十三辙韵论),短促仄窄;其音步也更讲究,节律整齐,有类中国的小令;其用语也相对趋冷,平添了点肃穆感。通过四件译作的比较,给我们的启示是:其一,可简单推知,歌德的原作是有格律的;其二,严肃、高明的翻译,都是严格遵守原作格律的;其三,这些翻译家原本都是诗人,是诗歌的行家。

新诗以翻译和仿作起步,新诗诞生已走过百年历程,产生于国家积弱积贫时代的新诗,虽然也经过几代改革者的开创性努力,其文体建设总的来看,没有多少成功。新诗没有格律,当下的新诗连韵都不要,尤其是新诗评论不讲格律,这显然是新诗的不幸。

新诗既然是诗,怎么能没有格律?

新诗有没有格律呢?应该说,还是有的。近百年来,以新诗创作的诗人中之诗体建设的自觉者,都在试图按照一定的格律来创作,在诗的形式上形成了比较固定的格式,其中比较有影响的如闻一多体,戴望舒体,郭小川体,贺敬之体,闻捷体,李季体,田间体,严阵体等。最常见的新诗形式是四行或八行一“节”,也有二行一“节”的。这种四行、八行以及二行的“节”构,明显具有传统绝句、律诗与乐歌双调词的影响印记。然而,时至新世纪,新诗离诗越来越远,那些新诗潮人们不仅反对诗歌格律,摈弃诗歌的格律化,而且存心恶搞,让诗非诗,或者说他们根本不懂诗。

2012年4月10日,湖州,谢冕发言说:诗歌是人生的至痛。写诗读诗,是最有福气的人。谢冕引用他老师林庚的话说:什么是诗歌?诗歌就是人第一次见到世界时的惊喜,就是人最后一次告别世界时的悲伤。

2012年4月6日,南京,谢冕在会上谈到新诗的“自由化”时简直有点愤怒,他说:新诗的败家子们,对诗歌大不敬,滥用自由,放纵自由。滥用了新诗赋予我们的自由。所谓自由诗,就是思想可以自由地出入,流畅,飞翔。新诗要在束缚中寻得自由,在自由中精致地享受和使用自由。不能因为自由而放弃了诗。诗,是第一位的。诗歌的没落,不是因为古体还是新体,而是诗歌本身出了问题。一个不懂旧体诗,甚至没有读过、读好旧体诗的人,怎么可能写好新诗。没有格律诗的基础,是写不好自由体的。没有格律诗的基础,新诗也好不到哪里去。

中国是个诗国,自诗经而楚辞,而古风,而近体律诗,没有一个时期的诗歌是没有格律的,没有一种诗体是不讲形式的。诗所以为诗,避开格律不谈,至少应该是有韵的。韵是诗歌所以为诗歌的必备要素,是诗歌飞翔的翅膀。因为诗歌是有韵的,形成了中国文学自先秦以来韵文与散文的两大分类,建构了中国文学发展的韵、散并行的宏观格局和生态均衡。即便是诗体自由的如古风,五言歌行,七言歌行,杂言歌行等,也是有格律的,也是遵循一定的诗歌格律规范的。譬如李白,其《蜀道难》、《将进酒》等诗,最少约束,最多变化,仿佛如人无人之境,随心所欲,左冲右突,看似完全失去控制,完全摆脱了控制,完全不知道有没有控制,不知其所自来,也不知道其所自去。但是,细细读来,也绝不是一点不顾及格律的天马行空。譬如用韵,虽然多平仄转换,却都是应和着诗意的走向;譬如句式,虽然多长短参差,都是顺应了情感的发展;而其起落开合的节奏,铺张扬厉的章法,气势飞动的格调,更是诗歌所特有的表现形态。诗圣杜甫则更讲究诗律,管世铭评曰:“七言律诗至杜工部而曲尽其变。其气盛,其言昌,格法、句法、字法、章法无美不备,无奇不臻。横绝古今,莫能两大。”李白杜甫找到了适合各自的形式,也是这种适合各自的格律成全了李白和杜甫。

新诗代替古诗在五四时期崭新登场。鲁迅先生说:革命不是使人死,而是使人活。因为要活,而且要活得好,才去革命的。诗歌亦然,诗歌的革命,是追求诗歌的形式自由,不是简单地将旧诗打倒乃至消灭。新诗,应该受惠于旧诗。新诗应该是一种胎蜕,是一种涅槃,是凤凰的再生,是新生了的形式。新诗既然是诗,既然是个诗的形式,也就必须有格律。新诗作为一种“有意味的形式”,就应该建设一种让作者和读者具有共通的认同感的格律形态,而不应该是对诗的彻底背叛乃至反讽,更不应该不考虑和不遵守“有意味的形式”的一定的规则。譬如说用韵,这是将诗歌格律化的一种手段,使诗歌生成一定的节律,增强新诗的乐美效果和艺术感染力,而在形式上则生成一种严格区别于散文的表述方式,让人感到是诗而不是非诗,更不是分行的散文。美国汉学家高友工《律诗的美学》里说:“(律诗)其二重结构创造出来一直复杂而又对称的、层叠的雕塑。这种新颖结构需要一种新的阅读程序。一般的读法是直线向前的,而对偶结构的阅读常常将读者的注意力引向一边,要求他注意对应的相邻诗行。向前推进的运动由于回看及旁观而中止,产生了一种回顾的、旁向的运动,徘徊于一个封闭的空间,形成一个圆圈。这种形式,或者更确切地说,这种阅读形式,能够用来对在诗中描述‘空间性’与‘回环性’作出最充分的说明。”(倪豪士)律诗,作为一种“有意味的形式”,不仅在生理上满足了人们对于对称和规律的天生欲望,也改变了阅读注意,并且成为一种突出诗歌信息接受的重要手段。新诗如果也有一些比较稳定性的格律形态,势必也能够产生相应的格律效应,而赢得越来越多读者的好感。

既然是诗，就应该有格律。应该说，新诗要比其他所有的文体更应该具有“体”的建设，诗歌创作与评论也更应该自觉地恪守诗体规范。张中宇在分析当下新诗所以不讲格律时指出：“新诗文体建设有时被误以为可能危及其自由特性，把文体建设与新诗的自由精神有意无意对立起来。实际上，新诗文体建设越成功，新诗自由精神、时代风情的表现就越有效。只有广泛接受与流传，新诗的自由精神、探索精神、创新精神才能真正实现。因此，就实质而言，二者不是矛盾、排斥的关系，而是有机统一的关系。”新诗应该根据现代人的审美趣味和接受意向而建设相对宽松、自由灵活的现代诗律，让人一接触新诗这种形式，就首先有个格律的概念，有个形式的认可：哦，这就是新诗！是新诗的某某格。

诗歌的评论，难道不该重诗律吗？

当下新诗不讲格律，似乎是情有可原的，因为其中鱼龙混杂，真正的诗人所见无几。然而，让人大惑不解的是，新诗评论也不讲格律，不从格律上来论诗，不能直指新诗文本以及诗所以为诗的本质，而只是泛泛地说主题，说题材，说宏阔的思想性和抽象的艺术性。近读《文学评论》最新的一期，2012 年第五期，收到新到杂志，眼前一亮——《论刘大白的新诗创作对现代新诗体的贡献》，是一篇关于新诗诗体建设的文章，赶紧翻到那一页，嚯，十个页码，少说也有 15 000 字，一气读来，不敢恭维。文章共四个部分，第一部分：“歌颂劳工是初期白话诗创作的重要主题”；第二部分：“歌咏爱情是五四新诗的另一个重要内容”；第三部分：“写景也是现代新诗的重要方面”；第四部分：“议论抒情化的说理小诗，也是刘大白对新诗文体建设的重要贡献”。因为对新诗体建设感兴趣，很想从中看到一点创见、获得一些启发，又从后面往前看，然而，除了讲主题、思想，还有就是情景交融的分析，意象提炼之类的阐释，真没有多少新意与深度。掩卷而思：刘大白给新诗体建设哪些贡献呢？如果是要考虑文题相符的话，题目应该是："刘大白的新诗研究"；或者是："刘大白新诗在题材上的开拓"。真要写一篇"刘大白对新诗体建设之贡献"的文章，窃以为当这样开展：刘大白采用的或者擅长于什么诗体？这种诗体有什么重要特征？这种诗体与欧洲舶来体比较，有什么仿效与超越？这种诗体在当时有什么重要影响，并对建设中国特色的格律有什么特殊的贡献？

一时也找不到一篇在新诗体建设上面特别有价值的诗论文章来作例证，便想到古代诗话。几乎所有的诗话，都是以格律探究为重的。外国的汉诗研究亦然。譬如韩国的诗话，韩国古代汉诗学者尹春年，精通格律，他在成于朝鲜明宗七年（1552）的《体意声》中对各种诗体的要求作出了很精辟的概括："五言古诗：诗以古名，盖继《三百篇》之后者，世传枚乘诸公之作是也。七言古诗：从张衡《四愁》诗来。辞：因其立辞，谓之辞。歌：放情长言谓之歌。行：步骤驰骋又如行书，谓之行。宜痛快详尽，若行云流水也。歌行：兼之曰歌行。操：操者，操也。君子操守有常，虽厄穷犹不失其操也。曲：声音曲比，高下长短，谓之曲；委屈以尽其意也……"我们所以取此诗话，用意至少有三点：其一，每一种诗体都有其鲜明的自身特点和格律形态；其二，古诗形式与格律丰富多样，非常适合新诗体的借鉴而形成一定的形式和格律；其三，诗论者当有诗体建设的自觉，有必要从诗的格律上来衡量新诗的优劣，有责任来规范新诗的走向，引导新诗建立新诗的新格律。

概言之，我们开始学步时所模仿的欧洲诗歌是有格律的；格律是诗所以为诗的基本范型和要素；诗论家的诗论，更应该具有格律的自觉而做新诗格律的建设。

《太极》：一场因拆迁引起的武侠纷争

陈令孤

十年之前，张艺谋的《英雄》开创了国产商业大片的时代，且不论它在主题上引起的争议，其行为本身已经成了里程碑。十年之后，华谊兄弟雄心再起，斥巨资拍摄《太极》三部曲，企图建立国产电影的工业体制。这种创作模式让我想起了好莱坞的《指环王》系列，但是从第一部《从零开始》的身上，我并没有发觉大片惯有的磅礴气势，只看到一场天女散花式的动作杂烩，它的新颖风格让人眼前一亮，却又觉得似曾相识。从上映后的反馈来看，《太极》并没有像《英雄》那样掀起观影热潮，更没有成为社会现象，虽然半个月之内票房过亿，但仍然没有达到主创者的预期。尤其是第二部《英雄崛起》上映之后，票房的疲软状态更加明显。这一方面是因为现在观众的审美要求越来越高，另一方面也在于《太极》本身的水准还不够卓越。

《太极》故事的核心是“一个青年从白痴到大师的历程”,这对我们来说一点也不陌生,武侠小说已经无数次演绎了类似的故事,看似是励志,其实对普通人是一个沉重的打击。因为这个人首先是一个天才,生下来就是一块练武的料,其次才能碰上好机会,一跃成为宗师。如果没有天赋,即使一腔热血、满腹恒心,也无法成就传奇。电影里的杨露禅生下来脑袋上就长着一个肉角,在常人看来是丑陋,在行家看来却是罕见的“三花聚顶”,其天生异禀的特质注定要成就一番功业。

在通往成功的路上总是充满艰辛,而杨露禅遇到的最大挑战并不是他能不能吃苦的问题,而是家族授艺原则的禁锢,即“陈家拳不外传”。电影从这里开始铺展两个冲突:一是杨露禅想学拳与没有资格学拳的冲突,二是方子敬要修铁路与村民不让修铁路的冲突。这两个冲突的本质,其实是时代进步与固守传统的冲突。最终,杨露禅在帮助陈家沟解决第二个冲突时立了大功,成了英雄,同时也获得了陈玉娘的好感,于是存在他身上第一个冲突也就解决了——当他成为陈家女婿后,便可以学武了。

像所有革命者一样,暴力往往是最直接的方式,方子敬也不例外。他在劝说村民无效之后,开着巨型机械“特洛伊”进入陈家沟,准备实行强拆。方子敬修铁路的理想本身并没有错,但电影为了塑造他的反派角色,故意让他的心灵变得扭曲——他之所以必须把铁路修到陈家沟,是为了想在乡亲面前扬名,获得尊重,以洗涤作为外姓人的屈辱。所以,方子敬和杨露禅在本质上都是一样的人,都是被主流价值排斥的人,只不过他们走了两条不同的路。一个用虔诚之心去感化,一个使用暴力来冲击。

在电影里,杨露禅的口头禅是:“这是什么情况?”他搞不明白为什么不让自己学拳,也看不懂“大怪物”怎么开进村子里了。这句口头禅充满黑色幽默的味道,它昭示了一个单纯做事的人在混乱时代中的迷茫。这句话若是用在当下也非常合适,拆迁随时在发生,反对也随时存在,但作为被拆迁者却无法拥有像陈家沟村民那样的武功,也没有陈长兴那样的领导者。

如果说《太极1》是在讲述“拆迁”，那么《太极2》就是在讲述“上访”。在第二部里，加入了一个新的人物陈栽秧，当方子敬带着枪炮和军队再次进攻陈家沟时，陈栽秧自己研制的飞机“威天翼”在关键时候扭转了战局，也使得杨露禅和陈玉娘顺利逃出家乡，到京城告状，并取得了王爷的信任。这次“上访”成功使陈家沟得以保存下来。但问题是，电影模糊了当时清廷与列强的冲突，把保护家园的最后希望寄托在醇亲王的正义执法上（我在这里看到了谢晋电影的模式，最后由一个从上面来的大人物解决了问题）。这种构思削弱了侠的价值，没有体现出天下情怀，电影中的人物所做的事情是“保家”，而不是“卫国”。

在外国动作片中，往往是大量的武器弹药搭配少量的拳脚格斗，而《太极》是在中国传统拳脚功夫基础上加入新式武器，直接将科幻片中才出现的巨型道具搬到武侠片中来，制造了强烈的视觉效果。而清朝末年的混乱也为这种故事的出现提供了时代背景，在新旧交替时期，只有想不到的，没有做不到的。因此，《太极》便成了科技精神和功夫信仰的结拜。在电影里，杨露禅代表的是传统习武之人的坚韧和虔诚，而陈栽秧和方子敬却已经看出时代进步的端倪，将制造机械作为毕生追求的目标。这两者没有孰优孰劣之分，关键是看拥有之人怀着何种目的发挥其作用，心灵境界的大小决定正邪名位的划分。

功夫片是中国电影唯一在世界上具有影响力的类型，《太极》选择武侠作为题材是非常合适的，但是武侠片走到今天，早已被拍烂、拍俗了。尽管近几年来一直有号称“新武侠”的作品出现，可始终未获得广泛认可。《太极》也是在求新求变，但它的内容还是老一套。影片讲述中西文化冲突的桥段，让我们看到了《黄飞鸿》系列的影子；杨露禅的角色性格和郭靖差不多；至于对科技的表现，陈可辛也已经在《武侠》中实验过了。《太极》最大的新意是画面语言的贴近时尚，用科学用语、网络用语、游戏用语、漫画用语将动作和场面标注下来，标准的宋体文字对画面造成刻意的破坏，形成旧与新的对立、主观与客观的对立、形象接受与文字阅读的对立。这种方法就像文学创作上的陌生化和间离效果，始终让观众与故事隔开一段距离，不断提醒观众这只是在看戏，不要把自己融入进去。

因此，《太极》的确在武侠片创新上迈开了一步，但对看惯了经典武侠片的人来说，这容易造成两个极端的反应：一是很有新鲜感，值得肯定；二是四不像，什么玩意儿。从连续两部电影的上映情况来看，观众的反响的确出现了两极分化，但否定之势要强于肯定，说明《太极》的叛逆之举并未获得广泛认可，这也造成它的票房不够理想。但是在笔者看来，任何艺术创新之举都是值得称赞的，至于它的生命力，则还需要经受长时间的考验。

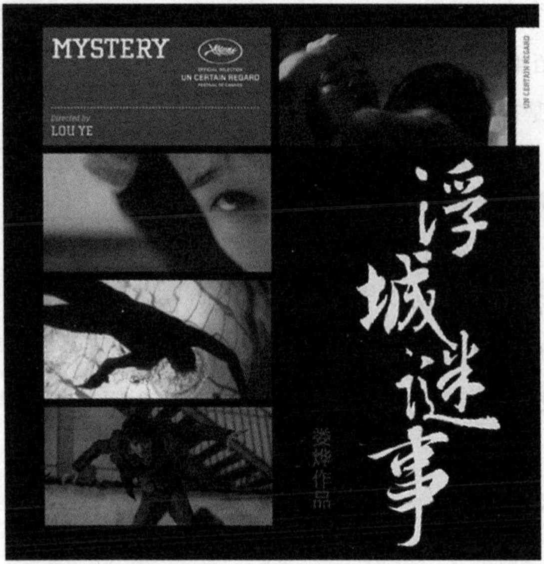

《浮城谜事》：一把不锋利的社会手术刀

慕容天涯

《浮城谜事》不仅仅是一部电影，更是一把不锋利的手术刀，瞬间就割开了这个社会不正常的一切。但是不锋利非贬义，而是那种切肤之痛令观众感同身受。

相对于大部分导演拘泥于古装大制作或是处于转型期，一直敢于直面时代的娄烨属于第六代里的另类。他的镜头就那么晃个不停，有城市即景，有男欢女爱，有时代病态。更有屡屡被禁被审查折磨后的无比压抑，与疯狂爆发。

这部改编自天涯热贴“看我如何收拾贱男和小三”的电影，从一开始就打上了网络时代的标签。笔者自认是个老天涯人，镇坛帖子追过不少，但这个故事却是初次得见。实际上，从某种角度上看，影片很显然是想把它演绎成社会现象的，也即是共性，但很遗憾的是，故事里乔永照这"一男"，周旋于陆洁和桑琪这"一夫人一妻子"间的奇情，比对大部分我们身边人的感情生活，实属个体也即是特例无疑。这样一来，生活化的影像风格与特例的另一称谓（狗血）般的故事之间，就产生了很强烈的一种违和感。如果处理不当，故事就会成为那种猎奇之作，此刻结果如何，且看导演功力。

有《春晚》和《颐和园》打底，娄烨没问题。除去通篇手持晃动的摄影让人在大银幕不爽之外，这种违和感最终演化成了一种吸引力。于是让《浮城谜事》成了娄烨电影里少见的可以被大众认同，依靠剧情一路看下去的作品。影片的视听风格还是比较收敛的，实际上能以主流之态挤进院线，并且保持个人风格的华语导演这几年并不多。男有娄烨，女有李玉作为典范，不过后者那部《二次曝光》显然就让风格抢了故事的戏，只剩下范爷的大特写忽略了故事的连续性。所以说，《浮城谜事》这方面做得好一些，更能抓住普通观众。而且无论是否了解这个故事，那种接地气的生活范儿太容易让观众产生认同。比如普通人家的琐碎细节，母亲通过接送孩子的相识，做一顿饭从头至尾的过程等等……大雨中这座"浮城"武汉更是娄烨所爱，它等同于冯小刚的北京，或是张一白的重庆，在一段段迷离的影像帮衬中，加上邵泽等人的个人风格音乐，令人为陆洁的遭遇唏嘘。

谈及题材中来源于网络的部分更值得思考，如今年的《搜索》都加进了大部分的娱乐元素。但这部片子显然没有，这个故事一直在将所有的社会现象摆在台面上，依靠几个人的情感纠葛推动进展。故事中的乔永照有一幕抓人到无敌，那就是两位妻子都在用孩子做筹码，让父亲回家的情节。在两面拉锯的故事里，导演娄烨不给答案，只讲述过程。从切入点来讲，陆洁的女性视角在以往的同类作品中很容易用成双刃剑，不是加入大量的独白，便是成为呓语大全。但这一次，镜头里郝蕾演出了这个失却家庭女人的初期得知真相时那种失魂落魄的无奈，中段为了拉回丈夫时的聪明，以及最终断然离去时的决绝。

这三个阶段里，主角实际上也在不断地切换，前半部分，无疑影片的主角是发现丈夫真相的陆洁，此为大众视角，故事是家庭伦理；到了中段，与陆洁截然不同的桑琪浮出水面，她从那种伤害他人的角色，随之成了被伤害的对象，让人产生思考，故事也很像是苦情戏码；等到最后，乔永照用他的疯狂让人重新认识了这个故事背后的真相，朱亚文和祖峰的警察戏一点儿也不跳，很好，小蚊子的死亡只是表面，背后那些犯罪现场的特写，让片中除去情感欲望，又添暴力疯狂。整体最终成了一个案件侦破故事。三个阶段里，病的是那些因为欲望沟壑难平的病人，疯的是这个时刻出现奇葩的社会本身。

那么这样一来，娄烨就成了那个不动声色的医生，故事里的一切，就成了一把看不见、不锋利，钝刀割肉让银幕下每个人隐隐作痛的手术刀。等到它割开病灶之时，也是那十三下锤子最有必要砸下去的保留。这场多角恋中的一切，残忍，暴虐，犹如武汉的天气般病态。而那些碎片般的细节，迷离，虚浮，让人不忍直视，却又想细细回味一遍。

图书在版编目(CIP)数据

歧路与正途/《文学报》编.--上海：上海书店出版社，2015.4
(文学报·新批评文丛.第2卷)
ISBN 978-7-5458-1041-7

Ⅰ.①歧… Ⅱ.①文… Ⅲ.①中国文学—当代文学—文学评论—文集 Ⅳ.①I206.7-53

中国版本图书馆CIP数据核字(2015)第063434号